VISA POUR L'ÉTERNITÉ

LAURENCE COUQUIAUD

VISA POUR L'ÉTERNITÉ

roman

ALBIN MICHEL

À Esin et Nobuki Sugihara,
avec toute ma gratitude,
en mémoire de Chiune Sugihara.

À mes fils

C'est pour cela que l'homme a été créé seul, pour t'apprendre que celui qui ôte la vie à un fils d'Israël détruit un monde entier ; et celui qui sauve la vie d'un fils d'Israël sauve un monde entier.

Le Talmud, traité Sanhedrin,
chapitre 5, Mishna 5

Celui qui parle la langue des suppliciés leur assure non seulement le souvenir en ce monde mais élève un rempart contre le mal et transmet le flambeau de leur foi de génération en génération.

Aharon Appelfeld, *Histoire d'une vie*

Devant la persécution, toute personne a le droit de chercher asile et de bénéficier de l'asile en d'autres pays.

Déclaration universelle des droits de l'homme,
article 14, 10 décembre 1948

PROLOGUE

Ils sont alignés au bord d'une fosse. Dix silhouettes affaissées devinant qu'elle sera leur tombeau. La neige, déjà, recouvre la terre fraîche, leurs épaules, leurs têtes nues. Elle va dissimuler le sang mais ne peut dissiper la peur. Les arbres qui les dominent et les encerclent sont majestueux dans leur gangue de givre scintillant, mais la beauté n'a pas sa place ici, personne n'y prête attention. Le silence régnerait presque s'il n'y avait les sanglots des enfants, les gémissements des mères, les prières de ceux qui attendent la fin. La parole est aboyée, brutale. Les mouvements ordonnés à coups de crosse. Les jambes trébuchent sur les valises éparses.

Le paysan polonais a livré son chargement de fuyards. Il est reparti avec quelques zlotys, sans un regard pour ceux qui lui ont confié leur vie et qu'il a trahis. Les loups les encerclent dans leurs uniformes gris. Un officier attend en fumant que ses hommes aient mis de l'ordre dans le rang. Il tire une dernière fois sur le mégot humide, emplit ses poumons de fumée et l'exhale avec lassitude. Sa bouche mime le dédain pour la tâche à accomplir. Il regarde les pauvres hères recroquevillés de terreur, leurs mains bleuies qui s'étreignent pour transmettre l'amour qu'ils ne peuvent plus dire. Certains portent leurs meilleurs habits parce qu'il fallait sauver le plus précieux pour fuir. L'officier sait que dans leurs sacs, dans leurs poches cachées ou même dans les doublures et les ourlets, on trouvera un peu d'or, quelques bijoux. Il a mal dormi à cause du froid. Il n'a pas l'âme magnanime ce matin. Chaque jour il rumine sur cet hiver de l'est et ces cohortes de Juifs qu'il faut traquer sans relâche.

Le chasseur en veut à sa proie de le faire courir.

Il s'avance vers le premier de la ligne, un homme d'une soixantaine d'années qui en paraît cent, et dit *Un*. Au suivant, un adolescent frêle qui regarde la tête de mort sur le col du SS avec des yeux épouvantés, *Deux*. À la petite fille qui tente de se cacher derrière sa mère, *Trois*. À celle-ci qui l'implore, *Quatre*. À l'homme qui regarde droit devant lui et broie la main de sa femme pour rester brave, il arrache la kippa d'un coup de crosse de son pistolet, *Cinq*. Il avait pourtant demandé à ses soldats de faire tomber tous les couvre-chefs pour que ses victimes se sentent mises à nu, humiliées pour mieux craindre, craindre pour mieux se soumettre. La femme se précipite vers l'homme qui tient son crâne sanguinolent, alors l'officier pose le canon du Luger sur sa joue. Elle relâche son mari et se tourne vers lui. Il voit passer dans ce regard le désespoir, le renoncement, la fatigue, le dégoût. Il s'attarde sur les yeux, étranges et beaux. Étirés en amande vers les tempes, bordés de longs cils ourlés de perles d'effroi. L'un est vert, l'autre bleu. Un déséquilibre qui le fait vaciller un bref instant. Il approche son visage du sien presque à le toucher et murmure *Six*. Le numéro *Sept* désigne un garçon d'une dizaine d'années et le *Huit* sa petite sœur, collée à lui, qui pleure en sanglots secs parce qu'elle n'a plus de larmes. Numéro *Neuf* est leur mère. Elle se dresse, toise l'officier qui serre les mâchoires d'agacement, pour lui faire comprendre qu'elle s'en ira digne dans la mort. La dernière est une vieille femme, peut-être l'épouse de numéro *Un*, peut-être l'aïeule de numéro *Neuf*. C'est elle qui marmonne des prières depuis que les hommes et les garçons ont commencé à creuser.

L'officier ne délègue pas l'exécution ce matin. Il veut voir dans les yeux de ceux qui l'ont fait s'extraire de son lit, attendre dans le froid, fumer à s'en brûler la gorge, oui, il veut voir la terreur et l'incompréhension. Il revient au début de la ligne devant le vieil homme, le regarde et dit « Impair et perd ». La balle qui percute son front le fait tomber en arrière, enveloppé du cri des neuf autres. L'officier passe devant numéro *Deux* et tire sur numéro *Trois*. La petite silhouette s'écroule, retenue par sa mère qui hurle. Numéro *Cinq* n'a pas bougé. Il tremble de façon incontrôlable parce qu'il sait que vient son tour mais a compris que sa femme sera épargnée. Avec elle l'enfant qu'elle porte et cache sous son vaste manteau. Mais elle devra survivre avec l'image de cette arme qui vient de faire sous les cheveux noirs un trou net, à peine sanglant. Le regard de son mari s'est figé dans la chute, tourné vers elle, un peu surpris. L'officier s'attarde sur la femme aux yeux étranges, il voudrait voir si le vert et le bleu proclament pareillement la souffrance immédiate, l'arrachement, le chagrin qui submerge. C'est tellement plus jouissif que de les tuer tous. Bien sûr, il y a l'inconvénient d'en laisser en vie quelques-uns, mais ils seront vite rattrapés. Il faut en finir maintenant. Deux autres douilles tombent en même temps que les corps du petit garçon et de sa mère, laissant entre eux la sœur hébétée qui en perdra la parole. La vieille femme n'aura, elle, pas assez de prières pour porter vers Celui qu'on ne nomme pas les âmes de son époux, de sa fille et de son petit-fils.

À quoi bon survivre désormais pour ces cinq-là, lorsque ce jour a tout anéanti. Pour ceux qui restent ? Pour soi-même ? Le lendemain est une éternité, lointaine, funèbre et accablante, à jamais vidée de certitudes et de promesses, souillée de sang et d'ombre.

I

1

Acre[1], *Israël, juin 2016*

Le ciel, pour qui aime observer, a dans chaque lieu une teinte propre. Hormis les saisons, ce sont les reflets de la terre, l'incidence du soleil, la proximité de la mer qui lui confèrent sa densité, sa profondeur, l'intensité de ses couleurs. Bleu de Prusse nuancé d'indigo pour les nuits orageuses, une touche de gris de Payne pour la pluie hivernale, céruléen ou maya pour le zénith radieux. Lorsque j'écris aussi, je pense en couleurs.

J'ai emporté mon carnet et mes pinceaux ce matin. Je n'arrivais plus à dormir, d'excitation sans doute. J'ai marché jusqu'à la mer avec le chien par le chemin qui longe les champs. Ici, la plage est sauvage, protégée d'une barre rocheuse. Il faut remonter vers la réserve d'HaGalil au nord pour qu'elle disparaisse vers les profondeurs. Je me suis immergé dans l'eau sombre, longtemps, à l'écoute de la vie marine, de l'écume roulant sur la grève. Les vagues ont emporté ma tension. Puis j'ai déployé mon matériel. Là, au

1. Des cartes géographiques et historiques se situent en fin d'ouvrage.

bord de quelques ruines, j'ai peint ce ciel et cette mer qui m'ouvrent et m'apaisent. Vers l'ouest, l'aube n'avait pas encore chaviré vers la lumière.

Avant que la maisonnée ne s'éveille, je suis descendu en voiture vers le marché de la vieille ville. La plupart des boutiques étaient encore fermées, mais Ibrahim ne compte pas ses heures et déjà sa grande machine livrait ses galettes chaudes. J'y vais habituellement plus tard pour me perdre dans le dédale des ruelles et des escaliers aux pierres blondes, polies de millions de pas, où résonne l'âpreté gutturale de l'arabe et de l'hébreu, m'abandonnant aux effluves d'épices et de café torréfié. Souvent je déambule jusqu'aux remparts, l'hiver pour respirer l'air iodé, voir tourner les mouettes derrière les bateaux qui rentrent, le ventre chargé de poisson frais, l'été pour regarder ces garçons un peu fous qui sautent dans l'eau verte depuis la muraille en d'acrobatiques voltiges. Mais je n'irai pas flâner près du phare aujourd'hui, ni taper le carton autour du thé à la menthe avec mes copains pêcheurs. Les parties de rami se disputeront sans moi, piètre joueur, menteur transparent. Car la famille est rassemblée au complet avant le grand jour.

Gabriel est arrivé hier de New York avec femme et enfant pour l'occasion. J'ai serré longuement mon fils, caressé sa barbe qui déjà grisonne. Deux ans qu'il n'était pas venu. Son éloignement me pèse et distend notre lien. Mais il souriait et semblait épanoui, tenant la main de Yaël, son épouse depuis vingt et un ans, comme un jeune marié. Noah avait grandi. J'ai eu un moment d'effroi, presque de panique, qui me renvoyait à ma propre déchéance, en le découvrant soudain si changé. Et à vivre si loin, je ne le connaissais pas intimement comme mes autres petits-enfants.

Ma mère est apparue, avançant à petits pas, les mains jointes sur le cœur, comme en prière ou en action de grâce. Les Américains se sont penchés un par un pour embrasser ses joues parcheminées. Elle a eu un mot pour chacun, une caresse, un geste tendre. Noah, son arrière-petit-fils, intimidé, répondait gauchement, impressionné par sa fragilité et toutes ces années qui les séparent. Mais sa voix était ferme, la parole concise. Avec son accent installé depuis tant de décennies, elle passait de l'hébreu à l'anglais avec aisance, et dans l'anglais parfois venait un mot yiddish. Gabriel l'a prise dans ses bras avec une infinie tendresse. Les sourires de ma mère sont rares, mais celui qu'elle lui a adressé rayonnait de la gratitude d'un dernier bonheur, car à quatre-vingt-seize ans, elle savait ses jours comptés.

Nous avons veillé tard à discuter comme on ne le fait qu'épaule contre épaule, autour de bières fraîches, dans cette urgence à raconter tout ce qu'on avait manqué de dire pendant deux années, et à évoquer le futur proche, cette cérémonie importante qui nous attendait.

La maisonnée dort encore mais Hannah s'affaire déjà. Je lui tends le sac de pain en échange d'un grand bol de café. Elle pose un baiser appuyé sur mes lèvres en guise de bonjour, y goûte le sel. Sa paume est douce sur ma joue qui pique. Ma petite femme, chef de ce vaisseau familial, à qui je laisse bien volontiers la barre.

Je m'installe dans mon vieux fauteuil au pied du grenadier lourd de fruits. La température monte vite, mais de grands pare-soleil tendus entre les arbres préservent l'ombre. De mon coin je contemple notre havre de paix, ses tapis élimés, ses sièges dépareillés, ses canapés affaissés d'avoir accueilli tant de confidences et de houleux débats. Ici, dans ce lieu en retrait du monde, si peu clinquant, s'est souvent réuni tout ce que la littérature israélienne compte de grands noms. Il est encore vide ce salon d'été, mais bientôt il s'emplira de conversations, de l'odeur délicieuse des petites pitas qui cuiront dans le *taboon*, le four traditionnel de notre région, et du plaisir d'être réunis. Je le savoure par avance, ce bonheur éphémère.

Ma fille approche, une tasse fumante à la main. Ma flamboyante. J'ai donné à ma fille l'autre nom de la cité de David. Ariella signifie « lionne de Dieu ». Ces animaux, gardiens de la porte éponyme, ornent la muraille de Jérusalem vers l'est, face au mont des Oliviers. Son prénom ne pouvait être plus approprié. C'est une battante à la crinière de cuivre qui dévore la vie avec appétit. Les roux sont nombreux en Israël. Les gènes de la rousseur se transmettent, paraît-il, de génération en génération, parfois les sautent, parfois s'atténuent ou se ravivent. Les miens viennent de mon père. S'ils m'ont juste effleuré par leurs reflets ambrés, aujourd'hui devenus gris, ils éclatent dans sa chevelure de toute leur puissance, ainsi que dans celle de sa fille Tamar. Ariella dépose un baiser sur mon front, s'assoit sur mon accoudoir, souffle sur le liquide odorant.

– C'est à quelle heure demain ?

– Bonjour ma fille.

– Pardon, bonjour Papa.

– En milieu de matinée au planétarium. Il faudrait qu'on parte à 9 heures. Il y a presque 100 kilomètres jusqu'à Netanya.

– Tu as déjà parlé à Nobuki et Esin ?

– Non, pas encore.

– Il y aura qui d'autre que tu connais ?

– Miriam, la maire, Jacob, Hava, Mira, les Frankel et plein d'autres. Je crois qu'il y aura l'ambassadeur de Lituanie, et M. Madarame, un Japonais, important donateur du planétarium. La cérémonie d'inauguration a lieu aujourd'hui en présence de l'ambassadeur du Japon.

– Des médias ?

– Locaux sans doute, nationaux ça m'étonnerait.

– Pourquoi ? Il le mériterait tout de même !

– Certes. Mais c'est une plaque de rue, pas un mausolée.

– Pourquoi tu minimises ?

– Je ne minimise pas. Ce sera une belle cérémonie, j'en suis sûr. C'est surtout autour des retrouvailles avec Nobuki que naîtra l'émotion. L'histoire, elle, commence à être connue. L'essentiel est l'immense reconnaissance que nous lui devons dans nos cœurs et que nous venons témoigner à son fils.

– Tu as raison, mais je trouve que son histoire mériterait un plus grand retentissement.

– Il est célèbre au Japon maintenant, tu sais.

– Encore heureux !

– Tu dis ça comme si c'était évident, alors qu'il y a encore dix ans c'était un parfait inconnu.

– Je sais. Je ne suis pas certaine que nos enfants saisissent la portée de l'événement de demain.

– Peut-être. Tu auras l'occasion de les interroger.

J'ai trouvé Noah changé, distant. Il est devenu un homme. J'avais étreint un adolescent la dernière fois et voilà qu'il me dépasse de près d'une tête.

Doucement, chacun émerge de sa nuit agitée à chercher le sommeil fuyant, dans le décalage de l'horloge interne. Noah arrive d'un pas conquérant, maugréant en anglais. L'hébreu ne lui vient pas facilement, Gabriel ne lui parlant pas souvent dans cette langue. Il possède la suffisance désinvolte que donnent les certitudes, à ceux qui, en plus, ont la beauté. Le ton tranchant avec lequel il s'adresse à ses parents, sans qu'ils réagissent, ne me plaît pas. Aucun sourire n'éclaire son visage. N'est-ce qu'une posture passagère ? Le petit garçon blond aux grands yeux clairs qui me suivait partout, insatiable de curiosité, se cache-t-il encore dans ce jeune homme arrogant ? Il ne paraît pas heureux d'être ici. Lorsque descendent ses cousins Tamar et Zvi, il les salue à peine.

Dans le brouhaha qui s'ensuit, personne n'a remarqué que ma mère s'est installée un peu en retrait, dans ce fauteuil qu'elle affectionne et qui lui permet d'embrasser tout le jardin.

La famille est enfin au complet.

Quand vient l'heure du déjeuner, Ariella se charge du service de la myriade de boissons, tandis qu'Oz, mon gendre, préside au *taboon*. Sont disposés autour de lui, devant la bouche brûlante du four et sa sole tournante, les ingrédients qui viendront, à la demande, agrémenter les petites pitas. À Maman, j'apporte les premières galettes en guise d'hommage et de respect.

Parce que nous sommes une toute petite famille,

chacun est relié par un fil épais et solide, noué de mille émotions, de mille tendresses. Chez nous les différends se dévoilent au jour et on lessive à grands coups de paroles et de promesses leurs auréoles sur le tissu des générations. Les cousins finissent par former un cercle indépendant du nôtre, vautrés sur les canapés. Ils doivent retendre les liens relâchés par le temps et l'éloignement. Leurs langues, leurs pays, leurs cultures diffèrent, ils n'ont en commun que des vacances d'enfance, des bouts d'ADN, leurs grands-parents et leur judaïté. Noah et Zvi se font face, ils se jaugent plutôt qu'ils ne retrouvent leur ancienne complicité. Par Gabriel, je sais que Noah était réticent à ce voyage et je sens en lui une agressivité difficilement contenue. Il assène plus qu'il ne discute, arbitre sans procès et tranche. Zvi, face à lui, tente de retenir dans la tension de ses mâchoires quelques répliques acerbes. De mon petit-fils aîné que je fréquente presque quotidiennement, je connais les blessures et les doutes, parce qu'il sait que j'accueille sa parole sans jugement, que je porte dans mon cœur et dans ma chair les stigmates des combats de 67, et surtout de 73, lorsque nous avons fait la guerre alors que nous nous apprêtions à célébrer Kippour. Il sait combien je désespère de cette paix que nous avions presque obtenue et que les extrêmes ont préféré tuer une nouvelle fois il y a vingt ans en assassinant Rabin. Il a appartenu à ces jeunes versés dans des unités combattantes par désir d'engagement et par loyauté envers le pays. De l'opération militaire contre Gaza deux ans plus tôt il est revenu brisé, amer, et il souffre d'un stress post-traumatique que sa mère s'efforce de traiter dans son unité médico-psychologique. Il ne veut rien avoir à faire avec les docteurs de Tsahal et a lui-même commencé des études de médecine.

Alors, quand Noah salue l'investiture de Trump à la primaire républicaine et sa promesse, s'il est élu, de construire un mur de séparation avec le Mexique et de déménager son ambassade à Jérusalem, ce que je ne fais qu'entendre de loin me glace le sang et je ne peux m'empêcher de scruter la réaction de Zvi. Je me tourne vers Gabriel pour savoir s'il approuve ce que dit son fils, car je sais la fracture qui s'étend dans la très vaste et disparate communauté juive des États-Unis entre les détracteurs et les soutiens du candidat. Qu'arrive-t-il soudain dans cette famille où le dialogue a toujours été ouvert, bienveillant et mesuré, pour que germe la graine du rejet et de la peur ? Comment peuvent-ils se laisser contaminer par cette idéologie nauséabonde de la ségrégation ? Et Noah d'en rajouter avec provocation sur la nécessité de la colonisation, l'impossibilité de vivre ensemble avec les Arabes, envisagée depuis le prisme déformant de l'éloignement et des médias américains. Clamer cela sous notre toit alors qu'il sait l'amitié précieuse que nous avons nouée avec certains, et que sa tante et sa grand-mère militent dans le mouvements des *Femmes pour la paix*[1]. Tout le monde se fige, abasourdi, tandis que Noah continue à pérorer, inconscient du malaise qu'il provoque. Soudain, Zvi bondit pour faire taire son cousin et le plaque contre son fauteuil, tenant fermement le col de son tee-shirt dans son poing

1. *Women Wage Peace*, mouvement réunissant des femmes israéliennes et palestiniennes de tous bords politiques, militant pour des accords non violents mutuellement contraignants.

serré. Après quelques secondes de sidération, Gabriel le tire en arrière, lui enjoignant le calme, et Zvi finit par relâcher la pression. Noah a pâli, un rictus d'indignation agite ses lèvres. Il s'apprête à rétorquer quand son père lui intime de se taire. Ariella entoure les épaules de son fils qui tremble, puis prend son visage dans ses mains et lui murmure des paroles d'apaisement.

Qu'avons-nous manqué, mon Hannah, dans l'éducation de nos enfants, pour en arriver là ? Nous qui n'avons pas connu la guerre ni la Shoah, mais qui en sommes issus, dépositaires de la mémoire de ceux qui parlaient peu. Moi qui n'ai eu de cesse que d'interpeller mes lecteurs sur la responsabilité de nos silences. Nous étions tellement persuadés que l'horreur avait été telle qu'elle ne pourrait pas se reproduire ! Nous avons promis que le passé viendrait toujours éclairer l'avenir, que notre vigilance serait sans faille envers notre descendance. Ceux des ghettos et des camps d'extermination ne nous ont-ils pas donné de leçon ?

Il est vrai qu'on a montré aux rescapés une compassion mêlée de dégoût. On les a accusés d'aveuglement et d'apathie face à la tragédie qui s'annonçait. Lorsqu'ils voulaient témoigner, on ne les croyait pas. Ils ont préféré se taire plutôt que d'être incompris. Plus grande est la souffrance, plus les mots deviennent infidèles.

Nombreux sont ceux de ma génération qui ont voulu faire table rase du passé. Pas forcément l'oublier, mais se délester du poids des cendres. Nous voulions repousser le lourd héritage de l'ombre pour construire notre nouveau pays et vivre, nous amuser. Nous étions des pionniers du désert, qui maniaient les tracteurs à chenille, connaissaient les oueds cachés. Au kibboutz, nous déclamions les poèmes de Bialik et Tchernikhovsky autour du feu de camp. Nous mettions en pratique le sionisme pacifique de Buber, prônant le dialogue, rêvant d'un État binational et démocratique. Que reste-t-il trois générations plus tard de ces rêves-là ?

Personne n'a vu la silhouette fragile de ma mère se redresser, puis s'avancer au milieu de nous. Elle agrippe avec force le bras de Noah, qui s'est levé pour fuir. Par son geste elle lui ordonne de rester. Elle ne veut pas assister au délitement de la famille à laquelle elle a donné naissance après avoir vu l'anéantissement de l'autre. Les garçons la dominent de leur stature mais lorsqu'elle parle, elle impose naturellement le respect. De cette voix qu'elle a toujours eue étrangement grave, un peu voilée, qu'elle rend douce mais ferme, elle demande à Noah, tout en embrassant du regard ses autres arrière-petits-enfants, s'il réalise bien qui est celui que nous allons honorer demain :

– Pourras-tu dire au fils de l'homme qui nous a sauvés qu'il faut ériger des murs pour se protéger d'autres hommes ? Parce que, vois-tu, sans lui tu ne serais pas là, puisque je serais morte. Mon corps aurait pourri depuis bien longtemps au fond d'une forêt lituanienne, après avoir dépéri derrière les murs d'un ghetto liquidé par les nazis. Pour que tu existes, j'ai dû franchir des murs de barbelés et de mitrailleuses, et autant de murs de haine. Et tu sais, ce n'étaient même pas les pires. Les plus difficiles à surmonter étaient les murs de l'indifférence, mais aussi et surtout les murs de papier. Tous ces papiers qu'on nous a demandés, estampillés de notre judaïté, pour prouver que nous n'avions plus de patrie, plus de nationalité, plus rien pour prouver notre réalité. Des papiers pour s'affranchir des distances et des frontières, qu'aucun pays ne daignait nous donner. On ne voulait pas de nous dans le nôtre, alors ailleurs… Notre vie dépendait de petits tampons de couleur écrits dans des langues que la plupart ne comprenaient pas. Des sésames magiques qui ouvraient la route de la survie. L'homme que nous honorerons demain, Chiune Sugihara, a fait tomber ces murs. Pour quoi ? Pour la gloire, l'argent, son avancement ? Non, il a même tout perdu au change. Il n'était pas de notre religion, il venait d'îles lointaines dont nous avions à peine entendu parler. Il l'a fait par pitié pour nous, par compassion. Comme un être humain qui tend la main à un autre quand il a la capacité de l'aider sans rien espérer en retour. De quoi as-tu peur, Noah, dans ta vie confortable à New York pour vouloir que ce Trump dirige ton pays et écrive son futur ?

Elle marque une pause, approche un siège et s'assoit face à son arrière-petit-fils.

– Au fond, tout cela est ma faute, enchaîne-t-elle. Toute sa vie ton grand-père a voulu écrire mon histoire et j'ai toujours refusé. Pourtant il écrivait bien tu sais. Mais moi je me suis contentée de publier les témoignages des autres. J'ai pensé à tort que ça suffirait sans doute. Que connaître l'histoire de la Shoah avec un grand S vous mettrait en garde, alors que ce sont les tragédies individuelles qui émeuvent et marquent. Tu sais pourquoi je ne voulais pas raconter ? C'était pour éviter de me replonger dans l'horreur. Les cauchemars de mes nuits étaient déjà bien suffisants. Demain, tu assisteras à une simple cérémonie pour dévoiler une plaque de rue, mais ce sera bien plus que ça. Tu rencontreras des survivants très âgés, avec leurs enfants, leurs petit-enfants et leurs arrière-petits-enfants de ton âge, qui viendront honorer la mémoire de cet homme qui nous a sauvés, représenté par son fils Nobuki. Tous diront leur gratitude à Sugihara, car sans lui, aucun de nous ne serait ici, soixante-seize ans plus tard. Oh, il n'en reste plus beaucoup qui l'aient connu en vrai, bientôt nous serons tous morts. Combien, grâce à lui, sont enterrés en terre d'Israël plutôt que dans des fosses communes anonymes et perdues du nord de l'Europe ? Combien avons-nous essaimé de descendants par le monde grâce à lui ? Trente, quarante mille, plus peut-être ? Il aurait suffi que Sugihara ait eu peur ou qu'il ait refusé de désobéir. Qu'il ait fait comme les autres, c'est-à-dire rien, et tout aurait été différent, parce que la seule chose nécessaire, au fond, pour que le mal triomphe, c'est l'inaction des bien-pensants. Au mémorial de Yad Vashem dans quelques jours, quand tu auras traversé toutes les salles, absorbé tout son lot de terreur, de photos d'enfants agonisants sur les trottoirs des ghettos dans l'indifférence, de tas de leurs petites chaussures, quand tu auras regardé dans les yeux ceux qui les ont terrassés méthodiquement et systématiquement, peut-être commenceras-tu à comprendre comment cet Holocauste est né, insidieusement, à cause des sirènes des semeurs de haine, des rêves de grandeur, de la volonté d'anéantir les différences, qu'il s'agisse des origines ethniques, des orientations sexuelles ou des performances intellectuelles. L'extermination systématique ne relève pas que d'une histoire de religion et de race. Elle commence avec ceux qui se placent en détenteurs de la vérité et ne reculent devant aucune violence pour la faire prévaloir.

Ma mère laisse cheminer ses paroles dans un silence strié par les seules cigales.

– Quand tu embrasseras le magnifique paysage qui s'étend devant la terrasse en surplomb de la vallée, à la fin de l'exposition, tu chercheras un cèdre du Japon dans la forêt des Justes. Celui de Sugihara borde le chemin qui descend sur le flanc de la colline. Assieds-toi là tranquillement, personne ne viendra te déloger, et médite un peu l'histoire que je vais te raconter, celle dont tu es issu…

2

Triangle de Suwalki, nord-est de la Pologne, fin octobre 1939

Avancer. Avancer encore d'un pas. Puis d'un autre. Chaque mouvement demande un effort surhumain : lever haut la jambe au-dessus de l'épaisse couche blanche, poser son pied qu'elle ne sent plus, garder l'équilibre. Le crissement mat de la neige qui se tasse sous la semelle est le seul bruit extérieur, alternant avec celui de sa respiration laborieuse et du claquement de ses dents qu'elle ne contrôle plus. Il n'y a pas de lune, que d'épais nuages et le vague miroitement des cristaux de glace. La nuit est si profonde qu'elle distingue à peine les volutes de son souffle. La sacoche qu'elle porte en bandoulière la déstabilise et elle doit résister pour ne pas être emportée par son poids. Le bâton de bouleau lui servant de canne blesse sa paume à travers le mince gant de laine. Son ventre se rigidifie comme de la pierre à intervalles réguliers et la fait se plier en deux.

Jamais Ewa n'a tant espéré l'aube, le retour de la lumière et peut-être un pâle soleil qui lui donnerait une impression de chaleur. Où donc est-elle ? L'horizon n'existe plus. Il est le prochain sapin à atteindre, mais elle le distingue à peine dans cette obscurité d'encre. Peut-être tourne-t-elle en rond ? Elle n'a aucun repère, la forêt est muette d'indices. Elle voudrait tellement s'allonger et dormir. Ne plus lutter. Il fait si froid. Elle n'a plus la main chaude de Dawid pour la tirer et la guider. Elle souhaiterait entendre encore une fois sa voix pour l'encourager à avancer, mais en repousse le souvenir, il fait trop mal. Lorsqu'elle s'endort dans une grange, près de la chaleur des bêtes, abrutie de fatigue, c'est toujours la vision du trou noir au milieu du front de son mari qui hante son sommeil.

Chaque nuit elle marche vers le nord, ne sachant où se situent les lignes de démarcation[1], évitant les villages, se méfiant de tous et de chacun, traumatisée par la dénonciation. Mais il faut qu'elle mange, et qu'elle dorme à l'abri, parce que dans son ventre s'agitent de petits papillons. Ses jours solitaires ne le sont plus tout à fait. Elle imagine que ce sont les doigts minuscules de son bébé qui la caressent de l'intérieur. Souffre-t-il de sa faim, de son épuisement ? Elle voudrait dire cela à Dawid, alors elle parle à voix haute parfois, pour ne pas sombrer.

Elle avait refusé de rester avec les survivants après le massacre. Sa douleur était bien trop lourde pour supporter celle des autres, ces êtres broyés de chagrin aux

1. Le triangle de Suwalki était une région disputée entre la Pologne et la Lituanie, dont la partie nord fut occupée par les nazis et la partie sud par les Soviétiques en septembre 1939. Le Pacte de non-agression germano-soviétique signé le 23 août 1939 incluait un traité secret de répartition des territoires de la Pologne, de la Finlande et des trois pays baltes.

yeux encore surpris par l'horreur soudaine et le basculement de leur existence. À la première bifurcation, elle avait choisi l'autre chemin et s'était enfoncée dans le couvert des bois, seule, désespérément seule. Elle avait marché une semaine, deux, elle ne comptait plus, sa vie s'était réduite à la recherche de nourriture et d'abris. Elle épiait les paysans, ne s'adressait qu'aux femmes dont elle espérait un peu de compassion. Elle payait parfois un quignon de pain ou un coin de paille à un prix exorbitant. D'autres fois elle recevait un œuf contre un sourire. Les fermiers craignaient les militaires des deux camps, les confiscations, ils n'ouvraient qu'à peine leur porte et l'étranger n'était pas bienvenu.

Elle se tenait désormais en lisière, dans un temps inversé. Elle qui avait toujours vécu dans l'insouciance, se reposant sur les êtres qui l'aimaient telle une bulle légère accrochant son âme au sérieux des autres, avait brutalement chaussé des semelles de plomb. Elle ne dormait plus qu'en alerte, au bord de l'éveil, prenant parfois un simple bruit de sabots pour un coup de feu qui emballait son cœur. La chaleur du corps un peu rond de Dawid, si confortable, avait déserté son repos. Elle devait marcher sans guide. Grandir soudain, se délester de ses oripeaux d'épouse et devenir mère.

À l'aube, elle se trouve face à une plaine convertie en no man's land. Le lieu grouille d'Allemands. Les barrières de leur côté sont levées. Entre barbelés et miradors, de pauvres hères s'engagent, rejoignant une procession de réfugiés se dirigeant vers la frontière soviétique.

Elle hésite, terrifiée à l'idée d'être reprise, mais c'est

sans doute sa seule chance de passer en zone russe. Elle en parle la langue, ses traits sont hérités des contrées slaves, elle pense que de l'autre côté le danger sera moindre. Elle finit par sortir de la forêt et par rejoindre la foule des voyageurs traînant leurs maigres possessions, leurs enfants fatigués, leurs vieillards épuisés.

Lorsque la lumière du soleil se devine enfin derrière les nuages et qu'ils sont à mi-chemin, des cavaliers émergent, baïonnette au fusil, leur criant de faire demi-tour, encourageant leurs montures à de brusques écarts qui projettent des éclaboussures de neige. L'étoile rouge sur leurs casquettes ne laisse aucun doute sur le sérieux de leurs intentions. Les fuyards font demi-tour en panique. Ewa crie aux soldats qu'elle est une compatriote mais ils ne se laissent pas berner, nombreux sont les Polonais dans la région à parler russe ou biélorusse, et puis ils ont des ordres, ils ne doivent autoriser personne à franchir la frontière, refoulent les plus résistants à coups de cravache. Alors elle s'en retourne, désespérée. Mais la barrière rouge et blanche est désormais baissée. Des soldats vert-de-gris, tout aussi menaçants, leur interdisent le passage. La souricière s'est refermée. Les voici piégés dans ce bout de terre de personne. Certains argumentent en mauvais allemand avec les plantons, supplient, se lamentent, rien n'y fait.

C'est l'abjecte absurdité qui les rattrape. Nazis et Soviétiques sont alliés pour dépecer la Pologne mais aucun ne veut des victimes de leur démembrement. L'union contre-nature de ces deux monstres, sur le papier, aboutit à cela dans le quotidien des hommes : des morts en sursis, dans l'indifférence générale. Les errants se regroupent devant la barrière, déblaient un coin de neige où se reposer, d'autres repartent craintivement en direction de l'est, gardant en vue la croupe des chevaux. Ewa observe cet immense couloir vide et se dit qu'il ne peut pas être surveillé partout. Alors elle reprend sa marche vers le nord, seule, elle ne veut pas consentir à cette déraison qui la tuerait certainement de faim et de froid. Elle s'arc-boute plus pesamment sur son bâton. Parfois elle tend la main pour attraper une poignée de neige qu'elle porte à sa bouche et laisse fondre sur sa langue avant de l'avaler. Elle n'a qu'une pomme flétrie pour repas, qu'elle croque debout pour résister à la tentation du repos. Après avoir marché toute la nuit, elle marche tout le jour dans la vaste plaine, pressentant que si elle ne trouve pas rapidement un abri, c'en sera fini, elle cédera à un sommeil qui deviendra éternel.

Alors que le jour décline, elle croise des traces nombreuses dans l'épaisseur blanche, un chemin s'y dessine, griffé des rails caractéristiques de roues de charrette. Elle met ses pas dans les marques déjà glacées, moins profondes que la poudreuse. Si elle avait des raquettes, elle progresserait plus rapidement et sans fatigue. Cette pensée la projette en un temps insouciant où ses vacances d'enfance étaient emplies de glissades en luge, de promenades en traîneau et de randonnées, d'âtres flamboyants et d'hydromel brûlant au retour. Il y a à peine un an, elle avait ainsi célébré ses noces avec Dawid, le gentil et timide Dawid, le Varsovien toujours penché sur ses livres, citadin dans l'âme, qui avait découvert avec émerveillement les joies hivernales des reliefs de la Podlachie.

Bien que douloureux, se perdre dans ses souvenirs

l'aide à mettre un pied devant l'autre. Elle entendrait presque les grelots du cheval qui hardiment tirait les jeunes mariés pelotonnés l'un contre l'autre sous la couverture de fourrure. Les clochettes de sa mémoire semblent tinter plus fort, puis se mêlent au trot d'une monture, aux grincements du bois, alors elle se retourne enfin, réalisant qu'une carriole arrive dans son dos. Une paysanne emmitouflée la conduit, tire sur les rennes à sa hauteur. Ewa se retrouve devant le museau d'un vieil animal, son souffle chaud qui sent bon le foin et le poil suant sur son visage. Les deux femmes se regardent un instant sans échanger un mot parce qu'elles savent toutes deux ce qu'elles représentent l'une pour l'autre. Une sauveuse pour Ewa, un danger pour la fermière. Pourtant celle-ci lui fait signe de monter et précise en polonais de bien se cacher. Mais Ewa hésite parce qu'une même charrette l'a déjà conduite vers l'horreur. Elle tente de sonder les yeux ombrés par le fichu, n'y décèle rien. De toute façon, il faut faire confiance ou mourir de froid. Alors elle grimpe sur le plateau arrière et s'enfonce dans un cocon de paille. La position allongée, le balancement rythmé et la relative chaleur ne tardent pas à la plonger dans un profond sommeil.

Ewa se réveille lorsque la femme la secoue et lui fait signe de descendre. Des bâtiments rustiques les entourent. Elle se retrouve seule au milieu de la cour boueuse tandis que le cheval est dételé et conduit à l'écurie.

Dans la cuisine, la fermière ravive le poêle et sert une grande écuelle de soupe pendant qu'Ewa défait son manteau. Les gerçures à vif de sa peau semblent s'enflammer et elle gémit en retirant ses gants. Son ventre se devine à peine mais attire immédiatement le regard, il a une rotondité caractéristique, qui suspend les gestes de la femme toujours silencieuse. Elle tend une cuillère à Ewa, pose à côté de l'assiette un gros morceau de pain, puis verse deux verres de vodka. N'ayant pas bu une goutte d'alcool depuis qu'elle se sait enceinte, Ewa hésite mais elle a envie de la brûlure pour se revigorer, et puis ce serait faire affront à son hôtesse. Les deux femmes boivent cul sec et grimacent ensemble. Cette soudaine communion les fait sourire. Ewa lance un franc *dziekuje*, un merci sincère, parce que jamais la générosité n'a eu dans sa vie un visage aussi providentiel. Elle croyait la paysanne âgée mais elle ne doit pas avoir plus de quarante ou quarante-cinq ans. Son regard révèle une vie de labeur et de joies rares.

Dans la soupe riche en légumes surnage un bout de lard qu'elle avale sans hésitation, riant intérieurement en pensant à la tête qu'aurait faite Dawid à la voir manger du porc gras. Elle n'a rien goûté de tel depuis leur départ de Bialystok, un repas chaud, du pain à volonté, et en dessert, alors qu'elle est repue après une deuxième assiette, un bol de fromage caillé recouvert de confiture de prune. Aucun festin n'a jamais égalé celui-là.

Peut-être est-ce shabbat ce soir, elle l'ignore. Lorsqu'elle voit le crucifix au-dessus de la porte, Ewa pense que si elles n'ont pas la même religion, elles ont le même dieu. Alors, si souvent elle se demande pourquoi Il laisse Son peuple crier en vain, elle Lui rend grâce pour ce répit salvateur.

Ewa a fini par demander à Krystyna son prénom.

S'étonne de sa solitude. Krystyna lui dit que les hommes sont d'abord partis combattre les Allemands. Son mari, son frère, ses fils, ses neveux, les métayers. Après la défaite, ils avaient rejoint le maquis. Elle sait ses garçons en Angleterre, ce qui la rassure, mais rien de plus. Sa belle-sœur est comme elle, à quelques kilomètres, sur l'exploitation de ses parents. Les bâtiments côté allemand, des terres côté russe. À faire la navette entre les deux frontières, les gardes les connaissent et ne fouillent plus les chargements, mais elles restent prudentes. D'autres fermiers alentour collaborent activement pour ne pas subir de représailles et vendre à bon prix leur production. Elle se sait à la merci de soldats ivres de l'un ou l'autre camp en manque de femmes. Elle préfère vivre sans compromission, bien consciente qu'un jour viendra où l'un des deux ogres attaquera et que sa ferme sera prise en étau. Ce territoire a déjà été lituanien, polonais, russe, soviétique, menacé par les Suédois, les Biélorusses et maintenant les nazis, dit-elle d'un air résigné, haussant les épaules en signe de fatalisme.

Lorsque Ewa caresse son ventre, Krystyna la regarde avec une douceur dans les yeux qu'elle ne s'était pas autorisée avant. Elle l'interroge sur la date présumée de la naissance. Un bébé à peine sorti de l'hiver dont la pensée fait couler les larmes de la future maman. La joie, la peur, la solitude, l'inconnu aussi surgissent en mots désordonnés et en sanglots. La paysanne la serre dans ses bras et attend que se tarissent les pleurs qui délivrent. Elle pourrait être sa mère, elle aurait tant voulu une fille.

La fermière roule un tapis sous lequel apparaît une large trappe, qu'elle soulève avec effort, descend quelques marches avec la lampe à pétrole à la main, puis d'en bas, crie à Ewa de la rejoindre avec ses affaires. Celle-ci découvre un espace en terre battue, bas de plafond mais où l'on peut se tenir debout, et dont les parois sont couvertes de claies et d'étagères sur lesquelles s'alignent de nombreux bocaux, des bouteilles, des pots en terre, des pommes flétries mais semblant encore savoureuses, des salaisons qui mettent l'eau à la bouche. Une paillasse sur un lit de corde sera la couche d'Ewa. Il y a dessus plusieurs couvertures qui sentent le renfermé, mais propres. Sans doute n'est-elle pas la première à se terrer ici. Résistants ? Exilés juifs comme elle ? Il vaut mieux qu'elle se cache, dit Krystyna, Ewa n'a pas l'accent ni les manières d'ici, elle serait vite identifiée s'il y avait de la visite. Et elles seraient toutes les deux exécutées sans distinction.

Durant trois jours, elle l'héberge et la nourrit sans rien demander en retour. Ewa n'émerge de son antre clandestin qu'au soir. Manger, dormir et récupérer sont ses seules occupations. La nuit est peuplée de spectres effrayants s'agitant dans des danses macabres.

Avant de reprendre sa route, Ewa lui demande pourquoi elle fait ça. Avec son habituelle économie de mots, Krystyna dit qu'une inconnue l'a cachée pendant la guerre russo-polonaise, en 1920, lui sauvant la vie. Elle place la main sur son cœur puis regarde la petite icône de la Vierge noire de Czestochowa placée au-dessus du chambranle de la porte. Un mélange de charité chrétienne et de compassion pour une sœur en détresse qui un jour peut-être se souviendra de son geste pour en aider une autre. Ewa, si innocente au début de cette guerre, a déjà fait l'expérience du pire et du meilleur de la nature humaine. Elle ignore qu'elle n'est qu'au début d'un long chemin de haine et de charité, de vindictes et de rédemption. Tel Janus aux deux visages, chacun sera révélé par les circonstances et son caractère profond.

Les deux femmes s'étreignent quand vient l'heure du départ. Ewa emporte dans sa besace des provisions pour la route et dans sa mémoire la bonté de celle qui a fait reculer son désespoir.

Elle marche vers la ligne russe dans la direction que lui a indiquée Krystyna : elle sait que, dans cette zone marécageuse, la frontière sera moins surveillée. En effet, Ewa scrute la forêt sans distinguer le moindre mouvement dans le silence ouaté par l'épaisseur de la neige. Elle est à nouveau seule dans l'immensité, en pleine lumière, et ferait une cible facile.

Alors qu'elle s'approche des barbelés, un jeune soldat émerge soudain, fusil en joue, lui criant de ne pas faire un pas de plus, de retourner chez les Allemands. Ewa se fige, le cœur haletant. Moins de cinq mètres les séparent. Elle distingue le visage juvénile, les cheveux de paille sous le casque un peu grand, encadrant un regard qui révèle une peur aussi vaste que la sienne. Elle lui dit en russe d'une voix lasse, découragée, qu'elle ne fera pas demi-tour, autant qu'il tire et l'exécute là, tout de suite. Ceux d'en face ne veulent pas d'elle non plus, elle est coincée ici, elle va mourir d'épuisement et son bébé avec elle et ce sera sa faute. Il devra en porter la culpabilité jusqu'à la fin de ses jours. Elle parle encore et encore et l'invective tandis qu'il la vise, elle est tellement véhémente à la fin qu'elle se met à sangloter, et ne peut plus s'arrêter, arc-boutée sur son bâton. De grosses larmes tombent comme une pluie de désolation. Le soldat est touché, indécis, baisse son arme. « Vous allez où ? demande-t-il. – Vilnius[1], répond Ewa. – D'où êtes-vous ? poursuit-il. – Bialystok, mais ma grand-mère vient de Smolensk. » Elle tente de le convaincre qu'elle est presque aussi russe que lui. Il se balance d'un pied sur l'autre, hésite, tergiverse, la remet en joue. Pour gagner du temps, il lui dit : « Et le bébé, il va s'appeler comment ? » Ewa est surprise, projetée soudain dans des discussions intimes avec Dawid, lorsque enlacés ils discutaient des prénoms de leur enfant, lui qui souhaitait pour un garçon une origine biblique, tandis qu'elle préférait une consonance slave. « Aleksander pour un garçon, Zofja si c'est une fille », réplique-t-elle. Elle voit un grand sourire fendre les lèvres du jeune homme en même temps qu'il saisit le canon de son arme pour la ramener vers son épaule. « C'est le prénom de ma petite sœur ! Je ne vais pas tirer sur vous, ce serait comme la tuer ! » Et il lui fait signe de longer avec lui le grillage, jusqu'à un endroit où un bouleau s'est abattu sur la clôture et où Ewa peut se faufiler à travers les branches.

Voilà, elle est enfin côté russe. Le soldat l'invite à le suivre jusqu'à une casemate, qui tient plutôt de la cabane de trappeurs. De la fumée sort d'un trou dans le toit couvert de mousse. Un homme est assis dehors, à fumer sur un rondin, presque aussi jeune que le premier, tout aussi blond, ils pourraient être frères. Son regard soudain concupiscent lorsqu'il aperçoit la sil-

1. Vilna en yiddish, Wilno en polonais ou Vilnius en lituanien et russe, était la capitale historique de la Lituanie, annexée par la Pologne de 1919 à 1939.

houette d'Ewa la glace d'effroi. « Qui va là ! s'exclame-t-il. Tu nous amènes de la compagnie pour la nuit, Oleg, c'est gentil ça ! – Ta gueule Vlad. »

Un troisième soldat émerge et se plante dans l'embrasure de la porte, plus âgé, gradé, regardant durement Oleg. Ewa n'en mène pas large, persuadée qu'elle sera violentée, violée, qu'ils abuseront d'elle jusqu'à l'épuisement et iront balancer son cadavre dans le marais tout proche. Alors elle leur sourit, les salue, se présente en leur serrant la main, ce qui désarçonne celui qui est assis et semble divertir Ilya, le chef, qui s'abstient d'adresser des reproches à Oleg pour sa désobéissance. Il invite Ewa à entrer dans la cabane enfumée mais chaude, lui sert un thé, propose du pain et des pommes. Les deux soldats sont entrés à leur tour, débarrassés de leur veste et de leur fusil, et regardent la jeune femme avec gourmandise pour l'un et admiration pour l'autre lorsqu'elle dénoue le fichu qui enserre ses cheveux. Mais l'ascendant naturel qu'exerce leur chef sur eux les maintient à distance, dans le respect et l'obéissance. La nuit est tombée et il n'y a que l'ennui comme compagnon, alors cette réfugiée est une distraction bienvenue. Mais Ilya veillera à ce qu'aucun d'eux ne profane son corps, car il est un père de famille respectable et n'a pas pour habitude de prendre de force ce qu'on ne lui offre pas. Et puis il est juif, comme elle, il lui a demandé parce que tous ces gens que les militaires soviétiques ont ordre de refouler le sont. Il va même jusqu'à lui offrir sa paillasse pour qu'elle se repose jusqu'au matin, rassurée d'avoir un gardien vigilant veillant sur son sommeil.

À l'aube, Ewa quitte le jeune Oleg en le remerciant de sa gentillesse. Il a eu raison de laisser parler son cœur plutôt que sa peur. Ilya l'emmène à la gare la plus proche, d'où elle espère progresser plus vite vers la Lituanie si elle n'est pas arrêtée avant et envoyée croupir en Sibérie. Elle devra encore passer une frontière clandestinement, mais les rencontres successives de Krystyna, d'Oleg et Ilya lui font croire désormais que son périple aura une fin heureuse et que Dawid, de l'au-delà, veille sur elle. En croupe sur la moto, elle s'accroche à son chauffeur quand les cahots du mauvais chemin menacent de les faire verser. L'air est vif et pur, le ciel enfin bleu, et pour la première fois depuis l'infâme coup de feu qui a pris la vie de son mari et balayé à jamais son insouciance, elle a envie de vivre un jour de plus.

3

Kovno[1]*, Lituanie, avril 1940*

Lorsque le temps est clair et que la neige a enfin fondu, la route ne semble pas trop longue depuis Slobodka jusqu'au Café Metropolis. Il suffit de descendre vers la rive droite de la Néris, de franchir le pont au-dessus de la confluence avec le Niémen, puis de longer la vieille ville jusqu'à cette belle avenue qui coupe le centre-ville en deux moitiés, l'une bordée par des collines boisées au nord, au sud par le fleuve. Durant une bonne partie de l'hiver, lorsqu'il neigeait ou que la glace couvrait les trottoirs, Leib a pris le trolleybus, qui le déposait sur Donelaicio. Aujourd'hui il a envie de marcher, car le gris a enfin déserté le ciel. L'air est encore très frais mais déjà porteur d'une légère douceur, une humidité soufflant de la Baltique qui fait poindre les bourgeons sur les tilleuls de Laisvés Aléja. Avenue de la Liberté en lituanien. Combien de temps encore pourra-t-elle porter ce nom dans l'étau qui se resserre ? Il a vu ces arbres pour la première fois à l'automne, jetant leurs derniers feux

1. Kovno en yiddish, Kowno en polonais ou Kaunas en lituanien, capitale de la Lituanie par intérim entre 1919 et 1939.

d'or jaune avant la chute des feuilles, puis en noir et blanc, juste soulignés par une épaisse couche de givre. Les habitants de Kovno sont fiers de cette longue artère rectiligne. Ce boulevard bordé d'immeubles bas aux façades pastel lui rappelle Unter den Linden, à Berlin, ville dans laquelle il a étudié durant plusieurs années. Ici, ce sont les dômes de l'église Saint-Michel-Archange qui servent de point de fuite, comme là-bas la porte de Brandebourg.

Il flotte désormais sur la capitale allemande de grands drapeaux rouges, noirs et blancs qu'il abhorre et craint de voir flotter un jour ici. S'il déteste tout aussi viscéralement ceux avec une faucille et un marteau, les Soviétiques semblent encore préférables aux nazis. Pourtant, il se murmure que certains de ses compatriotes ont disparu et pourraient avoir été expédiés en Sibérie. Survit-on mieux aux goulags qu'aux camps de concentration ?

La Lituanie a troqué le retour de son ancienne capitale Vilna dans son giron contre un pacte de défense et d'assistance mutuelles, permettant à l'URSS d'utiliser ses ports et de déployer ses troupes sur le territoire. Comme si les Lituaniens avaient eu le choix… Hitler et Staline avaient si facilement dépecé la Pologne. Pourtant, le pays de Leib était beaucoup plus vaste que ce petit État balte qui ne fait pas le poids. Le moustachu géorgien n'a qu'à lever le petit doigt pour les écraser tous. Quant à l'Autrichien vociférant, il fait subir les pires horreurs à ceux qui n'ont pas fui à temps. L'alliance des deux tyrans est tellement contre-nature que Leib ne cesse de se demander quand elle finira par craquer. Il marche en ruminant ses angoisses, serrant le col de son manteau trop léger, le ventre tenaillé par la faim.

Le vendredi, après ses consultations du matin, il se rend au Café Metropolis pour retrouver d'autres réfugiés polonais, échanger des nouvelles, faire le point sur les exils possibles, les visas nécessaires, la surveillance du NKVD, l'organisme de sécurité soviétique tant redouté. Les informations circulent dans le quartier juif de Slobodka où habitent, comme lui, de nombreux compatriotes en errance. Ils sont majoritaires parmi ses patients, à qui il prodigue des soins contre quelques victuailles parce qu'ils sont tout aussi démunis que lui.

La façade saumon et les moulures blanches du Metropolis sont en vue, à l'angle de l'intersection. Derrière le trolleybus qui vient de repartir, deux femmes apparaissent, marchant épaule contre épaule, l'une aussi brune que l'autre est blonde.

Leib soudain se fige. Cette épaisse tresse enroulée comme une couronne de blé mûr, semblable à celles dont les femmes s'ornent pour célébrer les moissons. Ce port altier, ce col de cygne au-dessus de l'écharpe, cette silhouette menue. Il sent le sang lui monter à la tête et battre fort à ses tempes. Son cœur s'emballe. Serait-ce possible ? Il a vu le visage broyé, à peine reconnaissable, il a serré contre lui le corps sanglant, l'a enseveli à même la terre boueuse, et pourtant il court vers elle, il crie son nom, mais elle ne réagit pas, alors il attrape ses épaules et la retourne d'un geste brusque. Il lit la surprise et l'effroi dans ses yeux, Pardon, je suis désolé, je vous ai prise pour quelqu'un d'autre. La jeune femme serre quelque chose contre elle, très fort, en guise de protection. Un bébé qui pousse un hurlement dû au geste violent. Son amie, à ses côtés, interpelle Leib :

– Mais enfin, qu'est-ce qui vous prend, vous êtes fou !

Puis, le reconnaissant :

– Docteur Rothman ! Qu'est-ce que ça signifie, auriez-vous oublié vos manières ? Vous nous avez fait peur ! Voilà que vous avez terrorisé cette pauvre enfant.

– Veuillez m'excuser, de dos, je vous ai confondue, pardonnez-moi de vous avoir effrayée, balbutie Leib en s'adressant à la femme blonde qui ne le regarde pas.

Elle tente de calmer son nourrisson en le berçant et en chuchotant des paroles apaisantes. Leib demeure planté devant elle à la dévisager. Il enlève son chapeau, le tourne gauchement entre ses doigts, puis reprend :

– Madame Krawitz, je suis tellement confus. Un moment d'égarement. La fatigue sans doute. Dites-moi, comment se porte votre époux ?

– Un peu mieux, il tousse encore beaucoup mais la fièvre est tombée, merci. Il vous est reconnaissant.

– Vous m'en voyez heureux. Je suppose que vous vous dirigez vers le Metropolis.

– Oui, en effet. Permettez-moi tout de même de vous présenter Mme Rozenblut. Et la petite Zofja.

– Enchanté madame, et encore mille pardons, dit-il en inclinant légèrement la tête.

– De même.

Simple politesse car le ton est cassant.

– Elle est toute jeune, remarque Leib en se penchant au-dessus du petit visage. Est-elle née ici ?

– Oui. Elle a six semaines.

– Vous portez-vous bien toutes les deux ? Puis-je vous aider en quoi que ce soit pour réparer ma méprise ?

– Mme Rozenblut habite bien trop loin pour devenir votre patiente, intervient Mme Krawitz.

– Je me déplace, vous savez. Où résidez-vous, madame ?

– À Petrasiunai, répond Ewa Rozenblut.

– En effet, c'est à l'opposé de Slobodka, mais je me rends au domicile de tous ceux qui ne peuvent venir. N'hésitez pas à faire appel à moi si le besoin se présente.

Malka Krawitz, d'un bras ferme, entoure les épaules de son amie. L'ascendant est visible de l'une sur l'autre. Une main pour maintenir la porte vitrée du café ouverte, Leib s'efface courtoisement devant la silhouette charpentée, la poitrine gonflée d'importance de la femme aux cheveux noirs, impeccablement épinglés en chignon. Ewa entre à sa suite dans le brouhaha des conversations, les volutes de tabac, les effluves de chou aigre et d'alcool bon marché. Le sol en damier devant elle est poli par les pas, rayé par les pieds de chaises, et les tentures de velours rouge ont connu des jours meilleurs. C'est un lieu pour occuper les longues journées sans travail, se nourrir de chaleur humaine. L'entraide n'est pas absente, ils sont nombreux ceux qui ont de la famille dans ce pays un peu cousin, plus balte que slave, plutôt accueillant.

Ewa suit Malka entre les tables, se cogne à un angle et les verres dessus tanguent et manquent de déborder. Elle s'excuse en rougissant de sa maladresse. Il n'y a presque que des hommes, qui fument, jouent aux échecs, lisent des journaux, mangent, boivent surtout. Étrangement, la langue dominante lui est tout de suite familière, comme si en franchissant ce seuil elle revenait un peu au pays. Pourtant, elle se débrouille en lituanien, même si le temps est loin où elle venait en vacances chez ses grands-parents maternels au bord de la Néris. Non, c'est la musicalité du yiddish qui l'enveloppe, rassurante, comme l'est toujours une langue maternelle, la *Mame loshn*. La langue qui unit onze millions de Juifs, qu'ils soient polonais, lettons, lituaniens, roumains, hongrois, ou même new-yorkais du Lower East Side.

Elle n'a pas jeté un regard à l'homme qui l'a bousculée et qui maintenant traverse la salle comme en territoire connu, vers le fond où un groupe d'hommes est attablé. Sa haute silhouette paraît plus immense encore tandis qu'il retire son manteau et le suspend à la patère. Malka aide Ewa à se déshabiller tout en tenant le bébé, la fait asseoir.

– Que voulez-vous boire ? Vous verrez, le *tcholent* est correct ici et vous fera du bien, et ils font un délicieux *karaliske Kave* qui vaut presque un café viennois.

Ewa se laisse aller contre la banquette, détendre par la chaleur. Elle ferme les yeux quelques instants, sa fille contre son ventre, si légère. Elle est tellement fatiguée que si elle ne se forçait pas à les rouvrir, elle pourrait s'endormir là, comme ça, au milieu de l'agitation. Zofja semble ignorer la différence entre la nuit et le jour et draine le peu d'énergie que sa mère tire de son alimentation spartiate.

Leib survole la salle du regard, identifie de nombreux visages. Certains lui adressent un imperceptible hochement de tête ou un petit signe de reconnaissance de la main. Derrière, des pathologies récentes, des maux d'hiver et divers, des organismes affaiblis par le froid et le manque de nourriture.

Aucune insouciance ne règne dans ce café. Le feu et le sang ont fait disparaître la légèreté et l'innocence. L'instant présent est oblitéré par le futur incertain, les lendemains vacillants, la précarité.

Leib tente jour après jour de repousser la nuit qui l'a enseveli et dont il peine à se défaire. Chaque guérison représente désormais une petite victoire contre l'ennemi.

Le serveur pose devant lui une assiette de *tcholent*. Même si l'on y trouve plus de pommes de terre et de haricots que de viande, il permet pour quelques centimes de litas de se remplir le ventre. Chaque coin d'Europe a ses petites variantes. À Paris, dans le quartier du Marais, ses cousins lui ont appris que le mot vient du français *chaud-lent*. Le plat, dont la recette se transmet de mère en fille, fait invariablement remonter en chacun une nostalgie familiale.

La chaleur irradie immédiatement dans son corps et Leib sent ses épaules et le nœud dans sa poitrine se relâcher un peu. Il peut prêter attention aux échanges autour de la table. Deux hommes serrés sur la banquette monopolisent l'attention. Il connaît bien l'un d'eux. D'une trentaine d'années, il détonne par sa stature. Ses petits yeux pétillent d'intelligence dans ce visage rond au front dégarni et à la moustache dense. Il parle avec un très fort accent. Moses Beckelman est originaire de New York et représentant du *Joint*, l'organisation humanitaire juive américaine. Le café est sa cantine puisqu'il réside juste au-dessus à l'hôtel lorsqu'il n'est pas à Vilna où se massent la grande majorité des réfugiés. Autour de lui, les mines sont tendues. Son voisin direct est un avocat polonais que Leib a déjà croisé, Zorach Warhaftig. Son secrétaire, Schmul Graudenz, est assis à sa gauche. Warhaftig est un sioniste convaincu qui ne ménage pas sa peine pour trouver des routes de migration vers la Palestine, démarchant inlassablement les consulats et ambassades les plus improbables. Ses sourcils broussailleux barrent son front soucieux et sa bouche n'est qu'un trait amer.

Le premier parle de levées de fonds insuffisantes, le second du prix exorbitant des sauf-conduits. Leib sait que son passeport ne vaut plus rien, la Pologne n'étant plus un pays souverain. Un homme sans existence légale, voilà ce qu'il est devenu, pense-t-il. Il entend des chiffres effrayants, Beckelman évoque dix mille réfugiés à soutenir, Warhaftig plutôt quinze mille. Heureusement, les Juifs de Lituanie sont généreux et ont créé, par l'intermédiaire de plusieurs organisations, des soupes populaires pour sustenter les plus miséreux. La frontière entre la Lituanie et la zone polonaise occupée par l'URSS est maintenant hermétique. Les Juifs qui ne l'ont pas franchie sont piégés. L'argent aussi. Les Américains font la sourde oreille et barrent l'accès à leur pays. Les pays du Sud font de même. Quant aux Anglais, empêtrés entre la déclaration Balfour favorable à l'établissement des Juifs et leurs engagements auprès des nationalistes arabes, ils sont intraitables et n'accordent de visas pour la Palestine qu'au compte-gouttes.

La mauvaise nouvelle du jour les assombrit. La route d'émigration par l'ouest, déjà compromise par les mouvements maritimes sur la Baltique et dans la Manche, est désormais coupée. Les Allemands viennent d'attaquer le Danemark et la Norvège, qui servaient de relais pour la fuite vers l'Angleterre, les Pays-Bas, la Belgique et la France. Ces hommes de bonne volonté sont dans une impasse complète. Ils redoutent désormais l'invasion russe qui fermera leur prison.

Leib contemple les visages tourmentés. Le découragement est palpable. Ils pensent sans doute à leur femme, leurs enfants. Leurs parents restés au pays. Des frères et sœurs peut-être. Des amis, des collègues. À Lodz, sa ville natale, où le tiers de la population est juive, les regroupements sont presque achevés. Les Juifs doivent se concentrer dans quelques rues de la vieille ville et trois des quartiers les plus délabrés. Ceux des faubourgs sont contraints d'abandonner leur habitation. Même les conjoints polonais des *Mischlinge*, tous ceux issus de mariages mixtes, sont obligés de suivre. C'est le cas de ses parents : sa mère allemande et aryenne qui, aux yeux des chantres de la race pure, a eu le mauvais goût de souiller sa lignée avec un Juif. Il les a exhortés à le suivre, ainsi que sa sœur, avec son mari et ses enfants, lorsqu'il était encore temps. Rien n'y a fait, au nom de ceux qui ne pouvaient partir, les trop âgés, les trop jeunes, créant ainsi une chaîne de devoir et de fidélité, jusqu'au massacre du 1er mars, applaudi par les nazis, qui a scellé leur sort. Sa famille vit désormais dans une seule pièce et troque jour après jour les quelques possessions emportées lors du transfert. Son père et son beau-frère travaillent contre un peu de nourriture dans un atelier de confection de vêtements. Alors Leib envoie des colis. Il espère que le courrier les reliera encore longtemps. Il se trouve écartelé entre désir de fuite et résignation à rester. Tous sont comme lui, redoutant en partant de ne plus pouvoir soutenir leur famille.

Un silence lourd s'installe. Lorsque l'Américain Beckelman évoque la situation sanitaire et médicale des réfugiés, Leib apporte des précisions, donne quelques exemples, insiste sur les risques d'épidémies. Un homme dont il ignore le nom fait diversion en évoquant Pessah qui approche. Les fêtes pour raviver le moral des troupes. Il a raison. Commémorations et traditions, rassemblements et repas rituels sont le ciment de leur communauté. Il ira à la synagogue demain, se couvrira du châle, dira les prières, mais ses pensées resteront ancrées à la terre qui a recouvert les siens tel un linceul.

Leib se détache de la conversation. De la réalité aussi qui, parfois, n'a plus d'importance. Il soigne ses compatriotes et coreligionnaires comme il peut, soulage leurs maux, écoute leurs confidences. Leur sort le touche, mais le sien propre lui importe-t-il encore ? Advienne que pourra. Il a bien tenté de faire valoir son visa expiré. On l'a redirigé vers l'ambassade des États-Unis, lui opposant une fin de non-recevoir. Il a contacté l'université qui lui avait proposé un poste, a mis en avant les diplômes dont il ne pouvait plus prouver l'existence, puis quémandé, puis supplié. Puis renoncé. Parce qu'une administration lointaine ne voit pas les personnes en détresse derrière les chiffres. Avant la guerre, il s'était imaginé en chaire dans cette prestigieuse institution du Massachusetts, discourant sur l'immunologie devant un parterre de brillants étudiants. On l'aurait accueilli pour son savoir et non renvoyé parce que juif, comme à la faculté de médecine de Varsovie. Si seulement sa femme Irena n'avait pas repoussé de mois en mois l'échéance du départ parce que sa mère était souffrante. L'invasion allemande les avait rattrapés.

Il ne s'apitoie plus sur son sort. Peut-on s'habituer au malheur ? En a-t-on le droit ? Il avale d'un trait son verre de *zalgiris* comme s'il voulait brûler la douleur. Le miel adoucit un peu le feu de l'alcool. Ne reste en bouche que le parfum des herbes qui lui confère une touche médicinale.

Il voudrait tant oublier les images qui reviennent encore et encore, dans son sommeil surtout, mais aussi lorsqu'il écoute avec ses mains le corps des patients qui souffrent, lorsqu'il croise des enfants qui jouent, encore insouciants, vivants, si vivants, eux, que ça le déchire. Il s'apprête à demander un autre verre, une dose d'anesthésie temporaire. Il sait que ce n'est pas une bonne idée, que l'eau-de-vie est aussi une eau de mort, mais quelle importance au fond. En cherchant le serveur, il croise le regard de la femme à la tresse. Son siège ne lui fait pas tout à fait face à l'autre bout de la salle, pourtant, un instant, il en est sûr, elle a tourné les yeux vers lui.

Ces étranges iris. Un bleu de glace sombre et un vert de sous-bois en été, sous des paupières presque asiatiques. Des pommettes hautes et saillantes clament ses origines slaves, affirmées par la coiffure. Il observe maintenant à la dérobée le menton triangulaire sous des lèvres généreuses. Il la trouverait presque belle si ses sourcils n'étaient constamment resserrés en rides soucieuses et la bouche pincée d'inquiétude.

Ewa a bien remarqué le manège du médecin. Elle n'aurait pas dû le regarder en premier. Mais il attire l'œil avec sa chevelure rousse en bataille et son buste qui dépasse d'une tête celui de ses compagnons. Elle se fustige d'avoir été si rêche à son encontre. Mais avoir fait hurler sa fille l'avait mise en colère, parce que son repos est si fragile, si rare. Elle se sent plus apaisée maintenant qu'elle n'a plus ni faim ni froid. Malka a refusé bien vite ses services. Ce n'est pas elle qui veille toutes les nuits à bercer son enfant qui ne veut pas dormir et pleure d'un mal qu'elle ne sait pas identifier. Ewa n'a ici ni mère ni sœur pour la conseiller, seulement Malka qui n'a pas d'enfant, et sa logeuse, une vieille Lituanienne qui en a eu huit et pense que tout finit par passer à coups de prières. Elle n'a plus grand-chose à vendre pour payer un docteur, alors pourquoi pas celui-ci. Sa nouvelle pauvreté la fait penser aux valeurs cachées dans la doublure du manteau de Dawid. Elle se revoit couper le bel ourlet de satin et coudre des sachets de tissu enfermant quelques pièces d'or et des bijoux. La vermine doit désormais les recouvrir. À moins que les soldats n'aient dépouillé les cadavres avant de les ensevelir. Tout est noir dans son esprit sur ces moments-là, pour tenir à distance la douleur. Son mari repose sous la terre étrangère et gelée, sans sépulture, sans petite pierre dessus, sans *kaddish*, avec pour compagnons d'éternité d'autres corps innocents.

4

Petrasiunai, Lituanie, avril 1940

Depuis presque une demi-heure que Leib est descendu du vieux bus, il a déjà toqué aux portes de trois masures, a été poursuivi par un molosse dans une ferme et a trempé ses chaussures dans les flaques de chemins défoncés. Il tremble de froid. Le vent souffle en rafales et le ciel est menaçant. La douceur, qui semblait annonciatrice du printemps, a laissé place à un sursaut neigeux. Des flocons tombent par intermittence, transformant le sol en bourbier.

Au quatrième essai enfin, une vieille femme esquisse un sourire édenté au nom d'Ewa Rozenblut. L'échange s'arrête là car aucun ne parle la langue de l'autre, mais elle invite Leib à la suivre dans une cour où picorent quelques maigres poules et frappe au carreau de la fenêtre d'un petit bâtiment attenant à la maison. Un voilage se soulève, laissant apparaître le visage de celle qui l'attend.

Leib pénètre dans une pièce au plafond bas. La chaleur l'enveloppe soudain, qui le fait chanceler tellement la différence de température est brutale et réconfortante. Ewa tend son bras d'un geste raide, serre la main gelée du médecin. Il cherche où poser sa mallette. Des yeux, il englobe la pièce, un poêle sur lequel mijote une marmite en terre, un lit étroit sous une fenêtre, une petite commode. Un berceau en bois à bascule avec des barreaux ouvragés, qui a sans doute servi à toute la progéniture de la logeuse et dans lequel repose la petite Zofja. Ça sent, derrière les effluves de ragoût, la fumée et l'encaustique, le vieux bois et le lait un peu sur. La peinture bleu délavé donne une impression de désolation. La soie du chemisier de la jeune femme, le raffinement de sa tenue, laissent penser qu'elle vient d'un milieu aisé, contrastant avec celui dans lequel elle vit.

Ewa prend le chapeau de Leib et le suspend à une patèrc. Son manteau est lourd du poids de l'eau, elle le place sur le dossier d'un siège qu'elle approche du foyer.

– Venez vous réchauffer, propose-t-elle en lui indiquant une chaise.

Elle saisit la bouilloire qui murmure et prépare un thé noir, qu'elle verse en silence dans deux verres de style russe.

– Il n'y a hélas pas de samovar ici, précise-t-elle.

Ewa pense avec nostalgie à celui de sa grand-mère resté à Varsovie, dans l'appartement qui n'est peut-être plus, maintenant, qu'un tas de ruines.

– Merci d'être venu jusqu'ici, reprend-elle en chuchotant.

– Je vous l'avais promis pour me faire pardonner, répond Leib.

Un silence un peu embarrassé s'ensuit. Leib, en tremblant, serre ses paumes contre la tasse brûlante. Ewa se lève et place la couverture de son lit sur les épaules de son visiteur.

– Merci infiniment.

– Vous avez eu du mal à trouver ?

– Oui, je crois que Mme Krawitz n'a pas un très bon sens de l'orientation, malheureusement pour moi.

– Je suis désolée. Vous avez sans doute pris froid à chercher la maison. Désirez-vous un petit remontant plutôt que du thé ?

– Non, je vous remercie, ça finirait de m'abattre.

– Si cela ne vous dérange pas trop, je préférerais ne pas réveiller la petite tout de suite. La nuit a été agitée. Êtes-vous pressé de rentrer ?

– Non, je n'ai pas d'autres visites mais je ne dois pas manquer le dernier bus car je ne compte pas rentrer à pied. Il doit bien y avoir 12 ou 15 kilomètres jusqu'à Slobodka. Puis-je vous demander ce qui vous a fait arriver dans ce lieu isolé ? Vous avez de la famille ici ?

– Non, les quelques lointains cousins que j'ai sont à Vilna. Je n'ai rien trouvé de disponible dans ce que je pouvais me permettre. Je suis arrivée bien après la première vague d'exode et toutes les locations avaient été prises d'assaut. Et puis, il y a une petite communauté juive pas très loin.

– D'où venez-vous ?

– De Varsovie, mais en passant par Bialystok.

– Je suis aussi de Varsovie ! Où habitez-vous ? s'enquiert Leib.

Étrangement il emploie le présent, comme si leur situation n'était qu'une parenthèse de courte durée.

– Près de Marszalkowska.

– C'est drôle, moi aussi ! Un appartement dans Jerolimskie, au sud, presque à l'angle avec l'avenue.

– Je vois bien, nous nous sommes à Swietojerska,

sur le haut de l'artère. Mais le cabinet de mon mari est juste un peu au-dessus de votre rue.

– Un médecin lui aussi ?

– Non, avocat, précise la jeune femme.

Leib n'ose pas demander ce qu'il est advenu de lui. La présence ici de son épouse seule n'augure rien de bon. Mais il pense tout de même à l'éventualité de la clandestinité, ou d'un enrôlement forcé comme tous ces hommes envoyés en camp de travail après la défaite de l'armée polonaise.

– A-t-il rejoint les partisans ? tente-t-il.

– Non. Il a été tué.

Ewa ne souhaite pas en dire plus et son interlocuteur lc scnt.

– Je suis désolé. Je vous présente mes condoléances. A-t-il connu la petite ?

– Merci. Non, même pas.

Elle ressert du thé pour ne pas avoir à le regarder, à sentir sa gêne et sa commisération. Quant à lui, Malka n'a rien dit de sa situation. Après tout, ça ne la regarde pas. Chacun demeure retranché derrière son mur de malheur.

– Et vous, où exerciez-vous ?

– À l'hôpital et à l'université. Je consultais et j'enseignais. Je dirigeais une petite équipe de recherche aussi, en bactériologie et maladies infectieuses.

Il tait la fin honteuse, la mise à pied pour exercice illégal de la médecine en tant que Juif. Après la mort du maréchal Pilsudski, l'homme fort de la Pologne cinq ans auparavant, les brimades, les vexations antisémites, les émeutes antijuives s'étaient multipliées. Puis des quotas avaient été appliqués et l'étau avait commencé à se resserrer autour de ses coreligionnaires. En cela, les Polonais avaient bien préparé le terrain aux nazis.

– La plupart de nos compatriotes se sont réfugiés plutôt à Vilna, où la communauté juive est beaucoup plus importante qu'ici. Pourquoi vous être installée là, si je ne suis pas trop indiscret ? demande Leib.

– Sans doute pour la même raison que vous, les visas, afin de sortir de cet enfer. Mais c'est un peu compliqué. Quand on a quitté Varsovie après les premiers bombardements, on a pris la direction de Bialystok, d'où je suis originaire, pour se mettre à l'abri chez mes parents. Nous sommes partis en voiture. Je vous passe les mitraillages sur la route, les cadavres partout, la panne d'essence fatale. Nous avons terminé à pied, abandonnant la moitié de nos possessions en chemin, mais vivants. Sauf que le lendemain de notre arrivée, c'était le 15 septembre je crois, nous avons vu défiler les chars à croix gammée devant notre chalet.

Ewa s'interrompt et ferme les yeux quelques secondes, laissant refluer la terreur qui l'avait envahie alors. Presque la moitié de sa ville était juive, une population de trente-neuf mille personnes gonflée par tous les réfugiés fuyant devant la progression allemande.

– Avant l'arrivée des nazis, nous pensions rester à Bialystok en attendant que se calme la situation à Varsovie. Voir les Allemands jusque-là en deux semaines, c'était inimaginable. Quand ils se sont installés, l'antisémitisme a été libéré comme une bête féroce. J'ai vu Myron, notre épicier, traîné de force en dehors de sa boutique et se faire casser les deux mains par des soldats allemands qui l'accusaient de vendre son pain trop cher. La maison des Goldberg est partie en fumée. Les synagogues flambaient dans toute la région. Dawid cherchait un moyen de fuir mais nous étions encerclés. Et puis, une semaine plus tard, c'étaient les chars soviétiques qui défilaient en sens inverse. Ils venaient prendre possession de leur part de butin, sans heurt, sans un coup tiré. Pourquoi je vous raconte tout ça ?

– Je vous demandais comment vous étiez arrivée ici.

– Ah oui, Kovno. Entre-temps, nous avons appris que Vilna était tombée aux mains des Russes. Mon père et mon mari étaient des bundistes[1] engagés. C'est d'ailleurs à un congrès qu'ils s'étaient rencontrés. Pour eux le communisme ne valait guère mieux que le fascisme. Mon père avait été élu au conseil municipal et, par des collègues qui avaient rejoint des réseaux de partisans, il avait entendu dire que le GPU, la police secrète, ne s'embarrasserait pas des socialistes juifs, considérés comme ennemis du peuple. Il a été arrêté alors même qu'il s'apprêtait à rejoindre le maquis. Peut-être a-t-il été déporté en Sibérie. Ou pire, il a été exécuté. J'attends des nouvelles de ma mère restée là-bas mais le courrier ne circule plus. Nous avons préféré fuir au plus vite. Et donc, pour en revenir à votre

1. Le Bund (Union générale des travailleurs juifs de Lituanie, Pologne et Russie) était une organisation socialiste juive laïque, développant des écoles mixtes, des dispensaires, des clubs culturels et sportifs et des bibliothèques. L'accès à la culture, l'égalité des droits et la lutte contre l'antisémitisme étaient au cœur des revendications. Le mouvement ne prônait ni l'assimilation, ni l'émigration, à l'inverse des sionistes. Le yiddish était à la base de l'enseignement.

question, nous nous dirigions bien vers Vilna mais il n'y avait plus de train. Entre-temps, les Russes avaient rendu leur capitale aux Lituaniens mais ils avaient fermé la frontière. Il devenait presque impossible de la franchir. Alors on est remontés plein nord pour tenter de passer par les forêts et peu importait où nous aurions réussi à traverser. Le passeur qui a pris notre argent et qui nous a cachés dans sa charrette nous a emmenés tout droit chez les Allemands.

Ewa marque une pause, submergée par l'émotion. Les larmes brûlent ses yeux mais elle lutte pour ne pas les laisser couler. Pourquoi raconte-t-elle tout cela ? Elle ne connaît pas cet homme, elle n'a parlé à personne de l'exécution de Dawid et des autres. Malka, seule, sait comment elle s'en est sortie.

– Bref, j'ai fini par rejoindre la Lituanie, reprend-elle en éludant. Mon mari m'avait dit que les ambassades et consulats se trouvaient ici. Nous irions là où l'on voudrait bien nous accueillir. Son rêve était d'aller aux États-Unis mais il ne se faisait guère d'illusions. Nous n'étions pas sionistes, nous ne rêvions pas de Palestine, mais nous aurions tout aussi bien accepté un aller simple pour Eretz Israël. J'ai frappé à toutes les portes mais je n'ai obtenu qu'un *leidimas*, un sauf-conduit, au consulat britannique, en lieu et place d'un passeport. Et puis j'ai eu des ennuis de santé à la fin de ma grossesse et je n'ai pas pu continuer. Je me suis retrouvée isolée ici, loin de tout. Malka, que je connaissais de Varsovie, me rend visite de temps en temps. Je reçois un peu d'argent de mes cousins de Vilna, je me rends parfois en ville pour collecter mon allocation du *Joint* et pouvoir payer ma logeuse. Elle me vend des légumes, des pommes. C'est une brave femme qui a un peu pitié de moi, même si je sens bien qu'elle ne tient pas les Juifs en grande estime.

Ewa porte ses mains à ses joues, rougissant soudain, gênée. Mais avec un sourire qui illumine son visage, elle dit :

– J'ai été bavarde ! Pardonnez-moi. Je n'ai parlé à personne depuis des jours !

Leib sent un réel soulagement dans ces paroles. Il lui sourit en retour.

– Pourquoi vous excusez-vous ? Nous traversons tous des moments difficiles et bien souvent ces traumatismes font partie de la douleur physique. J'aime connaître l'histoire de mes patients. Vous n'avez pas été épargnée et vous avez fait preuve d'un extraordinaire courage. Dites-moi encore, vous avez accouché ici ?

– Oui, avec l'aide d'une sage-femme.

– Je pourrais vous examiner pendant que la petite dort et que vous me racontez sa naissance. Il me faut surveiller l'heure.

– Vous êtes-vous réchauffé ?

– Oui, ça va beaucoup mieux, je vous remercie.

– Il n'y a pas grand-chose à dire. J'avais peur. Ça a été très long, j'ai perdu beaucoup de sang, j'ai cru que le bébé ne viendrait jamais. Lorsque Zofja est née, elle n'a pas crié tout de suite, elle était toute petite. J'avais eu des problèmes rénaux en début de grossesse et j'étais suivie par un médecin à Varsovie. Mais après… Maintenant, je crois que je vais mieux mais je suis si fatiguée. Elle pleure beaucoup après chaque tétée, je ne compte plus le nombre de fois où elle me réveille la nuit. Heureusement que la pièce n'est pas dans le bâtiment principal, sinon je crois que la fermière m'aurait déjà mise dehors.

Ewa ne dit rien de la terreur qu'elle avait ressentie durant ces vingt-quatre heures pendant lesquelles elle avait cru mourir et son enfant avec elle. La sensation de solitude, d'abandon, mêlée à la douleur lancinante, lui avait fait imaginer le pire. Au matin, lorsqu'elle avait enfin pu tenir sa fille dans ses bras, l'épouvante de la nuit avait reculé, dispersée par ce sentiment d'amour immense pour son bébé qui l'avait submergée et qui, sans la consoler de la disparition de son mari, lui redonnait un objectif pour continuer à vivre.

Leib, de ses mains savonnées, ausculte sa patiente, pose des questions intimes sur les flux de son corps, écoute les battements lents de son cœur, le souffle un peu saccadé. La jeune femme ne doit pas avoir plus de vingt ans. Si elle a la fraîcheur de son âge, il devine qu'elle n'en a déjà plus l'insouciance, même si une enfance sans doute choyée et en bonne santé lui a permis de surmonter les derniers mois de vicissitudes et de privations. Il est un médecin de l'âme autant que du corps, et il croit posséder quelque talent pour déceler les fêlures.

Debout, il domine Ewa de plus d'une tête, alors il se rassoit pour observer la silhouette trop mince, la colonne vertébrale, la ligne bien incurvée des lombaires. La longue natte blonde n'est pas enroulée autour de la tête aujourd'hui mais pend dans le dos et oscille doucement. Il voudrait bien la caresser, en sentir le soyeux et le poids dans sa paume. Il aimait jouer avec les cheveux d'Irena. Parfois dans leur lit, il tissait des tresses improbables rien que pour le plaisir de la voir rire. De près, il se dit que la couleur des siens n'était pas tout à fait la même, plus cendrée, vénitienne comme elle aimait dire.

Il doit faire un effort pour se détacher de l'effet hypnotique de ce serpent doré. Il demande à Ewa de se retourner. Puis il lui tire doucement les paupières, vers le haut, vers le bas. De profonds cernes mauves les soulignent. Il s'attarde sur les couleurs des iris, qui donnent à son regard un étrange déséquilibre parce qu'on ne peut s'empêcher d'observer un œil après l'autre, de comparer leurs nuances. Il s'imagine un instant regarder à travers des tessons de verre de teintes différentes pour voir la vie en couleurs. Ça le fait sourire. Il en aurait bien besoin, le monde, d'être colorié de nuances vives et gaies. Ewa remarque son manège mais le laisse faire, elle a l'habitude. Dans l'enfance, elle était connue comme la fille aux yeux vairons, parfois avec moquerie, parfois avec admiration ou envie, toujours avec curiosité. Elle avait peu d'amis parce que la différence inquiète les plus jeunes et les plus conformistes, ce qui l'avait enfermée dans une douloureuse solitude. En grandissant, les garçons avaient trouvé cette étrangeté très séduisante au contraire. Dawid avait écrit un nombre impressionnant de vers maladroits à leur sujet.

Les yeux qui observent ceux de la jeune femme sont d'un bleu intense, tranchant sur la peau pâle parsemée de taches de rousseur. Un visage en lame de couteau fendu d'une bouche un peu large, pas vraiment beau mais au charme indéniable. Des boucles cuivrées indomptées composent l'épaisse chevelure. Lorsque le médecin se relève, sa haute silhouette ressemble à un fanal surmonté de sa flamme dansante. Ewa arrive juste au niveau de son menton, qu'une drôle de fossette circulaire poinçonne.

– J'ai bien peur que vous soyez très anémiée. Et je crains que vos reins ne fonctionnent pas encore tout à fait correctement. Je ne peux hélas pas vous prescrire de médicaments car je n'ai pas d'autorisation officielle d'exercice, mais je peux vous recommander à un médecin à l'hôpital. Et vous devez mieux vous alimenter, avec de la nourriture riche en fer, en protéines. Je sais, c'est difficile et cher, mais la petite vous prend beaucoup d'énergie. Je vous ferai une liste de ce que vous devrez privilégier. Je parlerai à la fermière pour qu'elle vous garde des œufs. Et venez me voir. Souvent les patients me paient en poulets ou en saucisses, et j'en ai plus qu'il ne m'en faut.

C'est faux et elle ne s'y trompe pas.

– Pourquoi feriez-vous cela pour moi ?

Leib la regarde sans pouvoir répondre. Il sait bien pourquoi, mais peut-il le dire sans qu'elle se méprenne ?

– Parce que vous venez d'accoucher et que vous en avez besoin, la petite aussi.

Il peut lire dans le regard d'Ewa qu'elle ne se satisfait toujours pas de sa réponse.

– Vous me rappelez ma femme, confesse-t-il.

– C'est pour elle que vous m'avez prise la semaine dernière, n'est-ce pas ?

– Oui.

– Vous la recherchez ?

– En fait, non. Elle est morte. Dans l'effondrement de notre immeuble pendant les bombardements. Mais elle était tellement méconnaissable lorsque je l'ai trouvée que parfois je doute que ce soit elle et j'espère qu'elle est encore vivante. Elle portait comme vous une natte blonde en couronne.

– Je suis tellement désolée.

Pour détourner la conversation de ces jours sombres et parce que l'heure tourne, il sourit et dit :

– Si nous examinions votre petite princesse maintenant ?

– Oui, bien sûr, il ne faut pas que vous ratiez le car. Elle a été étonnamment calme.

– Qu'elle vous réveille souvent n'est pas inhabituel, mais sinon elle tète bien, elle digère bien ?

– Elle s'endort vite sur le sein. Elle n'est pas bien grosse. Et puis, lorsqu'elle pleure ou qu'elle pousse, ses lèvres deviennent un peu bleues. C'est normal ?

À cette remarque, Leib se fige mais tente de ne rien laisser paraître de son trouble. Ewa pose Zofja sur son lit et la déshabille, ce qui ne manque pas de la réveiller et de la faire crier. Ses lèvres et son petit visage se colorent presque immédiatement d'une teinte gris bleuté. Tandis que le bébé serre les poings et agite les jambes, le médecin fait courir son stéthoscope sur la minuscule poitrine, détecte un souffle systolique, remarque sa respiration trop rapide. Il poursuit l'auscultation habituelle, puis revient sur le cœur. La cyanose disparaît lorsqu'il remonte les jambes de la petite fille sur son ventre. Une fois rhabillée et calmée, Zofja reprend une jolie couleur rose. Elle est à l'âge où on esquisse ses premiers sourires et où l'on perd les traits peu gracieux et un peu fripés des nouveau-nés. Leib soulève délicatement le bébé et le prend dans ses bras, le berce en chantonnant. Il caresse du bout des doigts ses boucles blondes et ses petites fossettes, se force à faire de grands sourires pour éloigner son émotion. La carapace qu'il a si bien renforcée au fil de ses années à l'hôpital ce soir se fissure. Zofja le fait tant penser à sa Karolyna. Irena disait qu'il lui usait les joues à force de baisers. Zofja n'atteindra jamais l'âge de sa fille, il en est sûr maintenant. Et ça le bouleverse parce qu'il n'y peut rien. Comment va-t-il dire à cette jeune femme déjà tant meurtrie que le pire que la vie réserve va bientôt lui arriver. Il le sait, il est passé par là et a cru en mourir, ne jamais pouvoir se relever de la fosse dans laquelle il a descendu le corps de ses enfants. Il va devoir dire à cette mère que sa fille, bientôt, s'éteindra. Dans un mois ou dans un an. Parce qu'on ne sait pas opérer la tétralogie de Fallot. La maladie bleue. Une vilaine cardiopathie congénitale qui envoie vers les organes du sang appauvri en oxygène, jusqu'aux malaises, puis aux convulsions. Alors, toujours penché sur la petite pour éviter le regard d'Ewa, il dit :

– Je suis un peu inquiet de ces symptômes de lèvres bleues. Il serait préférable, elle aussi, de la faire voir par un pédiatre de l'hôpital. J'aimerais un autre avis.

– Un autre avis sur quoi ?

– Sur ce qui peut en être la cause. Nous pourrions nous retrouver là-bas quand j'aurai pris contact avec un collègue. Y a-t-il dans vos connaissances près d'ici quelqu'un qui a le téléphone ?

– À la menuiserie à côté, cela devrait être possible. Mais vous ne me dites pas si c'est inquiétant.

En une fraction de seconde, Leib doit décider entre le mensonge qui rassure, au moins pour un temps, et la vérité qui lacère le cœur et anéantit l'espoir. Combien de fois a-t-il fait face à ce terrible dilemme ? Devoir peser le pour et le contre, évaluer le bon moment, la résistance du patient ou de sa famille. Une alchimie complexe et non dénuée de risques d'erreur. Il n'arrive plus vraiment à feindre l'indifférence qu'il savait si bien afficher et dont il s'enorgueillissait même, du temps où on lui donnait du « professeur ». Tout à l'intérieur de lui est si fracassé que le malheur des autres s'y infiltre. Alors il préfère le mensonge, par égoïsme. Parce qu'il ne saurait pas soutenir cette femme et la consoler. Parce qu'il ne pourrait pas puiser dans des forces qu'il n'a plus pour apaiser son chagrin, ses larmes, ses cris peut-être. Il la rassure, lui dit de ne pas trop s'alarmer, que c'est sans doute bénin, qu'à l'hôpital ils auront une solution.

Il la laisse à la nuit tombée, lui fait un petit signe de la main en se retournant, et de ses grandes jambes saute par-dessus les flaques de la cour pour attraper le dernier bus.

Ewa se tient sur le seuil, pâle, sa fille serrée contre elle. Elle ne sait pas qu'il fuit, parce que ce soir, il se sent devenu l'ange du malheur.

5

Lituanie, près de la frontière sud-est, mai 1940

La voiture noire filait à toute allure sur la route déserte bordée de sapins et de bouleaux. Les dernières écharpes de brume tournoyaient à son passage en volutes vaporeuses. Les mains fermement accrochées au grand volant de bakélite, Chiune Sugihara prenait un immense plaisir à la vitesse. Il ne manquait jamais une occasion de conduire depuis qu'il avait appris à Helsinki, durant son précédent poste trois ans auparavant, laissant bien souvent son chauffeur au consulat. La Buick qu'il avait choisie était puissante et confortable afin de pouvoir emmener son épouse Yukiko aux quelques réceptions offertes par les légations étrangères de la capitale ou en pique-niques familiaux le dimanche. Parfois, il disparaissait quelques heures, juste pour le plaisir d'avaler du bitume et de se vider la tête. Ou pour s'éloigner de Kaunas en mission d'observation.

Ce jour-là, sur le siège passager, le lieutenant polonais Jan Perz, de son nom de couverture, fumait en silence, la carte dépliée sur ses genoux. Pied au plancher, le vice-consul du Japon profita d'une longue ligne droite avant de ralentir pour aborder les virages en épingles à cheveux qui devaient les mener à destination.

Un tout récent rapport d'un autre Polonais opérant à Riga, le capitaine Piotr Iwanow, indiquait des concentrations suspectes de troupes soviétiques à la frontière, faisant planer la menace d'une invasion prochaine de la Lituanie. Sugihara souhaitait vérifier ces bruits par des observations directes, afin d'établir son propre dossier pour le ministère des Affaires étrangères à Tokyo dont il dépendait.

Tout en rétrogradant, ses pieds jouant avec les pédales pour négocier finement les tournants, il se projeta dans la tâche à venir. Les jumelles et l'appareil photo étaient sur la banquette arrière, son carnet en moleskine dans lequel il consignait le résultat de ses investigations, empli de croquis et de chiffres, dans la poche intérieure de son manteau, contre sa poitrine. Il pensa que la diplomatie était un grand jeu de dupes et que, si chacun n'avait à cœur que l'intérêt de son propre pays, tout résidait dans l'art de nouer les liens les plus subtils et les plus avantageux possible. Dans le virage, il lança un rapide regard à son compagnon de route dont les yeux disparaissaient derrière la fumée de sa cigarette. Sa casquette et son épaisse veste en cuir noir lui donnaient un air un peu menaçant. Il appréciait cet homme, avec qui il collaborait et partageait des informations sensibles. Il aurait pourtant dû le considérer comme un ennemi.

Étonnamment, la Pologne et le Japon entretenaient un lien qui pouvait sembler contre-nature, entre le premier, vaincu par l'Allemagne, et le second, allié de ce pays. Mais cette étrange affinité remontait au début du siècle. Une cristallisation de haine qui évoquait parfaitement l'adage : L'ennemi de mon ennemi est mon ami.

En 1905, le Japon, lors de son premier conflit avec une nation occidentale, avait infligé une surprenante défaite à la Russie. Quinze ans plus tard, il avait soutenu la Pologne en difficulté pour reconquérir son indépendance face à son géant voisin. Leur ennemi était le même. Le Japon avait signé quatre ans auparavant le pacte anti-Komintern avec l'Allemagne pour faire front contre l'URSS. L'année passée, les Soviétiques avaient battu l'armée nippone sur la frontière disputée de la Mandchourie. Alors, quand Hitler s'était acoquiné avec Staline quelques semaines plus tard en août 39, lors du pacte Ribbentrop-Molotov, l'Empire s'était senti trahi par son allié allemand.

Le Japon, quant à lui, n'était pas ennemi des pays de l'Ouest. Il se militarisait de plus en plus et étendait sa zone d'influence en Asie. Les relations avec les États-Unis en devenaient très tendues. Mais c'était à l'autre bout de la planète, alors que l'équilibre du monde se jouait ici. En fait, au sein des services diplomatiques japonais variaient les affinités : celles pour les démocraties occidentales, et celles plutôt en faveur des dictatures fascistes. Mais tous obéissaient à Tokyo. Les accointances discrètes et les documents circulant dans les valises diplomatiques servaient au renseignement, pour ménager le positionnement et les intérêts du pays. La coopération silencieuse avec la Pologne avait ainsi perduré, principalement en cryptographie, au travers d'échanges de codes, de transits financiers discrets ou de l'emploi d'officiers dissimulés en civil dans les légations japonaises.

Chiune Sugihara avait parfaitement conscience de ce rôle secret lorsqu'il avait été transféré de Helsinki à Kaunas et que de traducteur, puis chargé d'affaires, il était devenu vice-consul. Aucun ressortissant japonais n'habitait en Lituanie et, hormis pour quelques touristes, l'activité administrative de passeports et de visas était des plus réduites. Il avait été nommé à ce poste pour déterminer si cette alliance contre-nature entre Hitler et Staline tiendrait. La question était de savoir quand le premier attaquerait le second, car plutôt que de maintenir de précieuses troupes à garder la frontière mandchoue contre les Russes, le Japon préférait les déployer pour conquérir le Pacifique.

En plus d'une remarquable intelligence, d'une grande finesse d'analyse et d'une capacité de négociation hors pair qui l'avait fait remarquer dans les cercles diplomatiques, c'était sa parfaite connaissance de la culture et de la langue russes qui rendait Sugihara précieux. Le diplomate et l'officier utilisaient d'ailleurs le russe entre eux. Ce que le Polonais ignorait, c'était la relation particulière, inhabituelle et rare, qui unissait le Japonais, dont la grande majorité des compatriotes ne mettaient jamais un pied en dehors de leurs îles, à ce pays ennemi.

Dans sa jeunesse, comme il s'était révélé doué et assidu dans ses études, son père avait tenu à le diriger vers la médecine. Mais il avait préféré les langues, ce qui l'avait conduit à Harbin, en Mandchourie, loin de sa terre natale. Dans cette ville chinoise du Nord peuplée de très nombreux exilés russes blancs qui avaient fui la révolution en 1917, il avait rencontré Claudia Semionova Apollonova, une toute jeune femme piquante, belle et indépendante, avec qui il avait été marié pendant plus d'une décennie. Elle était issue d'une lignée d'aristocrates sans le sou. En l'épousant, il avait pris en charge sa famille trouvant des postes à ses frères, et il lui avait acheté une maison lorsqu'ils s'étaient quittés en 35, pour qu'elle ne manque de rien. La fréquentation des Russes de l'ancien régime avait développé chez lui un grand attachement pour ce pays aussi immense que complexe.

Par sa nature profondément pacifiste, il n'était pas enclin à embrasser la doctrine communiste, et encore moins les thèses nazies et leur caractère antisémite et belliqueux. Il devait évoluer sur une corde raide en utilisant en sous-main les rapports privilégiés qu'il entretenait avec la résistance polonaise. C'est ainsi qu'il avait commencé à collaborer avec Perz et avec le capitaine Jakubianiec, tous deux recommandés par une amie polonaise dont le beau-père était japonais. Ils collectaient des informations qu'ils transmettaient à Sugihara et aux représentants des Alliés. Seulement, Sugihara se savait observé par les Allemands, peut-être à l'intérieur même du consulat, ce qui le rendait particulièrement prudent. Les Polonais étaient des as de la cryptographie, les Allemands aussi, et il ignorait ce qui, des informations transmises à Tokyo, était intercepté. Ce nouveau rôle d'espion n'était pas sans risque, mais tant que le Japon maintenait la paix, il craignait peu pour lui-même, ce qui était loin d'être le cas pour son passager.

Perz ne ménageait pas sa peine, à consigner sans

relâche les mouvements de convois, de troupes et de matériel près des zones frontalières du sud et de l'est, renseignant sur l'imminence de l'invasion de la Lituanie. Son pays était réduit en cendres et son peuple en esclavage, l'élite de la nation et de l'armée avait été décimée par les Soviétiques, son gouvernement réfugié en France devrait à nouveau fuir, vers Londres sans doute, à cause de l'avancée allemande.

Muré dans le silence, les yeux rivés sur le ruban d'asphalte, le Polonais ruminait, envahi de rage envers des ennemis désincarnés qu'il ne pouvait contrer que par la ruse et la témérité. Il avait perdu tant d'amis et de collègues depuis le début de cette guerre. Parfois il se sentait chanceux d'avoir survécu, souvent il culpabilisait et décuplait ses efforts pour réparer cette injustice et mériter d'être encore en vie. Il avait peu de raisons d'être optimiste, alors il savourait le plaisir de cette échappée dans l'air frais et lavé de cette belle matinée de printemps. Il fallait tenir coûte que coûte et il appréciait la collaboration avec ce Japonais déconcertant, taiseux, mais infiniment respectueux et agréable. Il savait si peu de choses sur son pays lointain, mystérieusement exotique. Plusieurs visites au consulat et sorties clandestines avaient rapproché les deux hommes.

Du haut de leur promontoire au sud-est de Vilnius, se repassant les jumelles, ils prirent note des concentrations visibles de chars et d'avions en certains points stratégiques. Puis, avant de repartir vers un autre poste d'observation, Sugihara déplia une couverture sortie du coffre, et ils partagèrent le repas froid préparé par le cuisinier polonais du consulat. En ouvrant le panier, il découvrit que Yukiko, son épouse, y avait glissé quelques onigiri. Cette gentille attention le fit sourire. Elle avait toujours pour lui des petites marques d'affection discrètes qui se révélaient ainsi, dans des moments inattendus. Il proposa une de ces grosses boulettes enveloppées d'algues à Perz, qui croqua avidement dans le riz gluant, affamé et curieux. Lorsque ses papilles découvrirent la prune aigre au centre, la grimace qu'il afficha indiqua combien il regrettait sa témérité, ce qui fit rire les comparses. Entre pierogi, saucisses fumées et harengs, ils échafaudèrent plusieurs théories sur la date possible de l'invasion. Elle était imminente, ils s'accordaient là-dessus, une affaire de quelques semaines tout au plus. Perz insista sur le danger que cela représentait pour les officiers du renseignement. Il n'avait pas envie de finir dans les goulags sibériens ou les geôles du NKVD. C'est pourquoi il profita de ce moment décontracté pour livrer à Sugihara une requête des plus inhabituelles.

Il ne lui demanda rien de moins qu'un passeport japonais.

6

Kovno, Lituanie, 16 juin 1940

Comment le ciel peut-il être si bleu, l'air si doux, l'herbe si verte autour des tombes ? Quand le jour n'est que mort et chagrin. Le ciel devrait se déchirer d'orage comme ce vêtement dont Ewa a arraché la couture en signe de deuil, pour noyer toutes les larmes d'une mère et diluer son amertume.

Au lieu de cela, les oiseaux chantent dans les frondaisons des arbres qui ombrent le joli cimetière, indifférents à la misère humaine, tout à leurs trilles et à leurs danses de séduction.

Zofja est morte hier samedi, durant shabbat, à l'apogée de l'été balte, un jour où le soleil ne disparaît qu'à peine quelques heures derrière l'horizon. Son cœur fatigué a fait ce qu'il a pu. Elle repose désormais au fond d'un trou qui semble creusé pour accueillir un arbuste plutôt que la dépouille d'une enfant. Ewa a veillé sa fille toute la nuit, à la seule lumière de la flamme vacillante proche de son visage enfin paisible. Un teint de porcelaine avait remplacé la nuance bleutée qui ne la quittait plus lors des crises. Ne demeurait que le silence du repos éternel. La douce odeur de bébé, ce mélange unique de peau sucrée, de lait et de talc, a laissé place à celle du bois et de l'humus.

Ce matin, des membres des pompes funèbres juives, la *hevra kaddisha*, ont nettoyé le corps frêle, puis l'ont enveloppé dans le *talit* du Dr Rothman. Leib, qui a recueilli son dernier souffle, a voulu que son châle de prière lui serve de linceul. Il en a coupé les franges, tombées comme les fils reliant à la vie le petit être innocent.

– Que celui qui entretient l'harmonie dans les sphères célestes la fasse régner parmi nous et parmi tout Israël, conclut le rabbin à la fin du kaddish, après avoir entonné une mélopée lancinante.

L'assemblée, restreinte, répond en cœur *Amen*. Les hommes sont groupés près de la tombe. Leib et Jankiel, le mari de Malka, jettent en premier trois poignées de terre. De l'autre côté de la fosse, Ewa s'accroche à son amie pour ne pas vaciller. Elle voudrait descendre dans ce trou et s'y endormir à jamais. Où est le Dieu rempli de miséricorde en ces instants maudits ?

En plus d'inhumer son enfant, Ewa perd Dawid une deuxième fois. Elle enterre le bonheur éphémère qu'ils ont connu. Où sont leurs âmes ? Sont-elles réunies ? Peut-il veiller sur sa fille dans l'au-delà, ce père parti sans sépulture et sans prières ? Il y a tout juste un an, elle était une jeune mariée insouciante, insensible aux bruits et aux fureurs du monde. Tout a basculé si vite, si fort. Ewa constate que son passé n'existe plus que dans son souvenir. Elle n'a même pas une photo de sa fille. Bientôt, elle ne se souviendra plus de son visage. Qu'a-t-elle fait pour mériter un tel châtiment, que doit-elle donner encore de son ancienne félicité comme expiation de fautes inconnues ?

La petite sépulture est comblée et une plaque en bois portant le nom de son bébé, sous une étoile de David, est installée en attendant la pierre tombale. Ewa refuse de partir. Elle s'agenouille sur le sol noir et repousse vigoureusement les mains qui tentent de l'emmener. Elle pleure longtemps et ses larmes amères irriguent le sol étranger auquel elle est désormais liée à jamais. La mort aura pour toujours l'odeur de la terre humide.

Leib regarde de loin cette femme brisée, dont il a accompagné le calvaire, de l'hôpital au cimetière. Il l'a vue se fissurer intérieurement, anticipant avec courage l'inéluctable, profitant de chaque seconde. Il a tenté de la guider vers les meilleurs spécialistes, expliquant en termes profanes la maladie et ses conséquences, laissant à d'autres le soin de révéler son issue fatale. Elle ne peut pas savoir à quel point il imagine ce qu'elle ressent. Comme on est isolé dans l'implacable souffrance. Il n'a pas les mots pour drainer le chagrin. De toute façon la douleur des autres n'est en rien une consolation de la sienne. Il sait qu'aucun geste ne l'apaisera. Seulement le temps. En la voyant ainsi, il se remémore son propre enfer. Il sent dans sa chair le manque intense des êtres aimés. Il les a ensevelis dans des fosses improvisées dans un jardin public, parce que les cimetières de Varsovie débordaient de nouveaux défunts. Plus assez de place pour accueillir les victimes des bombardements, des maladies, de la famine.

Durant des jours, sous la pluie d'automne, la nuit sous des cieux rougeoyant des incendies qui dévastaient la capitale, sans manger, parce qu'il n'y pensait pas et que le chagrin anesthésiait sa faim, il avait charrié des milliers de briques, des bouts de ciment, des poutres calcinées, dans l'espoir d'atteindre la cave de leur immeuble effondré, de secourir à temps, avant l'asphyxie, les êtres à qui il tenait le plus au monde. Lorsqu'il avait reconnu les premières marches de l'escalier, il avait compris que la cavité s'était affaissée et n'abritait plus que des cadavres. Il avait continué, rejoint par Henryk, le frère de sa femme, jusqu'à la découverte macabre. Il avait trouvé Karolyna et Rafal blottis l'un contre l'autre dans la mort, leurs bouches remplies de cendres et de poussières. Sa fille miroir de sa mère, son petit garçon à peine sorti des rondeurs du premier âge. Ils avaient dû avoir si peur. Avaient-ils souffert ? Cette pensée le rongeait. Il avait reconnu leurs vêtements, la peluche de son fils serrée contre sa poitrine, sous les gravats. Leib l'avait emportée avec lui dans sa fuite, seul vestige de sa famille disparue. Irena n'était pas à côté de ses enfants. Il avait trouvé un corps de femme plus loin, portant une coiffure comme celle de son épouse, mais le visage et les membres écrasés et sanglants, méconnaissables, lui avaient fait douter de son identité. La tresse ne trompait pas, mais il avait voulu s'accrocher à un espoir stupide que Henryk avait tenté de raisonner. Ils avaient continué avec acharnement à extraire de leur gangue de poussière tous les habitants de l'immeuble qui s'étaient cru en sécurité dans ce refuge souterrain. Mais le dernier mur debout, qui laissait voir les vestiges de la vie des occupants au milieu de papiers peints, avait commencé à s'écrouler par bouts, au rythme des bombardements qui avaient repris, mettant en péril ceux qui déblayaient les décombres. Les deux hommes avaient renoncé quand l'effondrement final avait comblé la béance qu'ils avaient eu tant de mal à dégager.

Ils avaient puisé dans la Vistule des seaux d'eau propre, avaient nettoyé eux-mêmes les êtres chers. Leib, qui était parti de chez lui au premier jour de l'invasion allemande pour aider à creuser les défenses antichars autour de la ville, puis pour soigner les blessés, ne possédait plus que les vêtements qu'il portait, sa trousse de médecin et son violon. Le *talit*, dont il aurait voulu envelopper son fils, se trouvait quelque part sous les ruines. Après leur mise en terre, après les prières, les deux hommes étaient restés longtemps sur les tombes à déverser leur douleur et à se demander comment ils allaient pouvoir continuer à vivre. Mais si Henryk avait perdu sa sœur, ses parents et ses neveux, le désespoir de Leib était plus vaste encore parce qu'il avait perdu la chair de sa chair. Alors il avait porté secours à tous ceux qu'il pouvait aider pour repousser la mort, pour ne pas voir d'autres petits cadavres. Mais il en avait vu tellement dans la ville pilonnée, puis sur la route de l'exil, lorsque la Wehrmacht avait pris possession de Varsovie.

Les membres de la *hevra kaddisha* commencent à s'impatienter et voudraient bien convaincre Ewa de quitter le cimetière, lorsque soudain tous les visages se tournent vers le ciel où s'amplifie un vrombissement étrange. Des bombardiers apparaissent, escortés de chasseurs volant à si basse altitude qu'on peut voir l'étoile rouge sur leurs flancs. Ils sillonnent l'espace aérien lituanien en nouveaux maîtres. Ce que Leib et tous ses compatriotes exilés, mais aussi tous les Lituaniens, redoutaient, s'est réalisé. Tandis que le monde avait les yeux fixés sur la capitulation imminente de Paris, l'URSS avait envahi le pays et continuait à se déployer sur l'ensemble du territoire. L'armée lituanienne n'avait opposé quasiment aucune résistance. Plus de mille avions et autant de chars soviétiques patrouillent le pays. Aujourd'hui, c'est au tour de l'Estonie et de la Lettonie de se soumettre, signant le dernier acte du démantèlement de l'Europe et de l'anéantissement de la paix par les deux géants avides de pouvoir et de territoires. La Lituanie n'existe plus, bientôt la République socialiste soviétique de Lituanie verra le jour et le paradis du peuple deviendra leur prison.

Ewa voulait rentrer à Bialystok pour ne plus être seule ici. C'était l'unique chose à laquelle elle pouvait penser en regardant le petit corps sans vie, durant cette longue nuit de veille. Tant d'efforts pour fuir et s'arracher à la menace réduits à néant. Retrouver sa mère, chercher son père dans le labyrinthe des prisons politiques. Elle n'a plus besoin de visa, qu'irait-elle faire dans un pays inconnu, loin de ceux qu'elle aime ? Au matin, elle s'était endormie à côté de sa fille, épuisée de chagrin, des luttes passées et encore plus de celles à venir.

Leib, lui, refuse la soumission. Staline n'est pas connu pour sa clémence. Il ne veut pas être déporté vers les geôles sibériennes. Même s'il n'a jamais été un bundiste très engagé, plus préoccupé de médecine que de politique, il est possible que son nom figure sur les listes du NKVD. Les intellectuels sont suspects, de toute façon, dans le système soviétique. Il est pourtant paradoxal qu'aux yeux de la population lituanienne, les Juifs locaux passent pour des bolcheviques convaincus. Ce qui n'est le cas que d'une portion plutôt jeune, mais cela exacerbe des tensions inutiles. Pour lui, le retour vers la Pologne n'est plus une option. Il oscille entre culpabilité à abandonner sa famille et désir de partir, car à quoi bon se jeter droit dans la gueule du loup allemand, vorace, affamé de chair juive, pour se laisser enfermer dans un ghetto, estampillé d'une étoile jaune ou d'un brassard bleu et blanc ? Les nouvelles de ses parents sont de plus en plus erratiques et il lit entre les lignes caviardées l'angoisse et la souffrance quotidienne. Si sa peau ne lui est plus bien chère, l'instinct de survie prend le dessus. Il faut qu'il trouve une solution. Même un visa pour une République bananière, peu importe, du moment qu'on lui permet de fuir cette poudrière sans avenir. Et il doit convaincre Ewa, Jankiel, Malka et les autres de cette urgence. Mais ce sont des Juifs par centaines, voire par milliers, qui chaque jour arrivent de Vilna pour se masser devant les portes des ambassades. Tous les quotas sont atteints et il n'y a plus de passe-droits. La Lituanie ayant perdu sa souveraineté, combien de temps encore les légations étrangères vont-elles rester en activité ? Leib se perd en conjectures angoissées tandis que juste en dessous du cimetière résonnent les sabots des chevaux cosaques, le cliquetis métallique des chenilles de chars, le pas lourd des bottes qui frappent le sol en cadence, piétinant la paix, écrasant l'espoir de liberté, couvrant de leur clameur militaire le chant des oiseaux.

7

Kovno, Lituanie, lundi 29 juillet 1940

La chaleur est étouffante dans l'étroit escalier qui mène au bureau du directeur. Le petit immeuble de l'entreprise Philips est situé sur Laisvés Aléja, à quelques centaines de mètres du Café Metropolis. Une foule dense est massée en ligne ordonnée à l'ombre des arbres de la grande avenue de la Liberté, rebaptisée avenue Staline. Constituée majoritairement d'hommes, il s'y trouve aussi quelques familles avec des enfants. La plupart viennent de Vilna. Certains ont passé la nuit sur le trottoir, les autres sont partis de chez eux au milieu de la nuit pour être sûrs de monter dans le premier train, à l'aube, parce que tout est désorganisé. Depuis un mois et demi que les Soviétiques ont envahi le pays, la seule chose qui fonctionne correctement est l'installation systématique, dans les vitrines et à tous les coins de rue, de grands portraits du dictateur, souvent accompagnés de ceux de Marx et Lénine. Le petit père des peuples veille désormais sur l'avenir du pays et fait déjà régner la terreur en déportant par wagons entiers son élite politique, intellectuelle et religieuse.

Les réfugiés peuvent encore espérer fuir à condition

de trouver un visa, mais les Juifs lituaniens, eux, sont devenus citoyens de la nouvelle République socialiste et ne peuvent plus espérer la quitter. Collectivisation des terres, nationalisation des banques, des grandes entreprises, de l'immobilier, destruction du clergé, la soviétisation avance à grands pas.

Ewa est assise depuis une heure sur les marches, genoux serrés contre elle, se relevant régulièrement pour gravir la suivante en laissant la place de passer à ceux qui descendent, souriants et un peu soulagés. Leib est debout contre le mur, juste en dessous. Veste pliée au creux du coude, il s'évente de son chapeau. Les conversations à voix feutrée ne sont faites que de spéculations, hypothèses, espoirs et craintes mêlés. Rares sont ceux qui connaissent suffisamment la géographie pour situer sur le globe les noms qui circulent dans toutes les bouches. Surinam, Curaçao, Antilles néerlandaises. On sait que c'est loin et étrange. Personne n'aurait jamais pensé à demander des visas d'immigration pour de telles destinations. Mais un séisme d'espoir s'est répandu en quelques jours à travers toute la communauté des réfugiés polonais, par le bouche-à-oreille, de Kovno à Vilna.

Tous attendent de faire signer et tamponner leur passeport ou leur sauf-conduit par le consul des Pays-Bas par intérim, Jan Zwartendijk. Comme on ne retient pas son vrai nom, imprononçable, il est juste « M. Radio Philips ».

Celui-ci n'aurait jamais imaginé un tel tournant dans son existence lorsqu'il s'est installé ici avec femme et enfants. Il a efficacement dirigé pendant deux ans l'usine de fabrication de matériel électrique et de radios pour la grande enseigne néerlandaise. Et il a dû suivre de loin, impuissant, l'invasion de son pays balayé en quelques semaines par l'armée allemande. Nommé consul par de Decker, l'ambassadeur néerlandais pour les États baltes, il a accepté ce poste sans grandes responsabilités, personne ne souhaitant se rendre en Hollande occupée.

Mais au lieu de s'occuper de son usine dont les bouleversements politiques ont paralysé la production, le voici en train d'écrire à en avoir des crampes aux doigts, ou à faire taper à la machine, du matin au soir et jusque tard, des centaines de fois le même texte en français diplomatique sur tous les supports officiels qu'on lui présente :

« Le consulat des Pays-Bas à Kaunas déclare par la présente que pour l'admission d'étrangers au Surinam, au Curaçao et autres possessions néerlandaises en Amérique, un visa d'entrée n'est pas requis. »

Avec un tampon du consulat sur lequel figurent les armoiries royales, il espère que ça fera l'affaire. Cela ressemble à un visa mais n'en est pas tout à fait un…

Un mois plus tôt, Pessla Lewin, née Hollandaise, s'était adressée à lui pour obtenir un visa vers les Antilles néerlandaises en vue de rejoindre les États-Unis tout proches. Mais en se mariant, elle avait perdu sa nationalité au profit de celle de son époux polonais. Le consul lui avait répondu par la négative, puisqu'elle n'était plus citoyenne des Pays-Bas. Ne lâchant pas l'affaire, elle était remontée à l'ambassadeur, de Decker. Celui-ci avait précisé que l'entrée dans ces îles ne nécessitait pas de visa, elle était à la discrétion du gouverneur de Curaçao. Mme Lewin avait alors suggéré d'indiquer sur le document qu'aucun visa n'était requis, mais en omettant la nécessité d'une autorisation. Le diplomate avait accepté cette petite omission qui pouvait sauver quelques âmes. Elle s'était empressée de montrer ce pseudo-visa à Zwartendijk, qui l'avait recopié sur le sauf-conduit de son mari, de son frère et de sa mère.

Il faut vraiment que nous soyons désespérés pour en arriver à de telles extrémités, pense Leib en regardant Ewa. Il sait que pour elle chaque jour est un combat pour tenir le chagrin à distance. C'est la similitude de leurs souffrances qui pousse Leib à épauler la jeune femme et à veiller sur elle. Il la trouve bien jeune pour avoir déjà tant subi. Même s'il vit dans le souvenir quotidien d'Irena et de ses enfants, elle le touche à lutter ainsi sans se plaindre. Avoir mal pour se sentir vivant, et ainsi perpétuer la mémoire des disparus. Ils sont deux solitudes qui s'aident à ne pas sombrer.

Ewa lui est infiniment reconnaissante. Il l'a accompagnée tout au long de la maladie de sa fille. Elle a deviné assez tôt qu'il ne lui avait pas révélé la gravité de sa condition. Au début elle lui en a voulu. Et puis elle a vu les autres médecins agir de même, dans la gêne de la vérité brute, effroyable, insupportable. Il aurait pu se désintéresser de la petite fille, après tout Zofja était prise en charge à l'hôpital. Mais il est resté présent sans rien attendre, à voir Ewa se désagréger de douleur. Il ne sait pas bien lui-même pourquoi. Un médecin perméable au malheur peut-il être encore un bon soignant ?

Par Malka, Ewa a trouvé un logement à Slobodka, plus petit mais moins sordide que celui de Petrasiunai. Pour elle, c'est sa proximité avec le cimetière plutôt qu'avec les ambassades, dont elle n'attend plus rien, qui l'arrange. Et puis le silence de cette pièce où elle avait mis son enfant au monde n'était plus supportable. La fermière aurait fini par la pousser dehors pour loger à sa place la famille d'un officier russe venu avec femme et enfants.

Elle a été surprise lorsque vendredi soir dernier, alors qu'elle allumait les chandelles de shabbat, Leib est arrivé du Café Metropolis avec un air presque jovial, qu'elle ne lui avait jamais vu auparavant. Il lui a exposé le plan qui commençait à émouvoir tous les réfugiés. Leib avait croisé en fin de matinée un Warhaftig excité et pressé. L'avocat était un homme sur le qui-vive, surveillé par la police secrète soviétique. Il avait expliqué à Leib comment deux étudiants néerlandais, Gutwirth et Nussbaum, avaient reçu un genre de visa que quelques Polonais avaient obtenu juste avant eux. À cette annonce, il avait imaginé un stratagème à grande échelle et avait demandé au consul Zwartendijk sa coopération envers tous les réfugiés qui se présenteraient. Warhaftig était sur le départ pour retourner à Vilna, la « Jérusalem du Nord », afin d'encourager les réfugiés à emprunter une route d'exil possible par l'Extrême-Orient.

Car, si obtenir un visa vers une destination finale représentait le Graal, encore fallait-il pouvoir traverser tous les territoires pour y parvenir… Personne, bien sûr, n'avait l'intention de recommencer sa vie à Curaçao, et encore moins à Bonaire ou Aruba, Saba ou Saint-Eustache. C'était un moyen comme un autre d'échapper à ce terrible étau qui se resserrait jour après jour. Mais la route pour l'atteindre devait être compatible avec les alliances soviétiques. Comme celles de l'ouest et du nord étaient condamnées par les Allemands, celles du sud par les Italiens, Mussolini ayant rejoint Hitler, il ne restait que l'est glacé, à travers la Sibérie, puis tout un océan et encore un continent avant d'atteindre l'un de ces confettis déposés par le corail ou les coulées volcaniques dans le golfe du Mexique.

On riait beaucoup de ce plan exotique et farfelu parmi les réfugiés. Nombreux étaient ceux qui ne voulaient pas perdre leur temps dans des queues interminables pour ce que certains avaient surnommé du *asher-yotzer*, du papier toilette… On avait peur aussi, à cause des risques élevés d'être arrêté en chemin et envoyé dans les goulags sibériens, les candidats au départ étant considérés comme des traîtres.

Leib n'avait pas ri lorsque Warhaftig lui avait exposé l'idée. N'ayant plus rien à perdre, il pouvait y aller dès à présent, avec son laissez-passer plié dans son portefeuille. Et puis il avait pensé à Ewa, à Malka et Jankiel, à ses patients, les quelques connaissances qu'il ne pouvait appeler amis mais qui comptaient un peu. Il devait donc se dépêcher de rentrer les prévenir, les convaincre et trouver un moyen pour les plus pauvres de réunir au plus vite les 11 litas nécessaires, soit presque une semaine d'allocations du *Joint*.

Il n'avait été qu'à moitié surpris de la réaction d'Ewa, qui ne voulait rien entendre. Elle n'attendait qu'un permis de voyage pour rentrer à Bialystok retrouver sa mère et pleurer sa fille avec elle.

Ewa avait préparé un humble repas, un peu de foie haché aux oignons et quelques harengs. Elle avait tout de même confectionné de savoureuses *hallot*, dorées et encore chaudes, qu'elle avait placées sous une serviette de table à défaut de napperon brodé. Il n'y avait plus de joie pour elle dans cette célébration, plus de rémission ni de paix, elle ne conservait de la cuisine de shabbat que ces brioches que sa mère lui avait, dès l'enfance, appris à tresser joliment, pour se souvenir de son peuple condamné encore une fois à l'errance.

Ce soir-là, leur conversation les avait emmenés dans leur vie d'avant, à Varsovie, faisant renaître en quelques mots les temps heureux, les lieux qu'ils avaient fréquentés, aimés, les spectacles d'avant guerre. La jeune femme avait évoqué sa boulimie de théâtre lorsqu'elle s'était installée dans la capitale, révélant une grande connaissance des classiques littéraires. Elle avait commencé à étudier pour devenir professeur de yiddish, comme ses parents, et puis Dawid l'avait demandée en mariage. Elle avait abandonné ses ambitions, son goût pour la langue.

Leib avait découvert une facette insoupçonnée de la jeune femme dont il ne connaissait que l'aspect maternel. S'il avait d'abord cherché à la convaincre de fuir par peur de ce qui pouvait leur arriver, au fil de la soirée, il lui avait laissé entrevoir un autre possible, une vie ailleurs, loin, où elle pourrait peut-être reprendre des études, lire, enseigner. Et c'est finalement ce fragile espoir qui lui avait fait admettre qu'elle ne perdrait rien à essayer.

Le lundi, ils avaient marché depuis Slobodka dans cette étrange lumière de l'été balte, accompagnés d'un soleil rasant, avant même que les premiers trolleybus ne circulent. De la rivière et de la campagne environnante montait une brume qui semblait nimber la ville dans un mystérieux cocon. Les Krawitz étaient là, et quelques autres marchant en silence d'un bon pas, concentrés vers l'objectif, ayant emporté de quoi boire et manger sur place pour affronter les longues heures d'attente.

Et voilà, ils y sont presque. Il n'y a plus devant eux que la porte vitrée. Un couple sort du bureau. Ewa se redresse un peu vite et manque de trébucher.

Le consul est un bel homme, dans la quarantaine. Malgré son accueil poli, presque chaleureux, il semble harassé. Il a écrit en quatre jours plus de mille fois le texte en français. Voyant que la foule ne tarissait pas mais au contraire s'amplifiait, il a commandé en urgence un tampon, qu'il vient de recevoir.

Ewa présente son certificat et paye son dû. Elle le remercie en lituanien tandis que Zwartendijk fait crisser la plume de son stylo en une élégante signature. Puis elle laisse la place à Leib.

Dehors, lorsqu'ils retrouvent le soleil, Leib et Ewa se sourient. C'est la première fois depuis le décès de Zofja. C'est fugace mais ça illumine brièvement le visage habituellement soucieux de la jeune femme. Les autres vont bientôt les rejoindre et ils pourront évoquer la suite de leur quête. Car elle ne fait que commencer. Ils ont sur le papier une destination finale, enfin ! Mais pour l'atteindre, ils devront encore se procurer auprès des autorités soviétiques l'autorisation de quitter la Lituanie et de traverser l'immense continent gelé, vers l'est.

Et avant cela, obtenir un visa de transit du consulat du Japon afin de pouvoir embarquer vers ces terres libres et en paix, ces îles si lointaines où se lève le soleil.

8

Consulat du Japon, Kaunas, Lituanie, 30 juillet 1940

Dans la lumière déjà éclatante de l'aube, derrière le voilage de la fenêtre côté rue, Chiune Sugihara contemplait la longue file qui s'étirait bien au-delà de son champ de vision, composée de centaines d'hommes, de quelques femmes et d'enfants, serrant leur manteau contre la fraîcheur de la nuit sans obscurité. Certains étaient assis à même le trottoir sur des toiles pliées, d'autres adossés aux murets entourant les jardins des maisons cossues du quartier. Pourtant ils étaient dignes, presque élégants, chapeautés, cravatés, dans des habits qui avaient connu des jours meilleurs.

Le vice-consul tournait dans ses mains sa tasse favorite pour l'été, d'un grès fin dont le galbe épousait parfaitement le creux de sa paume, et sur laquelle était peint un motif floral stylisé aux couleurs vibrantes. Il en possédait une pour s'accorder à chaque saison. Sa région natale, au cœur des montagnes qui dominaient la plaine de Nagoya, était célèbre pour ses céramiques. Certains villages possédaient encore des fours noborigama *vieux de centaines d'années, dont les chambres à feu s'étageaient sur le versant, comme sur le dos d'un dragon. Il avait passé la moitié de sa vie loin de son pays, mais par quelques rares objets, parfums et sons, il maintenait un lien affectif avec lui. Les senteurs de chaume, l'amertume du thé vert fumé l'aidaient à s'éveiller tandis que la maisonnée dormait encore. Il en boirait sans doute encore beaucoup pour rester concentré et éloigner la fatigue. Sa nuit avait été entrecoupée des pleurs de Haruki, son bébé de seulement deux mois. Son épouse Yukiko l'avait allaité plusieurs fois sans parvenir à l'apaiser. Sa belle-sœur Setsuko, qui avait suivi la famille dans leurs pérégrinations européennes, avait longtemps bercé les deux aînés, Hiroki et Chiaki, âgés de trois ans et demi et d'un an et demi, pour qu'ils se rendorment. Lui avait eu du mal à retrouver le sommeil, tourmenté par les étranges événements qui animaient le consulat.*

Peut-être plus encore que celle de la veille, il savait que cette journée serait très longue. Heureusement pour ces réfugiés qui patientaient dehors, le temps était clément. Durant ce court été balte, la nature semblait exprimer toute sa puissance dans un jaillissement de fleurs et de feuilles, profitant de la longue lumière, de la douceur, de pluies fréquentes. Les saisons ici n'avaient rien de commun avec la brutalité glaciale de la Mandchourie ou sa chaleur moite, la violence de la saison des pluies japonaise ou celle des typhons. Lorsqu'il le pouvait, il allait gratter la terre devant son bureau, planter quelques bulbes sous le grand bouleau, récolter des baies qui poussaient contre la clôture. Hiroki, parfois, jouait à côté de lui et tentait de l'imiter avec sa petite pelle. Le faubourg de Zaliakalnis où se trouvaient plusieurs résidences d'ambassadeurs était verdoyant. Les habitations bâties à flanc de colline offraient un magnifique panorama sur la cité en contrebas.

Ils avaient emménagé moins d'un an auparavant, après quelques semaines à l'hôtel Metropolis à attendre que les locaux soient disponibles. L'invasion de la Pologne avait précipité tant de gens vers la Lituanie que trouver une maison pour y installer le consulat et sa famille n'avait pas été aisé et il en avait déniché une déjà partiellement occupée au 30 Vaizganto.

Quelques marches et un petit perron côté rue menaient à ce qui était le premier étage sur l'arrière de la maison, où se trouvait l'appartement. Deux domestiques aidaient à l'entretien. Boleslaw Rozycki, le cuisinier polonais, servait aussi de valet, de chauffeur et sans doute d'informateur à la résistance. Il emmenait Yukiko presque tous les jours en ville faire les courses. Le consulat était en rez-de-jardin, avec un accès direct depuis l'extérieur. Un bureau était éclairé d'une large fenêtre orientée au sud qui, malgré la proximité de la clôture, déversait un flot de lumière les jours de soleil. Le travail y avait été plutôt calme et réglé jusqu'à la semaine précédente, occupé en sorties d'observation, en rares réceptions d'ambassades, ou en activités culturelles. Leur vie était beaucoup plus tranquille qu'à Helsinki où ils avaient connu les mondanités diplomatiques, les soirées dansantes et les sorties à l'Opéra, effervescence qui manquait à son épouse mais guère à lui-même, de nature plus réservée.

Début juillet, il avait délivré quelques visas de

transit pour le Japon à plusieurs Lituaniens et à quelques Allemands se rendant aux Amériques pour affaires. Et puis vendredi dernier, le 26, quatorze personnes avaient franchi la grille durant la journée, presque toutes polonaises, et deux néerlandaises. Il avait découvert sur leurs passeports et sauf-conduits une annotation en français vers une destination finale très inhabituelle, les Antilles néerlandaises, signée du consul hollandais Zwartendijk. Son français, langue diplomatique incontournable, était suffisant pour comprendre qu'il ne s'agissait pas là d'un vrai visa. Le document précisait que pour entrer dans ces territoires, celui-ci n'était pas requis. Il ne pouvait donc s'opposer à la délivrance d'une autorisation de transit par son pays. Encore fallait-il que les voyageurs assurent qu'ils avaient les moyens de parvenir à destination et d'y séjourner, ce que tous avaient affirmé.

Le samedi, ce n'était pas moins de quarante et une personnes qui avaient montré leur certificat de nationalité polonaise ou leur passeport Nansen avec ce même pseudo-visa. Les Polonais étaient considérés apatrides depuis l'invasion de leur pays, mais le Japon continuait à reconnaître la Pologne et les Pays-Bas.

Le dimanche après-midi, alors que le consulat était fermé, sa famille et lui avaient vu depuis l'allée vers le jardin, puis dans la soirée par les fenêtres des chambres, une longue file se constituer devant les grilles, qu'ils avaient prise en photo tellement l'événement semblait inhabituel. Ça n'avait pas manqué de susciter l'étonnement de son fils aîné, qui avait posé de nombreuses questions sur ce que voulaient ces gens. Il était difficile d'expliquer à un si petit garçon qu'ils étaient juifs, qu'à cause de leur religion aucun État ne voulait d'eux, et qu'ils devaient fuir leur maison et parcourir la moitié de la planète en passant par le pays où il était né.

Le lundi, cent dix-neuf personnes avaient passé la porte du consulat, trois fois plus que l'avant-veille.

Devant cette nouvelle affluence, il avait hésité, tergiversé, pesé les risques de cet entérinement vis-à-vis de sa hiérarchie. Ce qu'il faisait n'était pas interdit, mais il outrepassait clairement ses prérogatives. Dans un câble du 23, Matsuoka, le ministre des Affaires étrangères, avait déjà demandé au personnel diplomatique de ne pas délivrer de visas aux réfugiés sans ressources. Comment réagirait Tokyo lorsque tant de personnes débarqueraient sur les côtes japonaises ? Sugihara était très au fait par ses collaborateurs polonais de la situation dramatique des fugitifs juifs. Les exactions sanglantes des nazis commençaient à être connues et Sugihara avait câblé en retour un rapport sur les activités du Parti communiste et la terreur des arrestations de très nombreux bundistes et sionistes. Ce n'était donc pas une complète surprise que ceux-ci se rassemblent en masse devant sa porte, mais rien ne le préparait ce mardi matin-là à l'ampleur de la foule.

Alors que l'heure d'ouverture approchait, Boleslaw, son cuisinier-chauffeur, s'était présenté à la porte du bureau en proposant :

– Monsieur le consul, m'autoriseriez-vous à distribuer des tickets ? Parce que là, tout le monde se bouscule et ça tourne à la pagaille. Et il en arrive chaque minute de nouveaux.

– C'est une excellente idée. Demandez donc à Wolfgang de vous aider à écrire les numéros, ça ira plus vite.

Wolfgang Gudze était le secrétaire de Sugihara, un Lituanien d'origine allemande qui avait pour rôle de noter scrupuleusement le nom des récipiendaires du visa et de percevoir les 2 litas qu'il coûtait.

Le Polonais parcourut la longue file des réfugiés, dont il émanait une angoisse sourde. Ils étaient ses compatriotes, arrivés en Lituanie comme vers un havre, avaient vécu pendant quelques mois à l'abri, tenté de retrouver un semblant de normalité loin des échos de la guerre. Même s'il n'était pas de leur religion, il compatissait à leur sort. Les hommes, plutôt jeunes, constituaient la majorité. Tous semblaient éduqués, lettrés. Il y avait aussi des fratries, des filles, des garçons, à peine sortis de l'enfance, bien jeunes pour fuir sans leurs parents, tués ou disparus. Les femmes seules étaient rares, les enfants peu nombreux.

– D'où tu viens, bonhomme ? demanda Boleslaw en s'adressant à un petit garçon aux grands yeux effrayés, serré contre son père.

– Radom, répondit-il d'une voix timide.

– C'est drôlement loin, ça. Tu as beaucoup marché ?

L'enfant lui répondit d'un signe de tête affirmatif.

– Tiens, dit-il en lui tendant une friandise, pour ton courage.

Il reçut les sourires reconnaissants du fils et du père, dont les joues creuses montraient les conséquences des privations.

Après quelques heurts dans la cohue de mains ten-

dues, Boleslaw était allé se poster en début de file, devant la grille. Une exclamation de soulagement se fit entendre lorsqu'il l'ouvrit. Il fit signe à chacun d'avancer dans le calme, récupérant le petit papier numéroté qui servirait le lendemain.

– Faites-les entrer, Wolfgang, dit Sugihara.

– Bien, monsieur.

Un couple s'avança. L'homme tendit vers lui son laissez-passer et le consul questionna en russe et en allemand :

– Comment vous appelez-vous, monsieur ?

– Emanuel Pat, répondit-il en russe, ce qui fit sourire le Japonais qui se réjouissait toujours de parler cette langue.

Il enchaîna les questions habituelles qu'il se devait de poser à chacun, puis écrivit un long texte en japonais.

Il fit de même avec l'épouse, tamponnant de son sceau personnel et de celui du consulat les visas 189 et 190.

Deux jeunes frères s'avancèrent ensuite. Puis une femme seule.

Tandis qu'il faisait glisser la plume de son stylo sur le document où figurait la photo de la personne avec une enfant, il vit deux grosses larmes tomber sur le bord de son bureau. Il leva les yeux vers le visage aux traits tirés.

– Il ne faut pas pleurer, madame, vous aurez votre visa, ne vous inquiétez pas.

– Pardonnez-moi, monsieur, je suis tellement émue. Si vous saviez ce que ce papier représente pour ma fille et moi ! Vous nous sauvez !

Et, saisissant le papier que lui rendait le consul, elle prit aussi sa main, l'étreignant et la baisant à plusieurs reprises en accompagnant son geste de nombreux mercis. Sugihara, fort gêné, si peu habitué dans sa culture à ces effusions embarrassantes, eut le plus grand mal à la retirer, mais fut touché par cette reconnaissance sincère.

Vers la fin de matinée, au numéro 300, il fit une pause. Ses oreilles bourdonnaient du bruit sec et mat des tampons, de la litanie des noms pleins de consonnes âpres. Sa main droite était endolorie par ces six lignes de texte officiel qu'il avait déjà écrites des centaines de fois depuis l'ouverture. Il était en train de remplir son stylo d'encre lorsqu'il vit son épouse Yukiko lui apporter une ravissante tasse au milieu d'un plateau laqué qu'elle posa délicatement.

– J'ai pensé qu'un genmaïcha *te ferait du bien.*

– Merci, tu tombes à point, je suis éreinté. Je n'arrive plus à écrire tellement mes doigts sont gourds.

– Donne.

Et Yukiko se mit à lui masser la main, du creux de la paume jusqu'au bout des ongles, arrachant à son mari quelques gémissements d'aise.

– Est-ce que tu monteras pour le déjeuner tout à l'heure, j'ai préparé du tonkatsu.

– Je voudrais bien mais je n'aurai pas le temps, la file est tellement longue qu'à mon avis on fermera tard ce soir.

– Je t'en descendrai, alors. Avec plein de sauce comme tu aimes.

La pensée du porc pané le fit saliver. Il regarda sa femme s'éloigner, reconnaissant. Ils avaient discuté de cette décision d'accorder des visas à tous ces gens, du risque que cela impliquait pour lui, pour sa carrière, mais elle l'avait encouragé à faire ce qui lui semblait juste et le soutenait avec ces petites attentions tendres. Il avait le pouvoir d'infléchir le destin de ces gens et il se dit que tout cela en valait la peine.

Il s'adossa quelques secondes à son siège pour humer le breuvage au parfum de riz soufflé. En avaler deux gorgées lui suffisait à s'évader vers l'été japonais.

En fin d'après-midi, courbatu et las d'avoir délivré au moins deux cents visas, il vit s'avancer vers lui une belle jeune femme. Grave, les traits slaves. Par sa blondeur et sa bouche sans fard naturellement rouge, elle le troubla, le faisant immédiatement penser à son ex-épouse Claudia. Comme ces réfugiés à présent, les Russes blancs avaient dû tout abandonner pour fuir l'avancée bolchevique et, ruinés, repartir de rien. Peut-être que c'était cela qui l'émouvait au fond, ce dénuement soudain, cet arrachement à la terre natale, à la patrie volée pour des idéologies sanguinaires.

– Bonjour madame, quel est votre nom ? demanda-t-il en russe.

– Rozenblut, Ewa.

Le sang de la rose, traduisit en pensée le consul, un beau nom.

– Quel est le but de votre voyage ?

– Je me rends à Curaçao, monsieur.

– Avez-vous les moyens de séjourner au Japon et de financer une traversée vers un autre pays ?

– Oui.

Lorsqu'elle lui tendit son laissez-passer, il remarqua que ses yeux n'avaient pas la même nuance, ce qui ajouta à son trouble. Dans ce regard il décela l'anxiété et la tristesse et tenta de les oblitérer d'un coup de tampon un peu plus fort que les autres. Tandis qu'il écrivait la formule en japonais, il l'imagina un instant dans son pays, assise sur des tatamis vêtue d'un kimono, ou admirant le portique d'un sanctuaire.

– Ce certificat vous autorise à entrer sur le territoire japonais et à y résider dix jours, dans l'attente d'un départ vers d'autres destinations.

– Merci. Merci infiniment, dit-elle avec un sourire qui éclaira son beau visage.

– J'espère que vous apprécierez mon pays et que vous y serez bien accueillie.

Ça, il ne l'avait dit à aucun réfugié.

– Je vous souhaite bon voyage et bonne chance, madame.

Il regretta aussitôt les derniers mots, car il aurait tant voulu que la chance n'entre pas en compte dans sa survie, mais bel et bien la validité de ces documents officiels.

Malgré la possession de ces visas vers une destination finale et un pays de transit, il savait que l'étape suivante ne serait pas la plus aisée pour les réfugiés : obtenir l'autorisation de quitter le territoire soviétique.

Qu'est-ce que ce régime impitoyable abhorrant toute forme d'émigration allait faire de ces Juifs qui allaient réclamer en masse des permis ? Sugihara avait, à la suite du consul hollandais, mis en marche un train que les Russes pouvaient stopper à tout instant. Comme il avait déjà négocié avec les autorités de maintenir le consulat ouvert plusieurs semaines de plus que les autres légations étrangères, il se dit qu'il ne perdrait rien à appeler le nouveau commissaire aux réfugiés pour lui garantir de vive voix l'accueil des exilés dans son pays et s'assurer qu'aucune entrave ne viendrait contrecarrer la suite de l'opération.

Ce qu'il ignorait, c'est que la veille même, Staline avait validé l'autorisation de transiter par l'URSS pour les réfugiés juifs polonais de Lituanie. Ce n'était ni philanthropique ni désintéressé. Quelques mois auparavant, Dekanozov, ancien chef du renseignement interne au NKVD, avait proposé, pour remplir les caisses de l'État vidées par l'effort de guerre, de ponctionner tous les candidats au départ et les organisations juives pour la traversée du territoire vers la Palestine. Le capitalisme était mort, vive celui des autres. Alors, qu'un consul japonais leur propose le Japon plutôt que la Terre sainte ne changeait pas grand-chose, du moment que les devises américaines coulaient à flots.

Mais c'était compter sans la complexité des rouages d'une administration dont chaque membre était nourri de méfiance, où la délation assurait l'avancement et les purges, le renouvellement. Il n'allait pas être simple, dans ces conditions, de se procurer le précieux exeat…

9

Commissariat aux réfugiés, Kovno, Lituanie, 3 octobre 1940

La jambe droite de Leib ne cesse de trembler. Dès qu'il focalise son attention sur elle, l'agitation se calme. Et puis il regarde ailleurs et ça recommence. Ou bien c'est la gauche qui s'y met. Sa nervosité est telle qu'il n'a déjà plus d'ongles. Il tord et frotte inconsciemment ses mains l'une contre l'autre. L'homme assis en face de lui, de l'autre côté du bureau, plante un instant ses yeux dans les siens, comme pour lui intimer l'ordre de se détendre, puis reprend l'examen de son dossier. Rien pourtant ici n'est fait pour inciter à l'apaisement. La concentration de l'interrogateur, ses sourcils froncés, semblent indiquer qu'il cherche une faille dans le document qu'il scrute dans ses moindres détails, le rictus de sa bouche exprimant le dédain, l'aversion même pour ce profil d'intellectuel bourgeois. Cela n'encourage guère Leib à se rassurer sur son sort. Il savait que demander cette autorisation de traversée et sortie du territoire soviétique ne serait pas une partie de plaisir, mais il n'aurait jamais imaginé à quel point son passé serait scruté à la loupe.

Skoblan, le nom du commissaire aux réfugiés, est

calligraphié en caractères romains et cyrilliques sur un petit écriteau. En russe, sa langue d'origine, cela signifie « grattoir », un terme qui lui convient bien tant il est abrasif avec ceux dont il dissèque l'existence. Il est petit et replet, l'exact opposé de son interlocuteur. Leib se tasse, voudrait se faire oublier tellement il est mal à l'aise dans cet univers laid et hostile. Les murs hésitent, selon l'angle de la lumière, entre le gris et le kaki. Une grande armoire, dont une porte ferme mal, laisse entrevoir des piles de dossiers. Autant de destins en attente, sans doute suspendus au bon vouloir de cet homme.

– Pourquoi êtes-vous allé faire vos études à Berlin ? demande soudain le commissaire d'une voix rauque de grand fumeur, dans un polonais teinté d'un fort accent russe.

Leib sursaute, son cœur manque un battement.

– Parce que c'est dans cette faculté de médecine que se trouvaient les chercheurs les plus avancés dans mon domaine.

– Et quelle est cette spécialité ?

C'est écrit noir sur blanc. Pourquoi poser la question ? pense Leib.

– Les maladies infectieuses.

– Mais encore ?

– Bactériologie, virologie et parasitologie en particulier, l'étude des micro-organismes et des pathologies qu'ils provoquent.

Skoblan a la vision de bestioles grouillant sous un microscope et ne peut retenir une moue de dégoût.

– Et pourquoi avoir choisi ça ?

– Euh, eh bien, de la tuberculose à la rougeole en passant par la typhoïde et la gale, que je voyais à longueur de temps à l'hôpital de Lodz où j'étais interne, j'ai voulu en savoir plus pour mieux les soigner.

– Pourquoi Berlin ?

– Ma mère est d'origine allemande et elle a de la famille là-bas.

– Avez-vous des sympathies pour le régime nazi ?

Voilà où est le piège. Il demande des informations anodines dont il se fiche complètement et glisse au milieu un question dangereuse. Allemands et Russes se détestent mais sont alliés, quelle est donc la bonne réponse ? S'il dit oui alors qu'il est juif, ça sonnera immédiatement faux, s'il dit non, ce serait comme un désaveu de leur pacte. Il réfléchit vite. Des gouttes de sueur perlent à la racine de ses cheveux.

– Je n'étais pas du tout engagé en politique, je ne m'occupais que de médecine.

– Beaucoup de Juifs ici sont communistes et ont accueilli nos troupes avec joie et gratitude, ils vont devenir citoyens soviétiques. Pourquoi n'en avez-vous pas fait la demande comme eux ?

Leib déglutit difficilement. L'étau se resserre. Il ne doit pas parler des États-Unis où il voulait enseigner. Heureusement, le visa américain périmé figure sur son passeport, désormais sans valeur, laissé sous son matelas. Au Café Metropolis, il a souvent échangé sur ces interrogatoires avec ceux qui étaient déjà passés par là, préparant ce qu'ils pensaient être les bonnes réponses et celles à éviter.

– J'espère pouvoir me rendre en Eretz Israël.

Il sait que, la Palestine étant sous mandat britannique, les Soviétiques la considèrent comme un suppôt de l'impérialisme, mais qu'ils sont plutôt enclins à vouloir se débarrasser des Juifs religieux.

– Pourquoi ne figurez-vous pas sur la liste soumise par Warhaftig en ce cas ?

– Parce que je ne fais pas partie des *halutzim* ni des étudiants d'une *yeshiva*[1].

– Avez-vous été bundiste ?

Leib connaît la répugnance des bolcheviques pour les bundistes, qu'ils considèrent comme des socialistes tièdes et embourgeoisés. Il a clairement des sympathies pour le mouvement, a assisté à des réunions et y compte plusieurs amis proches, mais heureusement, il n'y a jamais milité. Pas par manque de conviction mais par manque de temps. Il ne devrait pas y avoir trace de son nom dans les registres, à moins qu'il n'ait été dénoncé. Il sent son cœur battre la chamade. Certains ont été envoyés au goulag pour moins que ça.

– Non.

– En êtes-vous sûr ? Ils sont pourtant légion chez les intellectuels de votre genre. À quel mouvement politique appartenez-vous, alors ?

– Aucun.

– Vous n'avez aucune conscience politique ? Ce sont pourtant vos parents capitalistes qui ont pu vous payer des études de médecine à l'étranger.

– Je sers mes frères par la science.

– Qui vous a renseigné sur les visas néerlandais ? Donnez-moi le nom de celui qui dirige le réseau et vous aurez votre permis, camarade, dit encore Skoblan,

1. Les *halutzim* étaient des Juifs formés aux techniques agricoles en vue de participer au développement de la Palestine et de créer des kibboutz. Les *yeshivas* sont des écoles talmudiques.

sautant à nouveau du coq à l'âne pour mieux le déstabiliser.

– Personne, personne ne dirige aucun réseau, on en a entendu parler au café et la nouvelle s'est répandue.

– Par quel moyen êtes-vous parvenu à réunir l'argent nécessaire au voyage jusqu'au Japon ?

Ça ne s'arrêtera donc jamais ces questions pièges, insidieuses. Leib est désormais convaincu qu'il va finir par commettre un faux pas, qu'il n'obtiendra jamais son laissez-passer et sera déporté en Sibérie, où il s'éteindra de froid, de faim et d'épuisement. Le Russe est retors. Leib lui jetterait bien à la figure que ces anticapitalistes farouches sont culottés de demander deux cents dollars pour le billet du Transsibérien et la traversée en bateau vers le Japon, payables uniquement en devises étrangères, alors qu'il est illégal d'en posséder.

Quand ils avaient obtenu leur précieux document japonais, ils avaient fêté cela tous ensemble le soir même au Café Metropolis, autour d'un bortsch et de pas mal de vodka. Mais dès le lendemain, leur soulagement et leur enthousiasme étaient quelque peu retombés lorsqu'ils avaient envisagé la suite de leur voyage. Il leur fallait maintenant demander auprès du commissariat aux réfugiés le permis de traverser et de sortir du territoire soviétique, ce qui les faisait tous trembler. Et enfin ils devaient réunir l'argent pour le prix exorbitant du billet. Les Juifs lituaniens, auparavant généreux envers les réfugiés, étaient désormais confrontés à la dureté du régime, aux pénuries, et comme tous les autres avaient recours à la contrebande.

Leib se revoit compter tout l'argent qu'il avait pu gagner par ses consultations, conservé dans une boîte en fer-blanc. Au marché noir, le dollar s'échangeait à 30 litas, c'était une somme colossale, plusieurs années d'allocations du *Joint* ! Il était allé quémander auprès de Moses Beckelman un emprunt ou un don. L'Américain se démenait pour obtenir des fonds. Parmi ceux qui avaient obtenu un visa, nombreux étaient ceux qui n'avaient pas de quoi payer le voyage. Ewa était bien sûr dans ce cas.

Un soir d'orage, Leib s'était rendu avec elle et Jankiel Krawitz dans les faubourgs de Vilijampolé, pas très loin du cimetière où était enterrée la petite Zofja, chez l'ami d'un de ses patients. Ils avaient marché, il s'en souvient, sous un ciel mauve sombre et des nuages annonçant l'averse ou la grêle, si bas qu'ils semblaient flirter avec les toits des maisons. Les bourrasques de vent soulevaient les pans de leurs vestes, ils avaient dû tenir leurs chapeaux à la main de peur qu'ils ne s'envolent, et Ewa serrait contre ses cuisses sa robe à fleurs. Ils avaient franchi le seuil de la maison au moment même où retentissait un coup de tonnerre qui avait déchiré leurs oreilles et où la foudre s'abattait si près qu'ils avaient vu un éclair aveuglant blanchir le ciel. Un déluge s'était déversé pendant toute la durée de la transaction pour laquelle ils s'étaient déplacés.

Ils étaient arrivés dans une grosse demeure sans ostentation. L'homme qui les avait accueillis semblait à l'aise, l'intérieur de la maison était confortable, presque cossu. Il les avait fait asseoir, leur avait servi un thé, mettant ses hôtes en confiance. Tous trois avaient ouvert les enveloppes et sacs contenant leurs derniers objets de valeur.

Jankiel présenta avec émotion deux petits chandeliers en argent ciselé. Ceux de shabbat, reçus pour son mariage. Ewa avança sur le bois poli de la table une pièce d'or et sa bague de fiançailles avec un diamant serti d'autres plus petits, qui venait de la grand-mère de Dawid. Des bijoux cachés dans sa doublure de manteau au moment de leur fuite, il ne restait que cela, après qu'elle eut payé les soins pour sa fille et ses obsèques. Ces objets leur étaient infiniment précieux, non par leur valeur intrinsèque, mais pour les moments heureux dont ils témoignaient.

Leib avait alors posé sur la table un étui et en avait sorti son violon pour que l'homme l'observe à son aise. L'instrument était habillé d'un vernis assez sombre, roux et chaud, semblant assorti à la chevelure flamboyante de son propriétaire. Il était de très belle facture, d'un luthier allemand de renom. Leib l'avait reçu en cadeau pour ses vingt ans de ses parents et grands-parents. S'en séparer était un déchirement. Loin de sa famille, il avait souvent joué pour lui comme une consolation, pour les amis comme une offrande, et même pour quelques femmes comme un charme d'amour, y compris pour celle qui était devenue la sienne. L'homme l'examina attentivement, puis lui rendit en lui demandant d'en jouer. Leib saisit l'archet, se mit debout, plaça le violon sous son menton et l'accorda. N'étant pas là pour démontrer sa virtuosité mais la richesse du timbre et l'équilibre de l'instrument, il choisit l'adagio de la *Première sonate pour violon solo* de Bach. Il voulait ainsi rendre hommage et dire adieu à son partenaire de plus d'une décennie. Une partition d'une grande nostalgie. Leib se perdit vite dans la musique, yeux fermés, ses longs doigts courant sur les cordes familières. C'était tout son corps qui oscillait, tanguait dans l'étreinte. Lorsque l'archet étira l'ultime note, il resta un instant suspendu, laissant le temps à l'interprète de revenir dans le présent. Il vit que Jankiel était ému et qu'Ewa pleurait. Toute la tristesse de leur exil et des deuils s'y concentrait. Il rangea le violon et poussa l'étui vers l'acheteur.

Les offres pour les biens proposés furent toutes accompagnées d'un soupir de déception. Ils se savaient en position de faiblesse, piètres négociateurs, mais n'avaient pas imaginé que le marchand les arnaquerait à ce point. Pour Jankiel, cela représentait le complément nécessaire au prix des billets pour Malka et lui. Mais à Leib, il manquait encore environ un tiers, quant à Ewa, elle atteignait à peine la moitié. Après un long temps d'hésitation, elle avait retiré l'alliance de son annulaire gauche, un bel anneau ciselé en or blanc. Les larmes avaient jailli plus fort. Le dernier lien avec Dawid et sa vie d'avant disparaissait. Ça ne serait pas encore suffisant pour le billet, mais elle en obtint un prix décent, peut-être parce que l'homme avait été un peu ému par sa détresse.

L'air était rafraîchi et chargé d'humidité, la route boueuse. Les dollars étaient cachés dans leurs sous-vêtements et semblaient leur brûler la peau. Ils étaient rentrés tous les trois en silence, décomposés, délestés du poids des objets mais accablés par celui des regrets, se demandant si tout cela en valait la peine.

– Je vous ai demandé par quel moyen vous avez réuni l'argent nécessaire au voyage ? Répondez-moi !

– J'ai vendu mon violon, s'empresse de répondre Leib.

Il évite de mentionner les fonds du *Joint* qu'il a finalement obtenus. De l'argent en provenance des USA ne peut aider à l'avancement de son cas.

– Ce devait être un bel instrument pour couvrir le prix du billet ! rétorque le commissaire avec dédain.

– En effet.

Skoblan referme d'un geste sec la chemise cartonnée.

– Bien, je transfère votre dossier. Vous serez convoqué pour un examen complémentaire par mes collègues du NKVD, sinon, guettez le tableau d'affichage où sont publiés les nouveaux permis.

Le médecin sort du bureau, un peu chancelant du relâchement soudain de la pression. Il n'est guère convaincu de ses chances, tout en se rappelant que l'intimidation est leur arme de prédilection et que des gens comme Warhaftig ont bien réussi à obtenir leur document de sortie. Cet homme dont il a admiré le charisme, la détermination et la persévérance est sans doute déjà à bord du Transsibérien. Le chef de file des sionistes avait le NKVD à ses trousses et, menacé de goulag comme son collègue Menahem Begin qui venait d'être arrêté, il s'était résolu à partir dans la précipitation. La signature une semaine plus tôt du pacte tripartite entre l'Allemagne, l'Italie nouvellement entrée en guerre et le Japon hésitant jusqu'à la dernière minute entre une alliance avec les États-Unis et la Grande-Bretagne, avait joué un rôle décisif dans l'abandon des derniers espoirs de rejoindre la Palestine.

Leib se hâte de quitter les sinistres locaux et se dirige vers l'appartement des Krawitz. Jankiel est convoqué dans quatre jours, lundi prochain, et Ewa dans six, juste avant Yom Kippour. Son rendez-vous à lui est tombé le jour du nouvel an juif, cette fête joyeuse de Rosh Hashana où l'on est censé être de bonne humeur et éviter les excès de nervosité ! Raté. À un moment, pendant l'interrogatoire, il a cru entendre le son de corne puissant, lointain, du *shofar*. Il s'est forcé à aller le matin à la synagogue. L'année passée, il venait d'enterrer sa famille. Un an déjà et la plaie est toujours aussi vive. Dans Varsovie dévastée, il n'avait pas fait le *Tashlich*, parce que ce n'étaient pas ses péchés qu'il avait voulu jeter dans la Vistule comme l'exige la tradition, mais lui-même.

Ceux qu'il commence à appeler ses amis, ses compagnons d'infortune, sont descendus cette après-midi à la rivière Néris. Ont-ils pu se procurer la grosse bougie de vingt-quatre heures pour le repas du soir, en ces temps de pénurie ? Leib a du mal à croire qu'ils vivront une année pleine de douceur lorsqu'ils tremperont les pommes dans le miel et se demande où ils seront pour célébrer le prochain nouvel an. Au fond d'une geôle sibérienne, au Japon, aux États-Unis, en Israël, ou bien encore ici, piégés, nouveaux citoyens soviétiques, à moins que ce ne soit dans une prison lituanienne ou un camp nazi si Hitler rompt son pacte avec Staline ? Il n'a plus aucune idée de ce que sera son avenir, s'il vivra un jour ou un an, son destin dépendant de tant de bureaucrates, de policiers et de dictateurs.

En franchissant le pont pour rejoindre Slobodka, il s'arrête un instant contre la rambarde. Les prémices de l'automne habillent déjà les arbres de reflets dorés. Il regarde s'écouler le fleuve, ses remous, le courant ralenti aux abords des berges avec leurs petites plages sableuses. Il voudrait y déverser ses péchés mais ne trouve en lui que manque, douleurs, colère et regrets.

L'expiation, il l'a déjà payée. Mais la rédemption, existe-t-elle encore dans ce grand désordre mondial ?

10

Prague, Bohême sous protectorat du Reich, consulat du Japon, 6 février 1941

La nuit était presque tombée lorsque Chiune Sugihara se décida à allumer sa lampe de bureau. L'abat-jour en cristal de Bohême répandit son halo jaune sur le cuir du bureau, sur les dossiers nombreux, sur les quelques photos qui apportaient une note chaleureuse dans l'aridité administrative. Il cligna les yeux de fatigue. La pulpe de ses index était durcie à force de taper à deux doigts sur les touches rondes de la machine à écrire. Trente et une pages en deux jours, à déplacer sans cesse le papier et le chariot pour rentrer dans les cases du papier quadrillé. Il n'avait pas voulu déléguer cette tâche ingrate et délicate à Gerolf, son assistant. Le jeune homme, issu d'un mariage entre un diplomate austro-hongrois et une Japonaise, affichait des sympathies pour le régime nazi qui occupait son pays, ce qui se révélait étrangement naïf pour un non-Aryen.

Sugihara repoussa sa chaise, étira ses épaules raidies de quelques brasses en l'air et se dirigea vers la fenêtre. Dans la rue Maltezske qui s'ouvrait vers la gauche en placette, les réverbères projetaient des flaques de lumière sur la neige sale. La statue noire de saint Jean-Baptiste semblait dessinée au fusain sur fond de façades baroques. Le pont Charles s'ancrait à une centaine de mètres de là pour enjamber la majestueuse Moldau, rejoindre le cœur de la vieille ville. Il aimait cette cité où s'accumulaient les siècles en strates. Il ne la connaissait qu'à la saison froide et il se demandait comment son effervescence se réveillait au printemps. Il ne la verrait pas aux beaux jours car il serait déjà loin. Prague n'était qu'une étrange étape dont il n'avait pas bien compris l'utilité puisque la région vivait sous le régime de fer nazi et loin des lignes russes. Il n'avait pas grand-chose à rapporter au ministre Matsuoka que ce qu'il savait déjà : la domination et la brutalité. Il avait espéré après son départ de Kaunas que son gouvernement choisirait les puissances alliées plutôt que celles de l'Axe, mais l'appétit japonais pour les territoires du Sud-Est asiatique l'avait emporté sur la raison d'un accord avec les grandes démocraties.

Il avait profité de cette halte au cœur de l'Europe à feu et à sang pour renouer avec la vie diplomatique qu'il avait connue à Helsinki mais guère dans la capitale lituanienne. Des bals et des réceptions où l'on s'observe et se jauge, où l'on questionne à mots feutrés sans en avoir l'air, mais où les uniformes étaient trop nombreux à son goût. Où les officiers faisaient valser Yukiko, séduisante dans ses somptueux kimonos qui faisaient l'admiration de leurs épouses. Il n'était pourtant pas aisé de tournoyer sur des zori*, les légères sandales à deux lanières, les jambes serrées dans les multiples couches de tissus soyeux, mais elle s'en acquittait avec grâce. Il était heureux de lui faire retrouver pour quelques mois un peu de légèreté après* *l'atmosphère pesante des derniers temps à Kaunas. L'organisation d'une exposition d'artisanat leur avait permis de faire rayonner avec fierté l'aura très raffinée du Japon.*

Dans quelques semaines, il faudrait renoncer au romantisme praguois teinté de rouge et noir, et redéménager toute la famille vers la très austère Königsberg en Prusse-Orientale, territoire allemand coincé entre la Pologne et la Lituanie. Il s'y était rendu en décembre dernier pour préparer la transition. Si cela le réjouissait peu pour leur vie quotidienne, sa mission d'observation y aurait beaucoup de sens, persuadé qu'il était que la rupture entre nazis et Soviétiques n'était plus qu'une question de mois. Jan Perz serait de nouveau à ses côtés pour le seconder.

En attendant, son ministre de tutelle avait eu vent du nombre de plus en plus important de migrants qui atteignaient la côte occidentale du Japon. Par câble, l'avant-veille, il avait requis la liste complète des récipiendaires de visas émis à Kaunas. Pour quelle raison ? Depuis quarante-huit heures il s'interrogeait, dormait mal, oscillait entre crainte du blâme et sanction plus sévère, mais rien n'arrivait, bien que tout fût encore possible. D'ailleurs il avait délivré ici aussi plus d'une trentaine de nouveaux visas à des Juifs en quête d'un refuge sûr. Il était désormais familier avec leurs noms, qu'ils soient polonais, allemands, lituaniens ou tchèques. Il identifiait la même crainte dans leurs yeux. Il avait passé les deux derniers jours à retranscrire sur sa machine à écrire les 2 139 noms de ceux à qui il avait donné le précieux sésame l'été dernier. Cela pouvait représenter jusqu'à 2 500 ou

3 000 personnes puisque les épouses et les enfants pouvaient être rattachés sans être nommés.

Il se remémora ces journées harassantes de fin juillet et de début août où il avait écrit et tamponné ces laissez-passer par centaines. Il se souvint qu'à partir du 8 ou du 9 août le flot était allé décroissant, sans doute parce que le consul des Pays-Bas avait obtempéré aux injonctions soviétiques de fermer les représentations étrangères. Lui, dans sa langue russe si précise, si maîtrisée, avait négocié avec les autorités soviétiques de repousser la date à la fin du mois.

Tokyo avait renouvelé sa mise en garde de ne délivrer de documents qu'à ceux dont il était sûr et certain qu'ils avaient les sommes nécessaires à leur subsistance au Japon, et surtout une destination finale. Il avait rassuré en répondant par l'affirmative. Et il avait continué à tamponner sans plus vérifier leurs moyens financiers, quand il constatait à leur mine qu'ils ne les avaient pas. Mais allait-il leur dire « Retournez d'où vous venez et allez mourir loin d'ici » ? Il avait juste eu pitié d'eux. Peut-être que ça ne marcherait pas, mais la réception de ces câbles de Tokyo avait attesté que certains étaient déjà arrivés sains et saufs. Il en paierait sans doute cher les conséquences. Mais pour le moment il pariait sur le fait qu'on avait besoin de lui et que quelques milliers d'étrangers transitant par son pays ne changeraient pas la face du conflit. C'était pour sa famille qu'il appréhendait le plus les retombées, pour lui au mieux une immobilité sur l'échelle hiérarchique, peut-être une ostracisation, au pire un limogeage pur et simple. Les chefs japonais n'étaient pas connus pour leur clé-

mence envers la désobéissance. S'il ne craignait pas qu'on attente à sa vie, un châtiment de la part des Allemands n'était pas à exclure, et celle de ses amis polonais était clairement menacée.

Il retourna vers son bureau pour glisser les trente et un feuillets dans une enveloppe à l'adresse du ministère des Affaires étrangères. Ils n'auraient que ces noms-là. Ceux qui rentraient dans le cadre officiel.

Mais il tairait les autres noms qu'il n'avait pu enregistrer parce qu'une fois le consulat officiellement fermé, il avait signé encore des visas aux retardataires depuis l'hôtel Metropolis, puis encore cinq ou six à la gare, en attendant le train pour Berlin.

Il tairait qu'il avait autorisé un jeune étudiant de la yeshiva de Mir à aller et venir, sous contrôle de son secrétaire, au sein du consulat durant quelques jours pour gérer plus de trois cents documents de ses coreligionnaires, permettant peut-être à la prestigieuse institution de perdurer au-delà des persécutions.

Il tairait qu'il connaissait l'existence de tampons contrefaits qui avaient servi à fabriquer des faux papiers après son départ.

Il tairait que dans sa valise diplomatique, à côté de sa liste de 2 139 noms, avait transité une bannière fabriquée par les religieuses de Vilnius destinée aux pilotes polonais en Angleterre et acheminée depuis Stockholm par Iwanow.

Il tairait qu'il avait discrètement placé le capitaine Jakubianiec à l'ambassade à Berlin, qu'il espérait protégé par son nouveau passeport japonais.

Enfin, il tairait qu'à plusieurs reprises, ceux à qui il avait tendu le visa signé l'avaient appelé un Mensch.

*Il ignorait la signification yiddish, il ne connaissait que celle du mot allemand d'*être humain. *Il avait su plus tard que cela désignait une personne particulièrement intègre, digne. Un homme d'honneur. Il n'en tirait aucune vanité, il ne les avait pas aidés pour sa gloire personnelle. Juste par compassion humaine. En accord avec ses valeurs. Cela rejoignait étrangement celles du code des samouraïs dont il descendait et il en avait été ému. Il avait gardé ces paroles au fond de son cœur comme un précieux cadeau, espérant que son pays si longtemps fermé aux étrangers saurait être pour eux une digne terre d'asile avant un nouveau départ.*

II

11

Moscou, URSS, hôtel Novo Moskovskaya, 13 février 1941

Ewa referme la lourde porte, suspend son chapeau et son manteau, ôte ses bottes qui dessinent des petites flaques de neige fondue sur la moquette. Elle se jette sur le grand lit, rebondit dans le moelleux de l'édredon, les bras en croix, un sourire aux lèvres, les yeux encore un peu perdus dans toutes les merveilles qu'elle vient de voir. Elle entend Leib faire du bruit dans la chambre voisine. Ils ont joué les touristes depuis le matin et sont exténués, frigorifiés, mais réjouis. Ensemble ils ont arpenté l'immense place Rouge, visité le mausolée de Lénine, le musée historique d'État, longé les murailles du Kremlin et admiré les bulbes multicolores de la cathédrale Saint-Basile. Malgré le ciel bas et le froid mordant, toujours suivis de loin par des membres du GPU peu discrets, c'est la première fois que l'un et l'autre peuvent se distraire quelques heures sans arrière-pensées.

La nuit est tombée et plus tard ils se retrouveront pour le thé, grignoteront tout un assortiment de zakouskis, de blinis et beignets à la confiture. L'établissement est très confortable, la nourriture abondante et variée, bien loin des privations habituelles. Ce matin au petit déjeuner, ils ont dévoré plusieurs oranges, délice inimaginable.

Pour se réchauffer et dissiper la fatigue, Ewa se plonge dans un bain brûlant, peut-être va-t-elle s'y accorder un petit somme. Ce savon qu'elle économisait il y a encore quelques jours, elle s'en frotte tout le corps jusqu'à ce que l'eau devienne trouble.

Même s'ils évoluent dans une liberté feinte, même si leurs moindres faits et gestes sont surveillés, ils profitent de tous les plaisirs qui s'offrent. Ce luxe, bien sûr, n'est pas venu gratuitement. Il lui arrive encore par réflexe de toucher son annulaire, où la marque de son alliance a désormais disparu, elle se rappelle alors le coût exorbitant du voyage et le fait qu'ils sont passés à deux doigts de ne jamais partir.

Son entretien avec l'affreux Skoblan s'était plutôt bien déroulé. Leib et elle avaient espéré quitter le pays avec les Krawitz, mais Jankiel et Malka avaient obtenu leur autorisation de sortie du territoire soviétique assez rapidement tandis qu'eux s'impatientaient. Ewa guettait sans relâche le tableau d'affichage du commissariat aux réfugiés. Les mois filaient, sans nouvelles. L'hiver était arrivé, et la date à laquelle ils allaient être obligés de prendre la nationalité soviétique et ne plus pouvoir partir se rapprochait dangereusement. Leurs amis avaient quitté Kovno en janvier. Peut-être viennent-ils d'arriver au Japon, songe Ewa qui espère les retrouver là-bas.

Un matin elle avait été surprise de découvrir son nom sur la liste. Pas celui de Leib. De même la semaine suivante. Elle n'avait pas su quoi faire, incapable d'envisager le voyage seule et ne pouvant se résoudre à abandonner celui qui l'avait poussée à partir. Le médecin était devenu au fil des mois une présence rassurante, consolatrice, amie, veillant sur elle. Et s'il n'obtenait jamais le précieux papier ? Sur un coup de tête, elle avait passé sa plus jolie tenue, mis un peu de rouge à lèvres, tressé ses cheveux, et avait frappé à la porte du commissaire, le cœur battant, se traitant intérieurement de folle.

– Bonjour camarade, que puis-je faire pour vous ?

Devant elle, ce n'était plus l'horrible petit homme à la moustache jaune mais un employé plus jeune, souriant et aimable, répondant au nom d'Orechov. Il s'était adressé à elle en mauvais polonais, elle lui avait répondu dans un russe des plus fluides.

– Voilà, mon nom est sur la liste, je viens donc chercher mon permis de sortie mais, voyez-vous, le nom de mon fiancé, le Dr Rothman, lui, n'y est pas. Et ce depuis plusieurs jours. Nous avons pourtant fait la démarche quasi conjointement. Auriez-vous l'amabilité de vérifier si son dossier a été approuvé s'il vous plaît ?

– Bien sûr. De quand date la demande ?

– Du 3 octobre.

– Trois mois ! C'est anormal en effet… Mon prédécesseur était un tantinet brouillon dans son classement.

Battant des cils sur ses beaux yeux vairons, Ewa avait versé quelques larmes, se découvrant un talent insoupçonné d'actrice.

– Vous comprendrez que je ne peux pas partir sans lui !

– Bien évidemment. Laissez-moi chercher.

Et le commissaire avait inspecté chaque rayonnage de l'armoire surchargée, déplaçant des piles de dossiers encore en attente ou plus probablement rejetés, ainsi qu'une épaisse couche de poussière, avant de se relever triomphant avec le dossier du médecin.

Il avait réexaminé rapidement le formulaire et en deux coups de tampon avait tendu à Ewa leurs visas validés. Elle lui avait bredouillé des remerciements chaleureux et adressé son sourire le plus reconnaissant. C'était un vendredi et, comme toutes les semaines depuis qu'ils avaient allumé les bougies ensemble pour la première fois en été, ils célébraient shabbat tous les deux ou avec leurs amis. Ce jour-là il ne restait qu'eux. Elle avait déployé des trésors d'imagination pour faire de leurs maigres victuailles un dîner digne de ce nom, puis elle avait sorti les papiers de son sac au moment de la prière. Leib, surpris et muet d'émotion, avait longuement serré les mains d'Ewa pour lui exprimer sa gratitude. Jamais elle ne lui avait révélé son stratagème.

Le lendemain, ils avaient bravé le froid et la neige, les bourrasques glaciales sur le pont au-dessus de la Néris, jusqu'au bureau d'Intourist pour acheter leurs billets de Transsibérien. Cette unique voie transcontinentale était encombrée de trains de marchandises, de convois miniers ou militaires. Certains de ceux qui avaient obtenu leur visa de sortie à la fin de l'été avaient dû patienter plusieurs mois avant d'obtenir une place.

L'agent était seul dans la petite boutique qui empestait le mauvais chauffage à charbon. Il accorda à ces deux nouveaux réfugiés un regard blasé et condescendant sous sa casquette siglée de l'étoile rouge. Il les reconnaissait à leur allure, il en avait vu tellement avant eux. Sans leur adresser un bonjour, sans leur proposer un siège, il leur asséna :

– Si c'est pour le Japon, ce sera 500 dollars les deux billets.

– Quoi ? s'écria Leib. C'est de l'extorsion, nos amis ont payé chacun 200 dollars ! Et d'autres seulement 180 sans les repas.

– C'est 500, et ça se discute pas. Vous voulez partir ? Faut payer le prix.

Leib s'était tourné vers Ewa, désespéré. C'est lui qui avait réussi de haute lutte à leur procurer le reste de l'argent nécessaire auprès du *Joint* et voilà qu'il butait sur la dernière marche.

Ewa avait alors posé l'enveloppe devant l'agent, l'avait entrouverte tout en se penchant au-dessus du petit bureau et en murmurant calmement :

– C'est tout ce que nous avons. Il y a 450 dollars, 50 de plus que le prix des billets.

Il avait regardé la femme aux yeux étranges, puis autour de lui afin de vérifier qu'ils étaient bien seuls, et avait sorti un billet de 50 qu'il avait discrètement glissé dans son sous-main. Le reste avait rejoint la caisse. D'une liasse il avait extrait plusieurs tickets.

– Ça, c'est pour aller jusqu'à Moscou. Ceux-là, c'est pour le Transsibérien. Et ça, ce sont les bons pour l'hôtel et le bateau, mais vos noms seront communiqués à la compagnie qui l'affrète.

Soulagés, ils avaient dû patienter encore une quinzaine de jours, empaquetant leurs quelques possessions. Le 10 février, sur le point de partir, Ewa et Leib avaient appris que le NKVD n'acceptait plus de demandes de sortie du territoire. Ils l'avaient réellement échappé belle.

La veille du départ, ils s'étaient rendus sur la tombe de Zofja, qu'ils avaient longtemps cherchée sous la neige, bien qu'Ewa soit venue chaque semaine. Le paysage était tout de noir et de blanc, si différent de la verdeur estivale. Les tombes ne dessinaient que des ondulations à peine visibles sous l'épais manteau, seules quelques stèles émergeaient. À mains nues, Ewa avait dégagé la pierre. Un oiseau dans l'arbre juste au-dessus avait gazouillé dans le silence. Pas un corbeau croassant, non, un petit passereau à long bec, à l'habit vert et mordoré. Elle l'avait pris comme un signe et lui avait confié l'âme de sa fille, ou peut-être était-ce elle, Zofja, qui saluait sa mère. Ewa avait gardé cette image à travers ses larmes, coupable d'abandonner là le corps de son enfant, sans personne pour entretenir sa tombe.

Sur le quai où ils avaient salué les Krawitz et quelques autres trois semaines auparavant, ils avaient embarqué à bord du train pour Vilna. Malgré leur appréhension, le passage de la frontière à Gudziai s'était déroulé sans encombre puisque leurs papiers étaient en règle. De là, ils s'étaient rendus à Minsk, puis à Moscou.

En arrivant dans cet hôtel chaleureux réservé aux touristes aisés et aux diplomates, Leib et Ewa s'étaient sentis déphasés. Leur exil prenait une étrange tournure. Et puis ils avaient croisé dans le hall et au restaurant de nombreux visages aperçus dans les files d'attente. Ils n'étaient pas seuls.

L'eau a refroidi et Ewa, frissonnante, finit par s'extraire de ses réminiscences et de sa torpeur. Elle meurt de faim. Dans le grand miroir de la salle de bains, elle s'arrête un instant sur sa silhouette trop mince, ses côtes saillantes. Il est grand temps de rejoindre Leib pour se régaler de quelques délices. Elle passe sa tenue la plus présentable à défaut d'être élégante. Elle ne cherche pas à lui plaire mais prend plaisir à se rendre jolie. Elle apprécie de découvrir la ville à ses côtés. Aujourd'hui, il est parvenu à oublier sa tristesse et s'est montré cultivé, drôle, presque taquin parfois. Demain ils visiteront le musée Pouchkine et peut-être iront-ils au Bolchoï. Ils photographieront dans leur mémoire cette parenthèse inattendue, ce temps léger suspendu.

Dans deux jours, viendra le vrai départ.

12

Gare de Iaroslavl, Moscou, URSS, 15 février 1941

Il n'y a personne sur le quai pour leur dire au revoir. Tous quittent leur vie, leur passé, leur famille, leur patrie. Pas un geste d'adieu à travers la vitre pour leur faire croire qu'ils reviendront, que quelqu'un les attend.

Ils sont fébriles, angoissés et excités, pressés d'en finir et dévastés à l'idée d'arracher de leurs semelles d'exilés les dernières traces de la terre de chez eux. En montant dans cette immense chenille du Transsibérien avec leurs maigres possessions, ils grimpent vers l'inconnu, coupables d'abandonner ceux qu'ils savent ne pouvoir sauver.

Ceux qui n'ont pas reçu de visas de sortie.

Ceux des ghettos dont ils n'ont presque plus de nouvelles.

Ceux qui gisent à jamais dans le sol glacé.

Ceux qui se pensent encore en sécurité, les pauvres fous.

Combien sont-ils de Juifs en ce jour glacial à emprunter ce convoi vers l'est ? Des dizaines ? des centaines ? Certains sont venus en groupe depuis l'hôtel où ils se sont rencontrés.

Sur le quai à côté d'eux, des bagages et des chariots, des amoureux qui s'étreignent et d'autres qui se séparent. Des babouchkas et des jeunes enfants, des militaires et des civils, des visages aux traits orientaux et occidentaux, des riches et des pauvres selon les classes des wagons devant lesquels ils se tiennent avant la grande transhumance. Au milieu de la foule, des cheminots frappent de leurs lourds marteaux, une par une, les roues massives sous les wagons de bois pour s'assurer de l'intégrité de leur structure.

Dans chaque voiture, un chef, *provodnik* ou *provodnitsa* en uniforme, guide les passagers vers leur compartiment. Ce sont eux qui vont régner sur leur petit domaine ambulant, contrôler les billets et l'identité des passagers, alimenter en charbon le foyer du samovar – qui n'a rien du bel ustensile ciselé mais relève plutôt de la chaudière miniature – nouer et dénouer les rideaux du couloir, faire le ménage, installer la literie le soir et surveiller tels des cerbères ce monde confiné, depuis leur petite chambre près des toilettes et de la porte d'accès. Il vaut mieux être bien avec eux au risque de ne pas avoir de thé ou de draps.

Le baluchon de provisions qu'Ewa glisse sous la banquette est presque aussi lourd que sa valise. Leib place la sienne en hauteur, avec sa trousse de médecin, orpheline de son compagnon musical.

Ce samedi 15 février, le Transsibérien d'Ewa et Leib est l'un des derniers convois chargés de réfugiés. Presque deux mille d'entre eux ont déjà voyagé vers l'est par cette ligne mythique durant les premiers mois de l'année 1941. Ce train des superlatifs doit mettre onze jours pour rejoindre son terminus, Vladivostok, port militaire sur la mer du Japon, au bout de ce pays-continent démesuré, à 9 288 kilomètres et huit fuseaux horaires de la capitale. Perm, Novossibirsk, Krasnoïarsk, Irkoutsk sont les plus importantes des presque mille gares du parcours, des noms égrenés en écriture cyrillique comme les perles d'un long collier jeté sur la carte de l'URSS. Volga, Angara, Amour, ces immenses fleuves aux consonances poétiques serpentent le long des rails. Ewa ignore ce qui l'attend, elle n'a pas beaucoup voyagé. Son univers se restreint à une ligne Varsovie-Kovno en passant par Bialystok et les forêts de sa Podlachie natale. Leib, lui, est allé presque au bout de l'Europe vers l'ouest, depuis Berlin jusqu'à Paris. En Pologne, il a en maintes occasions profité de Cracovie et des Carpates au sud pour le ski ou les stations thermales. La nouveauté ne l'effraie pas et il imagine la Sibérie en hiver comme une succession infinie de plaines et de montagnes enneigées, terriblement ennuyeuses. Il n'ose penser au Japon, si exotique et inconnu, comme si y songer pouvait attirer le mauvais sort. Tant qu'ils n'auront pas quitté le sol soviétique, il ne sera pas en paix.

Leib et Ewa sont un peu gauches assis l'un à côté de l'autre sur la banquette dure, dans l'attente de ceux qui viendront partager leur compartiment. Les secondes classes sont prévues pour quatre personnes. Ils espèrent comme compagnons un autre couple pas trop religieux plutôt que ces jeunes hommes à chapeau noir et franges, très nombreux sur le quai, qui seraient gênés par une présence féminine, regarderaient leur nourriture non kasher avec dédain et transformeraient l'habitacle en salle d'étude. De plus, c'est shabbat. Les étudiants et rabbins sont venus à pied depuis l'hôtel pour éviter le tramway. Heureusement le départ est prévu après la fin du jour saint. Ils vont devoir faire des concessions à leurs obligations religieuses s'ils veulent atteindre le terme de leur voyage…

Ce sont précisément de tels hommes qui pénètrent avec leurs valises et les saluent poliment. Le premier est étudiant à la yeshiva de Chabad, le second à celle de Mir. Ça ne les satisfait pas non plus d'être séparés de leurs camarades. Dans le couloir s'ensuivent des négociations animées, le ton monte comme lorsqu'un point de désaccord émerge sur l'interprétation du Talmud, les voix s'emmêlent et se recouvrent, jusqu'à ce que l'une d'elles, féminine et autoritaire, impose le silence en tranchant. Un autre homme fait signe aux jeunes gens de ressortir et laisse place à celle qui a réglé le conflit, satisfaisant tout le monde. Un jeu de chaises musicales a eu lieu, permettant de regrouper vers l'extrémité du wagon les membres des écoles talmudiques, tandis qu'une famille se décalait et qu'un couple rejoignait le compartiment de Leib et Ewa avec le sourire, certainement dans les mêmes dispositions qu'eux.

Une grande et belle femme blonde dans la quarantaine, avenante, élégante et maquillée, pénètre dans l'espace restreint. Son mari la suit avec leurs valises. Les cheveux presque blancs, il semble plus âgé qu'elle. Derrière ses lunettes rondes cerclées de noir, ses paupières étirées lui donnent un air presque asiatique. Ewa ne peut quitter des yeux le sourire triomphant de sa nouvelle compagne de voyage qui s'effondre sur la banquette avec un soupir d'aise et de soulagement. Son visage lui est familier, mais elle ne saurait dire d'où. Probablement dans les files d'attente ou au

Café Metropolis. Elle cherche avec la conviction que c'est dans un passé plus lointain, tandis que la nouvelle venue retire son chapeau et l'accroche sur le cintre avec son manteau.

– Ouf, je suis bien heureuse d'avoir trouvé un arrangement avec nos voisins ! Je me voyais difficilement passer onze journées et autant de nuits avec eux, en nuisette et pantoufles. Je me présente, Shoshana Kahan, voici mon mari Lazar.

Ewa bondit presque de son siège pour lui serrer la main.

– Madame Kahan, mais bien sûr ! Je cherchais d'où je vous connaissais ! Quelle joie, quel honneur de vous rencontrer ! s'exclame-t-elle. Je suis une de vos admiratrices ! Je vous ai vue jouer au théâtre Novoshtshi à Varsovie au début de votre tournée en 39, et j'ai adoré votre roman *Yung Blut*, je l'ai même lu deux fois. Oh, c'est incroyable ! C'est une rencontre tellement improbable !

Soudain, la perspective de ces jours d'ennui se transforme en jubilation à venir.

Leib regarde Ewa, attendri de son enthousiasme, surpris par cette facette qu'il ne soupçonnait pas.

– Vous m'en voyez flattée, jeune fille. Ce n'est certes pas parmi les apprentis rabbins que j'aurais trouvé un public si averti, dit Shoshana en riant. Vous étiez étudiante à Varsovie ?

– Non, hélas. Je suis originaire de Bialystok, mais j'habitais à Varsovie. Ewa Rozenblut, vraiment enchantée, répond-elle.

L'actrice tend la main à Leib.

– Rothman, ravi de faire votre connaissance. Je

vous ai aussi vue sur scène, mais dans ma ville natale, à Lodz, bien avant la guerre.

– Mais moi aussi je viens de Lodz ! s'exclame Shoshana. C'est là-bas que nous nous sommes rencontrés avec mon mari. Décidément, c'est un jour plein de surprises. Nous devions voyager avec des amis écrivains mais ils sont à deux ou trois wagons d'ici, juste avant le restaurant. C'était trop compliqué d'échanger des places entre voitures différentes et le *provodnik* faisait vraiment les gros yeux. Je suis ravie de rencontrer des amoureux de la scène yiddish. Tandis que nos voisins diront leurs prières, nous déclamerons des vers, ce sera beaucoup plus gai. Pardonnez-moi, peut-être que vous me trouvez offensante. Je me moque gentiment, mais que ferait notre communauté sans eux ? Au moins, vu leur nombre, notre périple ne manquera pas de bénédictions, nous sommes en sécurité, conclut-elle en riant.

L'ironie ne leur échappe pas. C'est un sacré caractère qui ne mâche pas ses mots, pense Ewa avec admiration.

– À vrai dire, rétorque Leib, nous partagions les mêmes craintes et sommes rassurés de vous avoir avec nous.

– Nous comptons bien faire contre mauvaise fortune bon cœur et profiter du voyage, n'est-ce pas Lazar ?

– En effet, une oisiveté passagère, bien que forcée, n'est pas pour me déplaire, dit son mari d'une voix grave et chaleureuse. Manger, lire, écrire, dormir, discuter et contempler le paysage dans une vacuité totale nous reposera de ces mois d'angoisse et de disette. Si nous ne sommes pas arrêtés en cours de route, ajoute-t-il avec flegme.

– Pensez-vous que des agents du GPU ont été envoyés à bord pour nous surveiller ? demande Ewa, soudain inquiète.

– Ils en seraient bien capables ! Mais comme c'est sans doute coûteux, peut-être comptent-ils sur le sens de l'espionnage et de la dénonciation de leurs camarades à bord. Et de nombreux soldats sont dans le convoi. Nous aurons intérêt à mesurer nos propos et à être discrets à l'extérieur de ce compartiment.

– Je doute qu'ils comprennent le yiddish, oppose Leib. Ce sera notre arme secrète.

– Détrompez-vous. Nous étions au Théâtre national juif l'autre soir et ils étaient là.

– Vous aussi vous aviez l'impression d'être suivis en permanence ? intervient Ewa.

– Oh, ce n'était pas qu'une impression. Les Weill, que j'ai vus monter avant nous, ont rendu visite à une tante pendant leur court séjour. On leur a bien fait comprendre de ne pas recommencer au risque de mettre en péril la sécurité de leurs proches, poursuit Lazar.

– Les contacts avec notre bourgeoisie décadente ne sont pas bienvenus, nous pourrions les infecter comme une lèpre qui viendrait ronger les chairs de leur solide idéologie, dit Leib.

– Charmante image médicale d'un bolchevisme gangrené.

– Le Dr Rothman est médecin, explique Ewa.

– Quelle chance ! commente Shoshana. Un docteur parmi nous. Cela me rassure. Je redoute cette proximité dans un espace si confiné, en plein hiver, avec tous ces microbes qui circulent. Et puis je n'ai pas trop confiance dans la qualité de la nourriture, que ce soit celle du restaurant ou celle des vendeurs à la sauvette. Je me sens nauséeuse depuis hier et je crois que je m'abstiendrai de vous tenir compagnie ce soir pour notre premier repas.

– Désirez-vous un thé ? propose Ewa. Installez-vous tranquillement. Si le couloir est libre, j'en rapporterai pour nous tous.

– Volontiers, un grand merci à vous.

Quelques minutes plus tard, elle revient avec quatre tasses remplies de liquide brûlant, ambré. Elle les pose sur la petite table sous la fenêtre au moment où retentit le coup de sifflet qui annonce le départ. Assis ou debout, tous se redressent inconsciemment. Ils saisissent leur tasse en silence. Les sourires ont disparu.

Il n'y a plus de retour en arrière possible. Le train s'ébranle dans un fracas de grincements de bois et de métal, se cabrant sous l'effort de ce grand corps mécanique à transmettre le mouvement depuis sa puissante locomotive diesel Joseph Staline, qui mugit dans un cri et projette un panache de fumée.

À lents tours de roues, la longue chenille semble s'extraire de sa chrysalide de verre et émerge dans le jour déclinant, plein est.

Les quatre passagers laissent en arrière les vivants, tandis qu'à leur mémoire s'accrochent les morts. Ils les emportent avec eux pour conjurer la culpabilité de l'abandon. Ils ont déjà renoncé à leur carrière, à leur vie, dans cet entre-temps lituanien d'une année et demie. Ils vont vers l'inconnu où personne ne les attend.

L'exil n'a rien d'un voyage d'aventure.

13

À bord du Transsibérien, 16 février 1941

L'immensité est un mot bien dérisoire pour désigner les étendues blanches à perte de vue qui défilaient hier devant la fenêtre. Ce matin, Ewa a ouvert les yeux sur des collines bleutées parsemées de rares isbas noires, ponctuées de gares qui s'évanouissent à peine apparues. Le ciel a cette teinte laiteuse qui laisse juste filtrer un peu de lumière. Le train s'est arrêté pour la première fois à Nijni Novgorod. Il a franchi la Volga dans un bruit assourdissant de métal. Le fleuve semblait immobile dans sa gangue de glace, hormis aux abords des piles du pont où les remous laissaient entrevoir l'eau grise.

L'horloge du couloir affiche et affichera l'heure de Moscou, *moscovskoye vremya*, tout le long du parcours, malgré les huit fuseaux horaires qui seront franchis. Comme l'espace est démesuré, il faut que le temps soit fixé au point d'origine comme à une ancre. Il vaut mieux suivre la lumière du jour et l'écho de sa faim pour garder un semblant de rythme circadien.

Dans la chaleur du compartiment, Ewa, contemplative, se laisse aller parfois à une douce torpeur. Cette monotonie des paysages, combinée à la lenteur, devient langueur. Elle redoute d'être face à elle-même avec des pensées qu'elle ne maîtriserait plus. Il va falloir qu'elle s'occupe, non pour chasser l'ennui mais pour éviter que son cerveau ne tourne en boucle sur Zofja, sur son père disparu, sa mère qui s'éloigne. Dawid, déjà, s'efface un peu.

Shoshana dort sur sa banquette, nauséeuse. Leib n'a que du bicarbonate pour la soulager. Un médecin, prévenu par la *provodnitsa*, est monté à bord pour l'examiner, service apparemment inclus dans le billet. Pas de conversation à attendre d'elle pour le moment. Un livre est posé sur la tablette, qu'elle n'a pas encore ouvert.

Leib et Lazar disputent des parties d'échecs dans le compartiment voisin. Les deux hommes ont immédiatement éprouvé de la sympathie l'un pour l'autre, comme elle avec Shoshana, mais dans un équilibre différent. Bien que beaucoup plus âgé que le médecin, Lazar, créateur de quotidien, de revues, et journaliste, mais aussi metteur en scène, directeur de théâtre, auteur, a tout de suite reconnu en lui un égal, une intelligence foisonnante dans un domaine très éloigné du sien, avec qui le dialogue est enrichissant.

La veille, au wagon-restaurant, Lazar leur avait présenté ses amis écrivains, et le repas les avait ramenés à l'avant-guerre, lorsque autour d'un dîner, on pouvait tenir une conversation frivole, parler d'expositions et de théâtre, de politique et de commérages. Il manquait Shoshana, qui ne pouvait rien avaler. Autour d'eux, aucun Russe. La plupart des voyageurs étaient des exilés aux visages désormais familiers qui profitaient du seul repas chaud inclus dans leur forfait. Les plus croyants, refusant la nourriture non kasher, mangeaient dans leur compartiment. On s'habillait un peu pour l'occasion, même si peu de femmes avaient fui avec des tenues chics. Les costumes des hommes avaient connu des jours meilleurs mais chacun mettait un point d'honneur à se présenter cravaté, parce que la dignité était souvent tout ce qui leur restait.

Le ventre plein, ils avaient regagné leur couchage de ce pas incertain dû au roulis qui les faisait tituber. Les soufflets entre les wagons étaient des intermèdes glacés où la température chutait de soixante degrés, où il ne fallait rien toucher de métallique au risque d'y laisser la peau des doigts. Les passagers se collaient à la paroi le cœur battant lorsqu'un soldat faisait sa ronde, la mine patibulaire. Quelques enfants se frottaient les yeux en revenant de se laver les dents dans le cabinet de toilette. Ils étaient peu nombreux, une dizaine tout au plus. Dans la journée, on les entendait parfois cavaler d'un bout à l'autre dans l'exploration de ce terrain de jeu inhabituel.

La matrone engoncée dans son uniforme gris, qui officiait comme *provodnitsa* avec l'amabilité d'un chef de régiment, avait descendu les banquettes du haut, installé le mince matelas et les draps, rabattu les couvertures. Leib et Lazar avaient attendu dans le couloir qu'Ewa et Shoshana passent leur tenue de nuit. Les deux femmes s'étaient tourné le dos pour se déshabiller et avaient refermé jusqu'au menton leur robe de chambre, puis avaient laissé place aux hommes, plus décontractés. Ils s'étaient installés par courtoisie sur les couchettes du haut. Malgré la sympathie première, se retrouver face à des inconnus dans une telle promiscuité était gênant. L'embarras était identique entre Ewa et Leib car, en dépit des mois passés et des épreuves partagées, ils avaient maintenu une distance amicale et respectueuse.

Au matin, ils s'étaient réveillés tard, ayant mal dormi. Petit déjeuner et déjeuner se distinguaient peu. Des litres de thé accompagnaient des tranches de pain noir, des œufs durs, des petits chaussons farcis, du fromage et des pommes flétries par l'hiver. Les repas étaient une occupation qui tendait à s'étirer pour chasser l'ennui. Puis on arpentait les couloirs, on échangeait avec les voisins sur le temps ou le confort, rarement sur ce qui les attendait en bout de ligne.

Les jours se succèdent ainsi dans la monotonie, l'oisiveté est une découverte pour beaucoup. Les passagers s'habituent à tanguer et leurs pas deviennent plus fermes dans les couloirs. Des groupes se forment. Parfois les convives changent de place au restaurant, autour d'origines ou d'amis communs. Certains compartiments sont transformés en *Beit Midrash*, centres d'étude emplis d'étudiants et rabbins, où des hommes couverts du châle de prières, le front et le bras entourés de phylactères, se balancent au rythme du train. On les regarde avec respect car, grâce à eux, où qu'ils aillent, la communauté pourra renaître.

Le train serpente et grimpe sur les contreforts de l'Oural, entre étangs, saules et bouleaux. À Perm, la ville que les trois sœurs de Tchekhov veulent fuir, les constructions soviétiques sont désespérantes de géométrie et de laideur. Puis ils laissent la vieille Europe pour franchir la frontière de l'Asie. Les conifères apparaissent avec le relief. Et la neige, toujours la neige, partout, qui unifie le paysage, relie le ciel et la terre en une teinte hésitant entre le gris clair et le blanc.

La Sibérie est là. C'est l'occidentale, celle des steppes et des forêts, des fleuves vastes comme des mers. Le train file vers Tioumen, la doyenne peut-être de ces cités-jalons. Camp de transit où des millions de prisonniers politiques, souvent innocents des crimes dont on les accuse, sont envoyés vers les goulags, les travaux forcés. La mort et l'oubli. Ewa ignore qu'elle passe à côté de son père. Lui, que sa fille voyage, peut-être, vers la liberté.

Omsk, puis Novossibirsk. Un tiers du voyage et déjà on a oublié le jour et l'heure, perdus au milieu du tellement grand. Ça n'a plus d'importance. Seuls s'accrochent au temps ceux qui prient à heures fixes mais qui s'égarent dans de savants calculs qu'il faut sans cesse réactualiser.

L'Ob, qu'un pont gigantesque franchit, apparaît au petit jour. En pénétrant plus avant en Asie, dans cette Sibérie continentale, le voile blanc du ciel finit par se déchirer pour laisser place à un azur pur, qui le restera jusqu'au terme du voyage.

C'est la première fois qu'Ewa sort du train. Elle entraîne Shoshana qui commence à se rétablir, après trois jours au thé et au gruau d'avoine. En descendant les marches raides et très hautes au-dessus du quai, elles sont saisies par le froid intense qui lacère les poumons. Trente-cinq degrés en dessous de zéro. Les joues piquent, les lèvres se craquellent. Pourtant, Ewa se sent régénérée et Shoshana reprend des couleurs, se redresse, sourit dans un retour à elle-même. Leurs tenues ne sont guère adaptées au climat, leurs bottes ont des semelles trop fines et leurs petits chapeaux de feutre ne rivalisent en rien avec les chapkas de fourrure des locaux. Elles regardent les produits proposés par les babouchkas, car il faut se réapprovisionner. Des poissons, gelés, tout droit sortis de la rivière, se dressent en bouquet dans un seau, les fixant de leurs yeux inexpressifs.

Les hommes aussi sont descendus. La gare est encombrée de voyageurs qui flânent, achètent des cigarettes, descendent quelques verres de vodka pour conjurer le froid mordant. Les *provodniki* s'affairent à remplir les samovars et, avec l'eau bouillante, dégèlent le conduit extérieur des toilettes, ôtent la glace des marches.

La capitale semble loin et les craintes s'amenuisent. On respire un peu mieux sous le ciel bolchevique, même si l'on sait que l'œil de Moscou observe et consigne tout jusqu'aux confins du territoire. On entend des rires dans les couloirs où l'ambiance était auparavant morose et feutrée. Il serait presque possible d'oublier pour un temps que le voyage est d'exil.

Dans l'après-midi, la nuit envahit progressivement le compartiment et la fenêtre devient noire, puis miroir lorsqu'on allume le plafonnier et qu'une lumière dure dessine sur leurs visages des ombres portées. Il est trop tôt pour aller dîner, alors, comme les livres sont rares, ils parlent, apprennent à se connaître, sans savoir si ce rapprochement ne durera que jusqu'au bout de la ligne, jusqu'au Japon, ou qui sait plus loin, aux États-Unis ou au Canada dont ils rêvent, ou dans quelque pays inconnu qui leur ouvrira ses portes.

Leib et les Kahan ont en commun d'avoir vécu tout le siège de Varsovie. Le médecin évoque le drame familial en quelques mots. Comme Ewa a fui avec Dawid dès le 7 septembre 39 vers l'est par le dernier pont sur la Vistule, elle découvre de nouveaux détails de l'horreur. L'hôpital de Leib à moitié détruit et les gens aux membres arrachés au milieu des décombres. La puanteur de la ville, les cadavres d'humains et d'animaux mélangés en tableaux aux allures d'enfer de Bosch. La poste et le téléphone qui s'arrêtent, puis l'eau, le gaz, l'électricité. La ville plongée dans le noir, qui meurt. Rosh Hashana et Kippour qu'ils passent terrés dans des caves comme des taupes, tenaillés par la faim et le froid.

Shoshana évoque leur fille Lily, chanteuse, comme une lumière pour sortir des jours sombres. Mais les larmes montent à la mention de leurs fils, Efrim et Samuel, tous deux étudiants au Polytechnik de Varsovie, qu'ils ont laissés à la famille en province, ne voulant pas les exposer aux périls de la fuite. Les Kahan espèrent les faire venir dès qu'ils auront trouvé un port d'attache.

Dans leurs échanges, personne ne compare sa peine à celle des autres. Ce sont juste des morceaux de souffrances découpés par les mots et jetés au milieu d'eux. Leur similitude crée un lien, une compassion réciproque.

Pour la première fois, Ewa entend la magnitude de la douleur de Leib, car ici, dans ce compartiment, il n'est plus le médecin qui a soigné sa fille et consolé son chagrin en tenant à distance le sien. Durant tous ces mois il avait tenté de le dissimuler, mais ce soir il déborde et Leib a du mal à contenir son émotion. Alors il tourne la tête vers la fenêtre et parle d'une voix cassée. Il dit la honte d'être parti, d'avoir sauvé sa peau, tandis que les hommes qui sont restés ont été enrôlés dans les travaux forcés. Comme Shoshana, il n'a plus de nouvelles des membres de sa famille enfermés dans le ghetto de Lodz et craint pour eux le pire. Son désespoir résonne dans le silence. Ewa se tait, la gorge nouée, elle pose juste une main sur son bras, pour dire qu'elle est là aussi, comme il a été là pour elle. De ses doigts, il la recouvre en un geste de remerciement, quelques secondes, puis retire sa main et elle aussi.

La moitié du voyage est déjà passée, alors s'installe le compte à rebours des jours qui restent.

Entre Novossibirsk et Krasnoïarsk, le train abandonne les vastes steppes de Sibérie occidentale et file vers la Sibérie orientale, montagneuse, plissée, toute de taïga revêtue, vers la mythique Irkoutsk.

C'est la plus belle partie du trajet, qui remonte en direction de la Bouriatie. À partir de Koultouk, les voies longent le Baïkal sur plus de deux cents kilomètres vers Oulan-Oude. Cette saignée bleue, courbée comme un cimeterre, incroyablement profonde et dont on ne peut deviner le bout, offre un spectacle grandiose. Les rails passent souvent si près du bord que les yeux des voyageurs peuvent plonger dans la glace translucide parcourue de stries blanches et soulevée en éperons de cristal turquoise. Cette petite mer intérieure, honorée par les chamanes, est plus qu'un lac, car il est d'essence sacrée. Ils n'entendent cependant pas sa voix, ses craquements, grincements, détonations et explosions sourdes. Le soir flambe dans un jaillissement de reflets d'or et d'argent.

Puis la ligne suit la vallée de la Selenga où le train s'arrête à la nuit tombée. Les premiers visages aux traits mongols apparaissent.

Le lendemain après-midi, alors qu'ils ont franchi Chita, la ville d'où part la branche du Transmandchou vers Harbin et Pékin, commence shabbat. De nombreuses prières de gratitude montent vers le ciel ce soir-là.

Il y a ensuite un arrêt étrange et poignant : Birobidjan. À la grande surprise des passagers, le nom de la gare est écrit en yiddish ! C'est la capitale du seul territoire au monde administrativement juif, créé six ans auparavant par le Politburo, avec le soutien de Juifs communistes canadiens. La ville a attiré des travailleurs et ingénieurs d'Ukraine et de Biélorussie, mais aussi de Pologne, de Roumanie, d'Allemagne et même d'Argentine et des États-Unis pour une expérience inédite de relocalisation. Elle donnait surtout au pouvoir central l'occasion de se débarrasser des Juifs victimes des purges staliniennes. Mais les conditions de vie y sont si extrêmes, isolées, que beaucoup ont renoncé et sont repartis. En descendant sur les quais dans un froid polaire qui gèle les paupières et transforme le souffle en cristaux de glace, les voyageurs sont abordés par un petit contingent de pauvres hères s'adressant à eux dans leur langue. Ceux-ci savent que des *Landsleit* sont à bord, des coreligionnaires, quelle que soit leur nationalité. Autour de thé brûlant et de cigarettes, ils ont soif de nouvelles et s'enquièrent de leur destination. Pour la première fois, les voyageurs se sentent chanceux en comparaison de leurs frères, exilés volontaires, et regagnent leur compartiment comme un refuge qui les emportera loin de ces contrées damnées.

Le train quitte les montagnes pour la plaine marécageuse de l'Amour jusqu'à Khabarovsk, où la ligne bifurque plein sud vers Vladivostok. La Chine est à quelques kilomètres, de l'autre côté du fleuve Oussouri. Encore une nuit et le lendemain, ils atteindront la limite du continent. Ils ont tellement hâte d'arriver, ils n'en peuvent plus de parler, de manger, de contempler le paysage, de lire, de prier et de dormir. Ils veulent la terre ferme mais auront bientôt l'océan.

Avant d'arriver, ils ajustent enfin leur montre de huit tours de cadran.

Pour des raisons de sécurité propres à ce port militaire, ils n'ont pas le droit de quitter le train avant la nuit tombée. Leib, Ewa, Shoshana et Lazar patientent sans parler en attendant le signal, regagnés par l'angoisse du lendemain et de tout cet inconnu dévorant. Ils ont, en douze jours, noué des liens d'amitié. Ewa n'est pas sans rappeler leur fille du même âge et ils ont transféré sur elle un peu de leur tendresse. Désormais sans parents, elle les regarde avec admiration, comme des mentors dont elle guette l'approbation, encore étonnée du heureux hasard de leur rencontre. En arrivant au bout du monde, elle a l'impression de parvenir à la frontière de son ancienne vie. Trois personnes l'accompagnent désormais, solidaires, un peu complices, attentives.

Lorsqu'ils descendent enfin dans la nuit glaciale, en file indienne, les hautes marches du wagon, Leib, dans un geste de galanterie, saisit Ewa par la taille et la fait presque virevolter avant de la reposer. Son sourire est doux, ses yeux turquoise pétillent au milieu des taches de rousseur, chassant leur tristesse habituelle. Elle s'accroche encore un peu à lui pour ne pas vaciller. Son bras est son rempart. À ses côtés, elle n'a pas peur. Ils se dirigent d'un pas ferme vers la gare, qui ressemble à s'y méprendre à celle de Moscou, avec en plus un brin de fantaisie cosaque. L'air a un parfum iodé. La mer du Japon est là, et l'archipel encore à presque mille kilomètres. Lointain, mais désormais à leur portée.

14

Vladivostok, URSS, 26 février 1941

« Celle qui domine l'Orient » est une ville sans grand charme, dans un paysage côtier qui n'en manque pas. Située au bout de la seule péninsule abritée sur des milliers de kilomètres, la *Zolotoï Rog*, ou baie de la Corne d'Or, offre un port naturel protégé. Comme son homologue occidentale Istanbul, la cité s'ordonne autour de plusieurs collines. Mais la comparaison s'arrête là, car Vladivostok n'a ni la douceur des rivages turcs, ni la richesse de son passé.

Les réfugiés n'en voient rien car il fait nuit noire et elle leur est interdite. L'allégresse qui les a saisis à l'arrivée du train s'estompe. En arrivant dans la gare pleine de courants d'air, ils entendent crier :

– Contrôle ! Mettez-vous en file ! Allez, plus vite que ça, en rang par deux et sortez vos documents !

Comme à leur départ de Moscou, ils sont fouillés, comme s'ils avaient pu se procurer quelques richesses de contrebande aux stations traversées. S'ils ont enfoui la réalité de leur situation dans ce cocon protégé qu'étaient leurs wagons, bercés par l'ennui du voyage, elle ressurgit violemment. Il fait des dizaines de degrés en dessous de zéro et ils sont toujours en territoire soviétique. Ils grelottent dans leurs manteaux trop légers, assis sur leurs valises, serrés les uns contre les autres.

Soudain, un homme est énergiquement tiré par les soldats qui patrouillent. Leib le reconnaît et rabat vite son chapeau sur ses yeux.

– C'est un bundiste qui figure sur la liste des fugitifs recherchés, murmure Leib en tremblant de peur pour lui-même. C'est pas vrai, avoir fait tout ce chemin pour se faire envoyer au goulag.

La femme derrière Ewa tire sur son manteau pour attirer discrètement son attention.

– Madame, s'il vous plaît, j'ai remarqué que vous ne portiez aucun bijou. Comme on n'a droit qu'à une seule bague avec l'alliance, est-ce que vous pourriez porter ma perle, le temps qu'on passe la douane ?

– Bien sûr, dit Ewa en enfilant sur son majeur l'anneau trop large. Elle est jolie.

– Merci, elle me vient de ma mère. C'est tout ce qui nous reste comme monnaie d'échange, vous comprenez.

Ewa se tourne vers Shoshana, dont elle perçoit l'inquiétude.

– Vous n'avez pas peur qu'ils connaissent les caches habituelles dans les ourlets ? lui demande Ewa.

– Je les ai emballés dans du coton et cachés dans mon flacon de talc. J'espère qu'ils ne le secoueront pas trop fort. Tout est bon à ces ordures pour nous faire payer cher le droit de quitter leur paradis rouge.

Heureusement, malgré une fouille sévère, ils finissent par franchir les contrôles sans encombre.

Il est une heure du matin lorsque, sur un quai mal éclairé, ils gravissent la passerelle d'un petit cargo à vapeur japonais tout décrépit de 2300 tonneaux, l'*Amakusa maru*. Ils ne sont pas mécontents d'embarquer immédiatement.

Ewa n'a jamais vu la mer, n'est jamais montée sur un bateau plus grand que les barques sur le lac aux beaux jours, près de la maison d'été de ses grands-parents. Shoshana, qui tente de masquer son dégoût pour le rafiot, lui sourit, étonnée, lorsqu'elle lui confie que c'est pour elle une grande première. Ce n'est pas l'étendue bleue, l'eau frémissante et accueillante, qui viendrait lécher ses pieds nus sur une magnifique plage de sable, comme elle l'avait imaginée quand des amis de ses parents parlaient de la Méditerranée. Elle s'arrête un instant, pleine d'appréhension, au-dessus de l'eau noire irisée d'arcs-en-ciel huileux. Ici, elle semble hostile, menaçante.

En arrivant sur le pont, ils sont accueillis par un jeune homme souriant sanglé dans un uniforme impeccable, qui s'incline vers eux et se présente comme M. Osako, commissaire de bord adjoint, du *Japan Tourist Bureau*. Cela fait plusieurs mois maintenant qu'il effectue la traversée tous les dix jours pour acheminer des réfugiés. Dans le dernier convoi, ils étaient trois cent quarante, le plus gros contingent qu'il ait eu à gérer. Parfois, ils arrivent tout droit du train comme ce soir. Ou ils ont patienté plusieurs jours à l'hôtel, avec cette sourde angoisse de se faire rattraper par leur passé ou une action non conforme à la morale bolchevique. Ces pauvres gens lui inspirent de la sympathie. Il se sent chanceux d'être né Japonais, à l'abri d'un pays calme, loin des tourments du monde. Il sait que son pays sera pour eux un havre.

Osako vérifie leurs papiers et visas, ainsi que leur présence sur une liste qui lui a été télégraphiée. Elle valide pour certains la réception des sommes transférées par la Hebrew Immigrant Aid Society, afin de couvrir les frais de la traversée et la prise en charge au Japon. C'est un véritable défi pour lui que de trouver ces noms aux sons complexes transcrits en phonétique. Dans un anglais passable que traduisent Leib et Lazar, il les invite à aller s'installer dans l'une des deux salles où ils passeront la traversée, en précisant que de la nourriture leur sera distribuée le lendemain matin. Sa courtoisie leur rappelle celle d'un autre Japonais, au consulat, dans la maison sur la colline au-dessus de Kovno, et ce souvenir atténue un peu leur peur de l'inconnu.

Point de cabines ni même de dortoirs, à leur grande surprise, mais un vaste espace vitré, avec en périphérie un sol dur où s'alignent des centaines de chaussures et au centre un vaste espace rehaussé d'une marche, tout en paille tressée. Sur ces tatamis sont déjà installées des dizaines de personnes. Les valises sont entassées dans un coin. Les Japonais, peu nombreux, ont des baluchons sur lesquels ils s'adossent. Ils s'assoupissent en attendant le départ. Il fait trop froid pour aller sur le pont et il reste encore bon nombre de passagers à embarquer.

Shoshana et Lazar repèrent une place libre vers le centre, pensant qu'ils éviteront ainsi d'être enjambés par les voisins, tandis qu'Ewa et Leib préfèrent une bordure pour pouvoir s'en extraire plus vite. Chacun prend possession de son rectangle. Ils ne savent pas rester longtemps sur leurs genoux pliés, alors les hommes se tiennent en tailleur et les femmes, les jambes sur le côté dans une position déhanchée qui s'avère rapidement inconfortable. Les Japonaises sont allongées, certaines avec leur enfant contre elles, dans un vêtement à larges manches, comme une longue robe s'arrêtant à la cheville. Leurs pieds portent de drôles de chaussettes blanches où le gros orteil est séparé des autres. À côté des bottes ou chaussures de cuir des voyageurs occidentaux, qui les ont retirés à regret comme une violation de leur intimité, s'alignent des sandales à bride, en paille, en bois, en tissu, quelques chaussures d'hommes fermées, mais sans lacets. Par une température si basse, comment supportent-ils des souliers si légers ? s'interroge Ewa. Elle finit par s'étendre. Leib retire son pardessus et en recouvre le corps d'Ewa qui frissonne et lui dit, non, vous allez prendre froid, mais déjà il se lève, rejetant tout refus, pour aller contempler le port, la baie, et calmer sa fébrilité.

Il s'impatiente, voudrait que le navire prenne la mer, pour s'éloigner enfin de ces rivages redoutés. Pourtant, le Japon vers lequel ils se dirigent est allié à l'Allemagne. Il n'est pas en guerre mais peut-être dans une paix éphémère. Le tentacule nazi peut-il les atteindre là-bas, peser sur les autorités nippones pour les renvoyer, les déporter, les enfermer ? Elles acceptent pourtant de recevoir tous ces réfugiés sur leur territoire. Est-ce pour honorer la signature d'un de leurs lointains diplomates ? Leib se perd en conjectures. Et puis il craint ce qui l'attend, la haute mer, la houle, l'épouvantable roulis. Il n'a pas le pied marin, sera sans doute terrassé par les vagues.

Juste après l'embarquement des derniers passagers, la passerelle est remontée et une vibration monte des entrailles du bateau, puis une fumée noire, épaisse, s'échappe de l'unique cheminée, rabattue vers le pont par le vent. Les aussières sont décapelées, puis tirées par les matelots du bord. Tout doucement, le quai se détache. Leib est rejoint par Ewa, Shoshana, Lazar, et bien d'autres, dans sa contemplation du départ. Devant le bateau, un brise-glace ouvre la voie, fendant la croûte gelée qui surgit par morceaux devant l'étrave, rebondit puis glisse sur la surface. La lune s'y reflète, la transforme en mercure.

Les docks s'éloignent. Passé la pointe, le petit cargo pique plein sud vers le Japon. C'est une clameur qui s'élève des cœurs lorsque le brise-glace fait demi-tour, les livrant à la mer libérée. Le chant *Hatikvah*, qui deviendra l'hymne national d'un État juif qui n'a pas encore vu le jour, monte sur les lèvres comme une action de grâce.

Ils sont tous là contre les vitres, tournés vers la proue, envahis d'un sentiment de libération et de l'exultation d'avoir tenté l'impossible et d'y être parvenus.

Lorsque la côte disparaît, les parents serrent leurs enfants dans leurs bras, les couples s'étreignent, les jeunes hommes au chapeau noir se congratulent. Ewa glisse son bras sous celui de Leib. Doit-elle le remercier ? Elle est ici grâce à lui. Elle ne voit pas les fils invisibles qu'ils tirent tous comme elle, tissés d'abandons et de renoncements. Leib et Ewa se sourient comme deux complices satisfaits de leur exploit. Puis la grappe humaine se défait, chacun regagne son coin de tatami, s'emmitoufle dans les couvertures distribuées par le personnel de bord et tente de s'endormir enfin dans les vibrations des turbines, le ronflement des hommes, les vagues qui claquent contre la coque. Le parfum de paille des nattes, l'odeur de sel iodé se mêlent à celles, écœurantes, du gazole et des fourrures habituellement transportées comme cargaison depuis la Sibérie.

Lorsque, aux profondes heures de la nuit, le navire s'engage en haute mer, la houle se creuse. Commence alors le cauchemar des passagers dont la plupart ne sont jamais montés sur un bateau. Le mal de mer les saisit pour ne plus les lâcher jusqu'à la prochaine accalmie. Comme il est impensable d'aller rendre gorge dehors dans l'atmosphère glaciale et les paquets de mer, les seaux en métal se remplissent, répandant une puanteur qui donne la nausée aux plus résistants.

Lorsqu'il ne régurgite plus que de la bile acide, Leib flotte dans un demi-sommeil où chaque nouveau bruit le fait émerger de sa torpeur. Recroquevillé en chien de fusil, il sent sur ses tempes les mains chaudes d'Ewa et un linge humide sur sa bouche après un énième haut-le-cœur qui le plie en deux. Sa tête repose sur les genoux de la jeune femme qui ne semble pas affectée par le roulis et le profond tangage du vaisseau. Le ciel pur de Sibérie s'est chargé d'un front de nuages dépressionnaires et la pluie cingle les carreaux en rafales.

Au lever du jour, dans une lumière terne, le spectacle qu'offre l'assemblée est pitoyable. Les remugles nauséabonds persistent dans la salle bondée. La queue s'allonge aux sanitaires pour tenter de retrouver un semblant de dignité. La mer s'est calmée, procurant un peu de répit aux malades.

Les flots reflètent le ciel d'étain, griffés d'embruns blancs. Rien à l'horizon. Le navire est seul à cent milles à la ronde. Les passagers se sentent perdus comme sur un frêle esquif. Ils n'ont jamais ressenti la vulnérabilité effrayante d'un tel isolement. La perspective de deux jours de voyage et deux autres nuits dans de telles conditions les afflige. Le Japon leur paraît aussi loin que la Sibérie au départ de Moscou mais ils regrettent la solidité et la rectitude des rails.

Pour ceux que la vision de la nourriture ne rebute pas, du pain et des pommes accompagnés de thé sont servis en guise de petit déjeuner. Il y a bien un comptoir où acheter quelques victuailles mais les réfugiés n'ont aucune devise. Lorsqu'ils proposent des roubles, on leur fait signe qu'ils peuvent aussi bien les jeter à la mer.

Les Japonais sortent de leurs baluchons d'étranges mets, qu'ils proposent très courtoisement à la ronde. Une jeune voisine d'Ewa tire d'un étui une paire de baguettes qu'elle lui tend, puis ouvre une boîte dans laquelle se trouvent quelques légumes, un peu de poisson et une sorte d'omelette. Elle lui fait signe de se servir, sans imaginer que l'utilisation de ces instruments est inconnue d'une Européenne. C'est une scène de mime qui s'ensuit, faite de mains qui parlent et de doigts qui s'agitent, se croisent, apprennent maladroitement des gestes inconnus et étranges. Il y a des rires aussi lorsque, de ces drôles de pinces, s'échappe la nourriture. De la fierté quand le premier morceau atteint la bouche d'Ewa. Enfin de la reconnaissance muette. Cette minuscule victoire la réjouit, lui fait prendre confiance. Elle regarde l'étrangère aux traits si différents des siens. Ses cheveux sont si sombres qu'ils ont des reflets bleutés. Lisses et épais, coiffés en chignon et piqués d'un peigne en bambou. Ses pupilles noires sont à peine visibles entre les paupières étirées. La peau du visage est pâle, sans aucune marque. Son vêtement est si étrange, simple mais beau, avec ses motifs indigo et cette grosse ceinture orange qui lui enserre la taille.

Ewa pense que cette fuite est décidément bien surprenante, qui lui arrache le plus précieux et lui offre le plus inattendu. N'était-ce cette horrible guerre et son terrible contingent de victimes, elle pourrait prendre plaisir au voyage, à découvrir ces gens, ces paysages qu'elle n'aurait jamais imaginés.

La blonde et la brune se regardent en souriant. Ewa prononce alors son nom en se désignant d'un doigt vers la poitrine. La Japonaise répond Hanaé, mais en pointant son nez !

Ewa voudrait la remercier mais ne sait pas comment, alors elle lui offre la pomme qui lui a été donnée. Hanaé dit *ringo*, articulant une consonne enroulée, entre le *r* et le *l*. C'est le premier mot qu'Ewa retient en japonais et qu'elle tente de répéter. Puis *arigato*. Elle devine que cela signifie « merci ».

Hanaé lui montre dans la boîte des copeaux jaunes. Lorsqu'elle les porte à ses lèvres, c'est une explosion de saveurs et de parfums, entre âpreté, force et douceur. Le gingembre est réputé contre les nausées. C'est ce que fait comprendre la jeune Japonaise en désignant Leib, tout en faisant un geste de son estomac vers la bouche.

Justement le médecin se réveille, la tête lourde, la bouche sèche et pâteuse. Il déteste se sentir affaibli. Comme tout soignant, c'est un piètre patient. Elle l'encourage à goûter le gingembre, ce qu'il fait de mauvaise grâce. En effet, les nausées s'atténuent lorsque la mer, dans l'après-midi, forcit de nouveau.

Constatant l'état des passagers, Ewa se sent chanceuse de ne pas subir leur sort. Quelques enfants, dont les parents sont affligés de mal de mer, sont livrés à eux-mêmes. La petite Mira déambule, désœuvrée. Ewa l'emmène trouver M. Osako, qui prend plaisir à leur faire découvrir le navire.

Lorsque la main chaude de la fillette se glisse dans la sienne, pour se rassurer ou garder l'équilibre, Ewa doit s'appuyer à la paroi. Ce n'est pas que le roulis qui la fait vaciller, mais la jeune femme pense qu'elle aurait aimé que Zofja, en grandissant, ressemble à Mira par sa hardiesse et son courage.

Après la visite, autour de thé chaud et de quelques biscuits, Mira lui raconte Varsovie, leur appartement de la rue Jaworzynska, à deux pas de celui des Rothman et du sien, et sa nounou parisienne. Le 1er septembre devait être son premier jour à l'école française lorsque les bombes ont commencé à tomber. De la perte de sa vie protégée et luxueuse, elle ne dit rien. Ewa ne sent pas de regrets ou de tristesse. Peut-être la petite fille a-t-elle déjà acquis cette étrange maturité des enfants de la guerre, qui vieillissent trop vite au contact des morts et de la souffrance. Mira sourit innocemment et, avec d'autres enfants qui les rejoignent, elle entonne des comptines et mime les petites marionnettes et les bateaux qui vont sur l'eau, sous l'œil curieux des Japonais.

L'obscurité est venue. Ewa rejoint Leib, s'allonge près de lui, sans le réveiller. Elle contemple longuement le visage soucieux posé sur son bras replié. Les sourcils roux sombre sont froncés dans le tourment des rêves. Ou des cauchemars. Une barbe naissante pique ses joues creuses. Les longs doigts posés sur le tatami frémissent, s'agitent. Combien de nuits ont-ils passées dans cette proximité étrange, toujours séparés par la décence, le deuil, la présence des compagnons de voyage. Leib est toujours à ses côtés depuis presque une année qu'ils se connaissent. Jamais il n'a eu une parole, un geste, qui aurait pu laisser la jeune femme croire à un quelconque sentiment autre que l'amitié et l'empathie. Pour la première fois, elle s'interroge sur ce qu'elle ressent pour lui. Elle caressait ses cheveux le matin même, rafraîchissait le front fiévreux, essuyait sa bouche souillée, tenait ses épaules dans les nausées et les spasmes, avec un dévouement naturel. Elle ne sait pas mettre en mots ce qui la traverse lorsqu'elle le regarde ainsi, abandonné. Elle n'a pas de frère, elle ignore ce qu'on ressent pour un parent si proche de l'autre sexe. Ce n'est pas non plus ce qu'elle éprouvait pour Dawid, cette tendresse complice et intime, tranquille, pour un partenaire de vie. Mais quoi alors ? Elle veut être avec Leib parce qu'il la protège, certes. Parce qu'il existe une connivence intellectuelle et amicale entre eux. Parce qu'à ses côtés elle tient bon. Et puis ? Rien qu'elle ne s'autorise à formuler, tandis qu'elle s'enfonce dans le sommeil.

Il y a entre eux tant de morts qu'ils ont aimés, qu'*amour* et *mort* deviennent synonymes et occupent encore tout leur cœur, sans laisser beaucoup de place à la vie.

15

Tsuruga, Japon, 28 février 1941

Le jour se devine à peine lorsque Leib se réveille. Ewa a bougé dans son sommeil, elle est blottie tout contre lui, recroquevillée, les mains jointes sous son menton. Il a le nez dans ses cheveux qui sentent la paille. La longue tresse s'est détachée, quelques épingles jonchent le tatami. Il n'ose pas les ramasser, elle dort si bien. Avec ses yeux immenses, ses paupières étirées jusqu'aux tempes, et ses cils si longs qu'ils font de l'ombre à ses joues, elle le fait penser à ces jeunes biches qu'il observait à la fin du printemps, à l'orée de la forêt.

Souvent il voudrait l'enlacer pour drainer vers lui sa souffrance, lui qui en a déjà tant et qui pourtant pourrait absorber la sienne. Il n'ose pas. Il sent toujours Irena à ses côtés mais de façon de plus en plus ténue. Rafal et Karolyna, il les retrouve un peu en chaque enfant. Il sait que cette douleur-là ne s'amoindrira jamais, elle a pénétré chaque cellule de son être. Elle sera, au mieux, recouverte un jour peut-être de nouveaux bonheurs, s'il reste en vie, et s'il leur permet de s'épanouir. Mais pour cela il faudrait un peu de paix et de douceur, deux mots qui semblent avoir disparu de son vocabulaire.

Le roulis du navire s'est atténué, il devrait bientôt approcher des côtes japonaises. En levant un peu la tête, Leib peut voir des centaines de silhouettes allongées sous les couvertures ou les manteaux. L'abandon de la nuit a resserré les enfants contre leur mère, desserré les couples dans l'individualité des songes.

Dans les premières lueurs de l'aube, il aperçoit des sommets enneigés. La houle s'apaise lorsque le cargo pénètre enfin dans la profonde baie de Tsuruga. Le cauchemar de Leib va prendre fin, il pourra bientôt regagner la terre ferme.

Ce sont sans doute le ralentissement des moteurs, les bruits de métal et l'activité croissante sur le pont qui sortent les passagers de leur sommeil agité. Ils se redressent, groggy. Ewa a la marque de la paille tressée sur sa joue, et sa natte qui pend comme un petit animal abandonné sur son épaule lui donne un air d'enfance attendrissant. Elle rejoint Leib près de la vitre où, deux jours et trois nuits plus tôt, ils ont regardé s'éloigner le continent. Puis ils sortent sur la coursive pour admirer le soleil se lever derrière les montagnes. Un disque rouge darde ses rayons, symbolisant le drapeau du pays qui les accueille et que tous prennent comme un signe du ciel. La ville de Tsuruga étend ses constructions basses sur une plaine qui se heurte à des reliefs abrupts. La neige est encore présente par endroits. Une végétation verte et brune, des forêts denses couvrent les pentes escarpées. L'air est froid mais contient cette douceur propre aux côtes, où les marées apportent le sel et l'iode, et parfois, dans le flux qui s'inverse, reprennent les nuages.

Une fois le navire à quai, M. Osako se tient près de la passerelle pour accueillir à bord un homme occidental. Aux passagers qui se pressent pour débarquer, il s'adresse d'une voix forte en yiddish teinté d'accent russe :

– Bonjour à tous, je m'appelle Guterman. Bienvenue au Japon ! Je suis envoyé par le Jewcom de Kobe pour vous guider et vous aider dans vos démarches administratives. Vos documents ont été validés à Vladivostok par M. Osako, il devrait donc s'agir d'une simple formalité. Notre comité d'assistance aux réfugiés est responsable de vous auprès des autorités japonaises, tant financièrement qu'au niveau du bon déroulement de votre séjour, je vous demanderai donc de bien m'écouter et de ne pas hésiter à vous adresser à moi en cas de problème.

À chaque arrivée massive de réfugiés c'est la même commotion pour les quelques employés des douanes. Avant l'été passé, ils voyaient plutôt des Américains fortunés, quelques Européens élégants ou de sévères Soviétiques, mais jamais ces foules hagardes, aux vêtements râpés, aux souliers usés. Dans le peu d'allemand ou de russe qu'ils maîtrisaient, ils tentaient d'expliquer les papiers à remplir, mais vu leur nombre croissant et leur détresse, un représentant de l'organisme d'aide juif est désormais envoyé depuis Kobe ou Tokyo lorsque l'*Amakusa maru* est annoncé. Il est très important de conserver les bonnes grâces des autorités et de se rendre le plus discret possible. Ils ne font que passer, ces pauvres hères, traînant leurs valises en carton bouilli et leurs baluchons aussi gros que leurs désillusions.

Après les formalités, un peu désorientés, les réfugiés

qui ont eu pour le petit déjeuner encore des pommes et du pain voient s'approcher un garçon japonais portant un lourd panier. Il fait signe aux enfants et leur tend des fruits magnifiques, des mandarines, des oranges, qui leur font ouvrir des billes immenses. Ils ne savent pas remercier en japonais mais qu'importe, leurs sourires expriment mieux la gratitude que toute parole. Devant de drôles de bâtonnets poisseux, marron, suspects, ils sont un peu réticents. Est-ce kasher ? Seul le petit Schmul Manski ose croquer dans ces bananes séchées qu'il découvre. Il s'extasie tellement de ce mets succulent que tous les autres veulent y goûter. Ce premier contact avec le Japon, tout en douceur et en générosité, restera pour ces jeunes un souvenir inoubliable et dissipe instantanément leurs craintes.

Guterman doit acheminer le groupe vers la gare située à environ deux kilomètres. Le train partira en début d'après-midi, ils ont donc toute la matinée pour effectuer ce court trajet. Pour éviter aux plus âgés de marcher, il négocie avec les conducteurs de pousse-pousse. Les postérieurs se hissent maladroitement sur les étroites banquettes de moleskine, entre les deux roues immenses, et on entend des cris lorsque se soulèvent les longs bras de bois et que bascule en arrière l'engin tracté à la force humaine.

Il est encore tôt mais déjà les habitants de la petite cité portuaire s'activent, sortent devant leur maison pour apercevoir ces gens étranges avec leurs longues barbes, leurs habits noirs et blancs et leurs grands chapeaux. Ils font un petit signe de la main, des sourires amicaux, tandis qu'ils balaient la neige sale ou disposent leurs étals. On sait que ces visiteurs ne sont pas méchants, qu'ils ne restent pas longtemps. Ce sont des Juifs, c'est écrit dans le journal, mais qu'est-ce que cela signifie pour ces Japonais de la côte Ouest, si loin de la capitale ?

Les réfugiés ont laissé derrière eux la guerre et la tempête, le béton et la pierre, tout ce qui est sombre et dur, alors qu'ici tout est harmonie, finesse et légèreté. Les maisons, basses, sont en bois et papier, proches les unes des autres. Des jardinets parfaitement entretenus derrière des murets laissent apercevoir des camélias, des bosquets de bambous, des érables nains aux feuilles menues comme des mains d'enfant. Des toitures en tuiles vernissées pendent d'étranges chaînes, comme des cloches à l'envers, qui font office de gouttières. Les portes coulissent dans un glissement feutré. Des chats paraissent dans les premiers rayons de soleil. Des femmes en tenue exotique, avec leur bébé accroché dans le dos, les saluent.

Pour la première fois depuis des mois, voire des années, ils ne détectent aucune hostilité dans le regard des gens, ne se sentent plus menacés. Peut-être pas bienvenus, mais au moins courtoisement accueillis. Ils sont véritablement émerveillés par ce qu'ils découvrent.

Le convoi s'étire, à pied, le long de la belle avenue plantée d'arbres. Dans quelques semaines, les derniers arrivants marcheront sous un ciel rose de pétales de cerisiers. C'est un quartier plutôt résidentiel mais quelques boutiques ouvrent, présentant une abondance de denrées fraîches. Ils ne reconnaissent pas les légumes en dehors des carottes, n'ont jamais vu de pousses de lotus, de patates douces, de grands radis blancs. Des guirlandes de kakis séchés sont accrochées aux poutres. Parfois le commerçant invite ceux qui passent tout près à venir goûter.

Ewa en a l'eau à la bouche, elle voudrait tout expérimenter depuis qu'elle a partagé le repas d'Hanaé. À la descente du bateau, la jeune Japonaise s'est inclinée profondément devant elle, puis elle est partie dans une autre direction en lui faisant un salut de la main, avec un homme plus âgé qu'elle, sans doute son père. Ewa ne saura jamais ce qu'elle faisait en Russie, et son cœur se serre en pensant aux gens rencontrés le long de cet exode et si vite abandonnés. Elle espère tant une terre qui l'accueillerait et où elle n'aurait plus à quitter sans cesse ceux qu'elle aime. C'était cela avant tout, pour elle, le véritable asile. Elle sent qu'elle va s'attacher à cet étrange pays.

Au bout de l'avenue se tient le Kehi Jingu, un sanctuaire shinto, seul îlot de verdure dans la plaine urbaine. Après un petit pont, Guterman leur fait signe de déposer leurs affaires et de s'engager dans une longue allée bordée de conifères, marquée par un haut portique à deux linteaux, un *torī*, peint en vermillon. Il symbolise le passage entre l'environnement profane et l'enceinte sacrée, le monde matériel et le monde spirituel.

Au milieu d'une esplanade entourée d'un élégant péristyle se tient un temple massif. Un prêtre, vêtu d'une chasuble ceinturée et coiffé d'un chapeau aplati, traverse la cour d'un pas glissant et salue les étrangers d'un signe de tête. Une vieille femme voûtée balaie les rares aiguilles de pin à l'aide d'un râteau de bambou. Leurs gestes sont lents et silencieux, semblant fendre l'air sans le déranger.

Tout est si dépaysant pour ces Occidentaux habitués aux flèches des cathédrales de leurs cités, au faste de certaines synagogues, à la foule bruyante des offices et des fêtes, alors qu'ici la religion revêt une sérénité apaisante et dépouillée. Le calme ambiant n'est émaillé que de chants d'oiseaux, des percussions du gong et de psalmodies graves émergeant de l'ombre.

Ils ne s'attendaient pas à cette pause touristique qui les projette hors du monde, hors du temps, et les rassure. Point d'agents du GPU embusqués pour surveiller leurs moindres faits et gestes, la peur se dénoue un peu.

Il faut reprendre la marche sur l'avenue qui traverse Honmachi. Lorsqu'ils ont parcouru environ un kilomètre et que s'étire la longue caravane, Guterman attend les traînards pour expliquer que ceux qui le souhaitent peuvent bénéficier d'un accès gratuit aux bains. Les autres pourront rejoindre la gare à une encablure de là.

Attendre encore des heures d'hypothétiques ablutions semble à beaucoup impossible, après onze jours de toilette de chat dans les lavabos du train et trois sans hygiène sur le bateau. L'envoyé leur explique que les logements qui les attendent à Kobe ne possèdent pas non plus de salle de bains, car la majorité des Japonais utilisent les établissements publics, il faudra donc s'habituer à leur coutume de se baigner nus tous ensemble. Une clameur de protestation s'élève. Au moins ici, le *Asahiyu* leur est réservé, par charité du propriétaire. Ce n'est pas très différent du *mikvé*, le bain rituel de purification, explique-t-il. Et il précise que bien évidemment les femmes sont séparées des hommes…

Shoshana pousse Ewa du coude avec un sourire

espiègle. Elles sont les premières devant le *noren* bleu indigo qui masque la porte. Le caractère *yu* tracé sur le tissu annonce des délices d'eau chaude. Derrière les deux femmes se pressent d'autres, des jeunes principalement, celles qui osent tenter la nouveauté.

Une Japonaise en kimono dirige les femmes à gauche, les hommes à droite. Elle indique de se déchausser en bordure du parquet tout propre et de mettre ses souliers dans les casiers prévus à cet effet. Ils vont devoir apprendre à sans cesse les ôter, à faire et défaire les lacets que les chaussures japonaises ne connaissent pas. Dévoiler ses bas, ses chaussettes, parfois troués, souvent usés, révèle bien plus de leur véritable condition que tout autre habit. Mais l'excitation l'emporte sur la honte et elles choisissent d'en rire. Un joyeux bazar naît dans les vestiaires des deux côtés. Il faut récupérer des sous-vêtements propres et des affaires de toilette dans les valises, on enjambe, on se cogne, on empile, on tasse. Et il faut se mettre nu, la matrone y veille. Ces femmes, de cette société juive si prude, n'ont pas l'habitude. Les filles n'ont jamais vu leur mère. Il n'y a que la balanite présidant au *mikvé* qui les examine dans les moindres recoins de leur anatomie pour s'assurer de la minutie de leur toilette.

Shoshana et Ewa ne font pas partie des femmes très observantes qui chaque mois, après leurs règles et les sept jours de pureté, vont se plonger dans le bain rituel. La plupart des Juives y vont cependant au moins une fois juste avant de leur mariage. Ewa se souvient que Dawid, bien qu'il ait annoncé à la famille laïque d'Ewa être peu pratiquant, respectait en fait de nombreux commandements et voulait inciter son épouse à faire de même. Il ne la touchait pas pendant ses menstruations, l'interrogeait sur ses flux, mettait un point d'honneur à lui faire l'amour les soirs de shabbat. Comme ses règles étaient longues, erratiques et espacées parfois d'à peine trois semaines, il ne leur restait que quelques jours pour s'aimer. Elle s'était même demandé comment elle avait pu tomber enceinte dans ces conditions. Parfois elle avait désiré son mari, tenté des caresses qu'il avait repoussées. Lorsque sa grossesse avait été visible et que son ventre s'était arrondi, la peur de faire mal au bébé avait paralysé le jeune marié.

Les femmes abandonnent leurs dessous à contrecœur, dissimulées par la serviette odorante dans laquelle elles s'enroulent, mais la Japonaise veille à ce qu'elles pénètrent sans rien dans la salle de bains, juste munies d'un petit carré de tissu qui leur servira de gant de toilette. Elles cachent leurs seins et leur sexe de leurs mains, évitant de se regarder mutuellement.

Le long des murs de la grande salle carrelée sont disposés sous des miroirs de petits tabourets et des seaux de bois munis de louches. Sur une étagère, du savon et du shampoing parfumés. Au fond se trouvent un grand bain rectangulaire et une large fenêtre ouverte sur un jardinet, où la végétation se niche au creux de quelques rochers moussus devant une haie de bambous. Au centre de la pièce se tient un bassin duquel s'écoule une eau fumante. La patronne y plonge un baquet puis arrose le tabouret et indique qu'il faut s'asperger, se laver cheveux et corps, reprendre de l'eau et se rincer à grandes eaux. Seulement après une toilette scrupuleuse on peut s'immerger, le linge plié sur sa tête.

Depuis deux semaines qu'elles ont fait connaissance, Ewa et Shoshana sont devenues intimes malgré l'écart d'âge. Ewa lui rappelle tant sa fille Lily. Mais parfois elles ressemblent à deux sœurs dont l'une apporterait sagesse et expérience et l'autre curiosité et fraîcheur. Le voyage et le danger ont accéléré leur rapprochement. Les derniers jours dans le train, elles se dévêtaient l'une devant l'autre sans même y prêter attention.

Assises sur leurs tabourets, leurs regards se croisent dans le miroir. Ewa tire son siège derrière celui de son amie et se met à masser ses cheveux pleins de mousse, puis frotte son dos avec le tissu, sans savoir que les Japonaises font de même. Ewa voit les vergetures sur les hanches rondes de Shoshana, que trois maternités ont laissées comme empreintes sur son corps généreux. À l'inverse, celui d'Ewa ne dit rien de la sienne, comme si Zofja avait été effacée de ce ventre plat, presque concave. Ses omoplates et ses vertèbres sont trop saillantes, ses poignets semblent pouvoir se briser. Comme à Leib, elle inspire à Shoshana un élan protecteur et un attachement profond.

Les voix des hommes résonnent de l'autre côté de la mince cloison. Des bruits d'éclaboussures, des cris joyeux et des rires de jeunes garçons. La peur s'écoule enfin comme la saleté par les rigoles du sol, vers les profondeurs.

Lorsque revient le calme, elles s'assoient sur la margelle du grand bassin et trempent leurs pieds propres dans l'eau brûlante. Elle est si chaude que leur peau vire à l'écarlate. Les Japonais l'aiment ainsi, habitués depuis l'enfance à s'y plonger rapidement. Shoshana reste au bord, elle sent que ses veines vont éclater, tandis qu'Ewa s'y enfonce jusqu'au cou, ravie, un sourire béat sur les lèvres, comme pour réparer tout le froid enduré ces dernières semaines. Lorsque son cœur se met à battre trop fort, elle gravit les marches, le teint rosi, se sentant purifiée et régénérée.

Lorsque tous émergent de l'établissement de bains dans le matin froid, cheveux humides et défaits, parfumés, ils sourient à leur nouvelle vie, à ce nouveau pays.

Il est temps de se rendre à la gare. C'est l'un des rares bâtiments en dur. Des pousse-pousse attendent leur ration de passagers, les automobiles sont rares mais les bus réguliers. Quelques réfugiés fument, assis sur leur valise, d'autres attendent au chaud à l'intérieur. Guterman a accompagné à la bijouterie Watanabe, située sur la place, ceux qui souhaitaient vendre leurs derniers biens échappés aux perquisitions soviétiques, en échange de yens. Le marchand n'est pas avare et les achète à bon prix, il a pitié de ces pauvres gens.

Le train est à quai qui va les emmener vers Maïbara, au bord du lac Biwa. Là, un petit groupe descendra pour prendre la correspondance vers Tokyo et Yokohama. Ce sont les plus fortunés, qui préfèrent être près des ambassades et ont les moyens de se loger à l'hôtel. Les autres continueront vers Kobe, où la vie est moins chère, et surtout où se trouve la communauté qui leur vient en aide : une trentaine de familles ashkénazes, émigrées de Russie après les pogroms tsaristes et la Révolution bolchevique, commerçant principalement dans l'import-export.

Sur le quai venteux, Guterman distribue à chacun

son billet. Tout est écrit dans des caractères incompréhensibles hormis quelques chiffres. L'après-midi est à peine entamée et les jours sont plus longs à cette latitude. L'un des rabbins les plus vénérables du groupe, à la longue barbe blanche, regarde sans cesse sa montre, nerveusement. Il s'approche du Russe et demande :

– À quelle heure arrive-t-on à Kobe ?

– Vers 16 heures, répond l'envoyé.

– Et combien de temps dure le trajet ?

– Eh bien, il part dans dix minutes et arrive à 16 h 07, soit trois heures et cinq minutes.

– Alors nous ne pouvons pas monter dans ce train.

– Pardon ? Et pourquoi donc ? interroge Guterman, ébahi.

– À cause de shabbat. Nous ne serons jamais arrivés avant le coucher du soleil.

– Mais il se couche bien plus tard ici, vous savez, nous ne sommes plus à la latitude de Vilna ou Moscou.

Il sort un carnet de sa poche, habitué à ce type de remarque.

– Il est à 17 h 36 ce soir, nous serons arrivés bien avant, ne vous inquiétez pas.

– Ce n'est pas possible ! reprend le rabbin, inquiet. Les trains ne sont jamais à l'heure ! On ne peut pas s'y risquer, c'est trop juste.

– Mais les trains ici sont extraordinairement ponctuels ! insiste le Russe. Et puis, vous avez bien voyagé dans le Transsibérien pendant shabbat, que je sache.

– Ce n'était pas pareil, c'était un cas de force majeur et nous étions déjà à bord.

– Et là, vous voulez faire quoi ? Voir partir les

autres et passer la nuit sur ce quai ? Je doute en plus que ça soit du goût du chef de gare.

– Eh bien s'il le faut, oui ! affirme le rabbin avec véhémence, tout en regardant autour de lui les quais ouverts aux quatre vents et les quelques bancs durs.

– Écoutez, vous n'êtes plus en Pologne ici ! Le respect des horaires fait partie de la politesse japonaise. Croyez-moi, je vous promets que nous n'aurons pas de retard.

Plusieurs curieux se sont regroupés autour des deux hommes. Les étudiants des yeshivas sont désemparés. Doivent-ils suivre leur vénérable chef ? Ils n'ont aucune envie de devenir des naufragés de la nuit. Ils ont faim, froid, sont pressés d'arriver à destination. Pourtant, allonger la liste de leurs infractions au jour saint les contrarie autant que le vieux rabbin.

Les réfugiés hissent leurs bagages dans le wagon puis s'installent dans des secondes classes immaculées. Guterman s'impatiente :

– Il faut vous décider, le train ne vous attendra pas. Je vous promets encore une fois que nous serons à l'heure. Sinon c'est moi que vous pourrez blâmer, mais je sais qu'il n'y a aucun risque.

Depuis les fenêtres des compartiments, plusieurs compagnons de voyage les interpellent :

– Allez enfin, montez ! Vous n'allez pas rester seuls ici sans personne, s'il vous dit qu'on y sera à temps, il a l'habitude.

Quelques jeunes hommes à papillotes s'accrochent à la barre de la porte, ne sachant que faire. Le chef de quai siffle le départ et leur fait signe de monter en criant *Hayaku*, *hayaku*, vite, vite !

Le rabbin hésite encore, regarde l'envoyé, sa montre, ses élèves, puis, au moment où le train s'ébranle, se décide et lance sa valise dans le couloir. On le pousse pour le faire grimper plus vite. Certains gravissent les marches, d'autres, agrippés à la barre, courent tandis que le convoi gagne de la vitesse, et enfin sont hissés par leurs camarades jusqu'à ce que tous soient à bord. Ils soupirent de soulagement.

Trois heures et quatre minutes plus tard, après avoir traversé des gorges et des forêts magnifiques, des rizières en terrasse et des champs de thé où s'étale toute la palette des verts, ils arrivent en gare de Kobe.

Le rabbin constate, penaud, qu'il reste une heure et trente minutes avant le coucher du soleil et qu'il pourra sans se presser allumer les bougies et célébrer dignement le jour du repos.

16

Kobé, Japon, 12 avril 1941

– Shoshana, qu'est-ce qu'on fait avec le riz, à ton avis ? *Matzot* ou *hametz*, azyme ou pas azyme ?

– Aucune idée ! On doit se débarrasser des haricots rouges et du soja, ça c'est certain, mais le riz…

– On pourrait demander à Rebecca Hanin, elle doit savoir ça elle, ce n'est pas son premier Seder de Pessah dans ce pays, rétorque Bella Rozen en parlant de l'épouse du secrétaire du Jewcom.

– Les Sépharades ne l'interdisent pas, eux, intervient Chana Schulman.

– Grand bien leur fasse ! C'est normal, le riz est dans leur tradition culinaire, précise Bella. Ce serait logique de l'autoriser puisque la farine de riz ne lève pas. En plus, je crois que c'est une coutume et pas une loi.

– Avec une bonne centaine de rabbins dans cette ville, on devrait pouvoir obtenir une réponse rapide, non ? propose Chana.

– Tu es folle ! C'est justement avec une centaine de rabbins que tu risques de lancer un débat qui n'en finira plus, dit Shoshana en riant. Figure-toi qu'à cause du passage de la ligne juive du changement de date, ils se disputent encore sur le calendrier à adopter ici. Total, ils célèbrent shabbat deux jours chaque semaine ! Alors, imagine la pagaille avec cette histoire de riz.

– On ne va pas jeter cette nourriture tout de même, intervient Malka Krawitz, et ça me fait mal au cœur de la donner, vu ce qu'elle nous coûte !

– On pourrait envisager une petite entorse cette année et confier nos prévisions temporairement à notre voisine hollandaise, propose Ewa, pratique.

– Excellente idée, on dépose chez elle pendant huit jours toutes nos denrées, comme ça, on ne se pose plus de questions et on ne gâche rien. J'espère qu'elle ne piochera pas trop dedans, conclut Shoshana qui dirige avec son autorité naturelle la petite équipe féminine organisant le repas de la Pâque.

– Je crois qu'elle ne manque de rien et vit plutôt confortablement, précise Ewa. On peut lui faire confiance.

Les cinq femmes terminent d'empiler dans une caisse bocaux de farine, sacs de légumineuses, bouteilles de sauce soja et de bière et, dans le doute, les biscuits de riz grillé qu'elles aiment tant et dont elles vont devoir se priver pendant une grande semaine. Les restes de pain levé et de vieux biscuits passent à la poubelle. Elles ont inspecté et épousseté les placards pour ne laisser aucune trace car demain soir se tiendra le Seder, le repas de leur deuxième Pessah en exil, et elles veulent le fêter dignement.

Ils seront vingt-deux convives pour cette célébration, venus de plusieurs maisons alentour accueillant des réfugiés. Shoshana a proposé de réunir les nouveaux arrivants du groupe des écrivains juifs polonais :

les Schulman, le vieil ami de Lazar Jacob Fiszman et son fils Josef, ainsi que les Rozen, le séduisant Yosl Mann et quelques autres. La crème de l'intelligentsia yiddish en création littéraire, théâtrale et poétique. Ewa a toujours rêvé de côtoyer ces gens. Elle espère secrètement, un jour, en faire partie.

La petite synagogue accueillant habituellement les familles juives locales sera complètement dépassée par la foule impressionnante de réfugiés présents dans la ville portuaire. À part une centaine d'Allemands et quelques Lituaniens, tous viennent de Pologne. Combien sont-ils en ce printemps ? Mille trois cents, mille cinq cents peut-être ? Il est bien difficile pour le Jewcom de tenir compte des arrivées et des départs. Certains hommes passent une partie de la semaine dans la capitale, entassés dans quelques pièces minuscules pour être au plus près des ambassades plutôt que des consulats, pensant augmenter la possibilité d'obtenir un visa. Les plus chanceux ayant acquis les précieux sésames quittent le pays, mais le contingent des Polonais grossit toujours au point que les légations japonaises en Europe ne veulent plus délivrer de visas tant que le nombre de réfugiés dans l'archipel ne diminuera pas.

– Regardez ce que j'ai trouvé au marché de Sannomiya ce matin, dit Ewa, en sortant de son sac à provisions une large poignée de *wasabina*, dont les feuilles ressemblent à celles des pissenlits. Pour le *hazeret*, des herbes bien amères !

Chana et Bella ne peuvent s'empêcher de les goûter et de grimacer. C'est cette salade qui évoquera durant le Seder l'âpreté des années d'esclavage du peuple juif en Égypte.

– Et pour le *harosset*, comme on ne peut pas utiliser de la pâte de haricots rouges sucrée, leur dessert de base, j'ai trouvé de la pâte de kakis qu'on mélangera avec des noix. Qu'en dites-vous ?

– C'est parfait !

– Mais on n'a pas d'agneau, de toute façon cela aurait été au-dessus de nos moyens, prévient Shoshana. En revanche, c'est un pays où les carpes ne manquent pas, il y en a plein leurs étangs. Nous aurons donc de la carpe farcie.

– Vous ne pouvez pas imaginer tous les animaux bizarres sortis de la mer que ces gens mangent. Des coquillages, des crustacés avec des carapaces étranges, des poissons tout gonflés avec des épines, des gros trucs noirs tout mous…

– On sait que tu te fiches de manger kasher, Ewa, mais tu serais capable d'avaler ça ?

– J'ai goûté des oursins et des huîtres au marché, c'est délicieux ! Et de la pieuvre grillée à la sauce soja ! Mon père prenait un malin plaisir à énerver Maman avec les animaux interdits. Elle n'était pas pratiquante mais mangeait kasher pour les fêtes. La viande est très chère ici, mais il y a plein de choses sans écailles ni nageoires très appétissantes. Bon promis, ce soir j'arrête.

– Beurk ! Même si c'était kasher, je trouverais ça dégoûtant, commente Chana.

– Et les *mazots* ? demande Bella en portant ses mains à ses joues. On va les remplacer par quoi ? On ne peut pas faire le Seder sans pain azyme !

– Figurez-vous que Léo Hanin a réussi à faire venir des États-Unis des *mazots* et du vin kasher. Mais c'était moins une que les douaniers japonais ne les désacralisent ! Il a dû prouver que c'était pour la consommation personnelle des réfugiés et non pour le commerce. Vu la quantité énorme, autant vous dire qu'ils ont eu du mal à le croire, et pas question de soudoyer un employé pour qu'il ferme les yeux, pas de ça dans ce pays ! Mais il a parlé de nourriture bénite et de respect religieux et apparemment ça a dû les impressionner car ils l'ont laissé partir avec tout le chargement. Nous aurons donc nos *mazots* made in USA et du vin de la Napa Valley !

L'organisation de cette fête essentielle du calendrier juif rassemble les femmes du petit groupe et les motive, ébranlant la monotonie de leur quotidien. Pendant quelques jours, elles tentent d'oublier les chambres surpeuplées, le manque d'intimité, la tournée des consulats et la recherche toujours infructueuse de visas, les nouvelles de plus en plus inquiétantes d'Europe et l'attente du courrier de leur famille, qui étrangement fonctionne mieux entre la Pologne et le Japon qu'auparavant avec la Lituanie. Avec leur maigre allocation journalière de 1,2 yen, elles économisent de quoi envoyer vers les ghettos du sucre précieux, du thé et du café, quelques saucisses sèches. Le rationnement qui vient d'être mis en place dans le pays ne se fait pas encore trop sentir, mais la confiture ou le chocolat sont des luxes inatteignables. Un pain d'une livre, généreusement financé par la préfecture de Hyogo, leur est distribué chaque jour. Elles mangent à leur faim une nourriture locale et saine de légumes qu'elles ont appris à connaître, de poissons frais et d'œufs. De généreux anonymes japonais, fermiers, commerçants, envoient aux réfugiés quelques cageots de fruits. Leur compassion les émeut, leur gentillesse les touche. Lorsqu'ils sont malades, les docteurs japonais les traitent gracieusement.

Les femmes célibataires, peu nombreuses, ont été regroupées. Ainsi Ewa a été séparée de ses amis répartis par couples à travers la vingtaine de *Heime* dans le quartier occidental de Motomachi. Leib, lui, s'est retrouvé avec les hommes seuls, les plus nombreux. Ils ne sont pas bien distants les uns des autres mais l'éloignement lui a semblé brutal les premières semaines. Il fallait réinventer le quotidien, nouer de nouveaux contacts avec des inconnus tout aussi désorientés. Les plus anciens, arrivés pendant l'automne précédent, servent de guides aux autres. La plupart des femmes n'ont pas de qualification professionnelle, ni de famille dans les pays demandés. C'est le cas d'Ewa qui ne se fait guère d'illusions sur ses chances. Elle s'attend chaque jour à l'annonce du départ de ses amis, elle tente de barricader son cœur, de le préparer à la séparation. Chaque fois qu'un réfugié s'apprête à embarquer vers sa nouvelle vie, une petite fête est célébrée en son honneur.

Après avoir rempli des tonnes de paperasse dans tous les consulats de Kobe : États-Unis, Canada, Brésil, Uruguay, Australie, Nouvelle-Zélande et tant d'autres, elle s'est retrouvée désœuvrée. N'ayant pas le droit de travailler, elle visite les musées, gratuits, et se promène en ville, observant les gens. Les jours de fermeture des consulats, elle retrouve ses amis pour de grandes sorties dans les environs, vers le mont Rokko ou les spectaculaires chutes de Minoh. Avec les Kahan et les Rozen, ils ont visité Kyoto. Comment exprimer la beauté de cette ville, de ce pays ? La splendeur n'y est pas ostentatoire. Elle n'a rien de la magnificence des châteaux européens, mais possède le raffinement et la finesse des encres et des ors, la poésie des allées ombrées de ginkgos, d'érables, et l'épure des jardins de mousse et de pierres. L'exotisme ne se travestit jamais de vulgarité, il règne dans l'altérité d'une culture mystérieuse.

Dans les parcs de la ville, Ewa a pu admirer la floraison des cerisiers. Selon les jours et son humeur, elle aime déambuler entre les vieilles maisons de Kitano-dori, ou sur le *Bund*, l'avenue chic en ville basse près du port, bordée de grands immeubles et de quelques hôtels élégants dans lesquels elle n'ose pas entrer. Parfois elle va contempler, devant les entrepôts et les quais, les cargos emportant leur chargement d'huile de baleine, de camphre, de thé et de porcelaines. Des vapeurs emmènent leurs passagers vers des destinations lointaines qui lui sont interdites, au milieu des jonques et des sampans. En remontant vers le centre-ville, entre Shinkaichi et Minatogawa, elle rêve devant les façades des théâtres. Les pousse-pousse qui encombrent les rues la frôlent, la foule devient dense lorsque tombe la nuit, les lampions de papier s'allument et ponctuent la ville de mille bulles de couleur. Parfois des jeunes femmes envieuses de ses cheveux blonds se retournent sur elle en souriant. Ewa ne les natte plus. Cette tresse qu'elle portait comme une couronne, reine d'un royaume privé disparu, elle ne l'a jamais renouée depuis le bain de Tsuruga. Elle appartient à son ancienne vie. Elle attache ses longs cheveux en une queue de cheval qui lui tombe bas dans le dos, parfois en chignon lâche. De diadème ils sont devenus voile, écran, ruban.

Le week-end précédent, tous ses amis étant pris par

diverses activités, elle a accepté la proposition de monter aux chutes de Nunobiki avec quelques réfugiés. Mais à la dernière minute, Bella et son mari se sont désistés. Elle a donc passé la journée à marcher, pique-niquer, contempler les cascades et le réservoir, la vue splendide sur la ville, avec Yosl Mann, un jeune homme qu'elle ne connaissait guère et qui la dévorait du regard à travers ses fines lunettes. L'attrait de son épaisse crinière blonde, de ses traits harmonieux et ses beaux yeux clairs était accru par son érudition et sa culture. À seulement vingt et un ans il a publié des poèmes dans le *Folksaytung* de Varsovie. Il est aussi musicien et compose des chansons. Ancien étudiant de l'Institut des sciences yiddishs à Vilna, il a contribué à mettre par écrit les témoignages des réfugiés polonais, puis a dû rejoindre la clandestinité comme la plupart des écrivains recherchés par les Soviétiques. Pour Ewa qui rêve d'écrire et d'enseigner, Yosl, à peine plus âgé qu'elle, possède toutes les qualités. Ils ont discuté littérature, théâtre, poésie sur le chemin, oubliant le spectacle de la nature environnante, les singes qui fuyaient devant eux près du pont suspendu.

Le lendemain qui a suivi cette escapade, elle n'a pu s'empêcher de le comparer à Leib, plus âgé, aux traits un peu moins séduisants, mais plus mûr, plus aguerri, rassurant, attentif. Si Yosl possède le charme de la jeunesse emplie d'idéaux et de rêves, de créativité bohème, du médecin se dégagent un charisme presque magnétique et une empathie naturelle suscitant l'attachement et l'adhésion. Lorsque les spectres du passé lui laissent un répit, il peut faire preuve d'un humour ravageur, parfois grinçant, mais si drôle. Elle a l'impression de le trahir en appréciant le jeune homme, tout en se persuadant qu'elle ne lui doit rien d'autre que sa reconnaissance.

En ce début d'année 1941, les nouvelles d'Europe sont affligeantes, le froid a sévi sur les ghettos, semant famine, maladies et désolation. Tous les réfugiés y ont des membres de leur famille. Leib a lu entre les lignes censurées écrites par sa sœur l'ampleur du désespoir. Dans le ghetto de Lodz, le travail forcé est harassant, organisé par la main de fer du « roi Chaïm », le dirigeant dictatorial du *Judenrat*, le conseil juif. Sa jolie ville est devenue un lieu où les épluchures de pommes de terre valent de l'or. Comme dans le ghetto de Varsovie, le typhus règne en maître l'été, la tuberculose durant l'automne, la grippe l'hiver, la faim dévorante à toute heure du jour et de la nuit. On y croise des cadavres d'enfants dans les rues. On baisse les yeux et on ignore ces petits corps sans sépulture parce que seule compte la survie des siens.

Heureusement, quelques télégrammes, cartes postales ou lettres donnent des nouvelles plus réjouissantes en provenance des Amériques, où familles et amis ont trouvé refuge. Parfois un câble prévient de transferts d'argent depuis des banques lointaines.

Un groupe de huit hommes bénévoles, sous l'égide d'Anatole Ponevejsky, s'occupent quasiment à plein temps de leurs coreligionnaires. Au début, une vingtaine de familles ashkénazes avaient soutenu de leurs propres deniers les premiers exilés, puis, en raison de l'afflux, le *Joint* et d'autres organisations juives ont pris le relais.

Comme ils ignorent qui sera encore dans le pays pour Kippour et Rosh Hashana, l'apogée de l'année religieuse, les réfugiés mettent dans la préparation de cette fête de la Pâque, la nuit la plus sainte, une ferveur inhabituelle. La commémoration de la sortie d'Égypte revêt, pour tous ces exilés, une connotation particulière, celle de leur propre libération des pharaons hitlérien et stalinien.

Dans la pièce aux rideaux fleuris, la longue table est dressée, la nappe est immaculée. Les assiettes sont un peu dépareillées, les couverts simples. Les convives ont revêtu leurs plus beaux habits, les femmes portent les rares bijoux qu'elles ont sauvés.

En tenant le verre de vin à la main pour la récitation du kiddouch, Shoshana, assise au milieu, regarde ses amis attablés. Ils sont réunis, en sécurité, l'amitié leur tient lieu d'affection, pourtant leurs regards ressemblent à ceux des moutons que l'on conduit à l'abattoir. Combien ont laissé femme et enfants en Europe, pensant partir en éclaireurs pour préparer leur venue ? La culpabilité les ronge, leur manque de clairvoyance les afflige. Un seul jeune garçon est là, qui tout à l'heure posera les questions ancestrales conduisant à la lecture de l'Exode. Où sont les autres ? Ceux des Kahan, des Fiszman ? Les pensées s'envolent vers Varsovie, Lodz, Bialystok, Vilna, les larmes coulent, le silence est pesant. Ils se sentent impurs, prêts à déguster des mets succulents tandis que dans les ghettos on se bat pour un croûton rassis. Les prières montent sur les lèvres pour que s'ouvrent les portes des pays d'exil, que soient protégés leurs proches restés en arrière, qu'un jour enfin ils regagnent la liberté.

Alors Lazar proclame, d'une voix tremblante et émue : « Béni sois-Tu, Éternel, notre Dieu… », pour qu'enfin la lumière vainque l'ombre et revienne dans leurs cœurs.

Leib scrute les visages baissés, les joues brillantes, les bouches qui implorent. Qu'ont-ils fait pour mériter tout cela ? s'interroge le médecin. N'est-ce pas sur le peuple juif piégé dans une Europe à feu et à sang, que sont en train de s'abattre les dix terribles plaies ?

17

Consulat du Japon, Königsberg, Prusse-Orientale, juillet 1941

« Ils ont arrêté et torturé Kuba ! »

C'est en prononçant ces mots terribles que Perz pénétra dans le bureau de Sugihara, le percutant presque alors que celui-ci s'apprêtait à sortir. Le Polonais, blême, s'assit sur le premier siège à côté de la porte que referma le diplomate. Celui-ci raccrocha calmement son chapeau et son manteau à la patère, puis alla leur verser à tous deux une rasade de whisky. Le saké était trop doux pour une nouvelle aussi glaçante et dramatique. Rapprochant un fauteuil, le consul fit face à son collaborateur et lui tendit le lourd verre en cristal ciselé. Il vit les mâchoires du jeune officier se crisper, les yeux verts s'embuer et ses mains aux ongles rongés se broyer l'une l'autre.

C'était Kuba, le capitaine Alfons Jakubianiec, alors chef du centre de renseignement polonais de Kaunas, qui avait présenté Perz à Sugihara. Puis il avait été en poste à l'ambassade du Japon à Berlin. Arrêté et « interrogé », il avait été envoyé à la terrible prison du camp de Sachsenhausen, où étaient internés les commandos britanniques capturés et les dissidents allemands. Au moins n'avait-il pas encore été exécuté.

Qu'a-t-il révélé à la Gestapo des réseaux de collaboration entre la Pologne et le Japon ? s'interrogeaient les deux hommes. Comme à Kaunas, le rôle du consul n'était qu'une couverture à sa mission d'observation dont il rapportait régulièrement les conclusions à son ministre Oshima à Berlin. Il avait repris avec Perz les repérages et identifié la concentration stratégique des troupes de la Wehrmacht à la frontière, minutieusement consigné les vaisseaux ancrés dans les ports de Pillau et de Klaipeda, les dépôts de carburant, le mouvement des blindés et le nombre de convois ferroviaires en provenance de la capitale. Il avait ainsi pu prédire presque au jour près l'attaque allemande sur la Russie.

– Il a été dénoncé par le mari de sa maîtresse, semble-t-il, précisa Perz. La Gestapo l'a piégé dans le parc du zoo en train de recevoir des documents secrets d'un messager de Varsovie. J'ai bien peur que nous soyons tous deux compromis et d'autres avec nous.

Le consul tournait l'alcool ambré, absorbé dans ses réflexions. Kuba était un homme courageux, totalement investi dans la défense de sa patrie, et à qui il devait de précieuses informations. Quelle imprudence dans sa vie privée avait-il commise pour se mettre en tel danger ? Tant d'hommes et de femmes valeureux se voyaient broyés par les impitoyables services de renseignement nazis. Que connaissent-ils de mon implication ? se demanda-t-il. Ma correspondance est-elle interceptée et décryptée ? Qu'il soit surveillé, il s'en doutait. Menacé physiquement ? Les nazis oseraient-

ils faire disparaître le représentant diplomatique d'une nation alliée ? Et son collaborateur polonais avait-il été dénoncé ? La Gestapo arrivait presque toujours à ses fins, c'était une question de temps, Sugihara ne pouvait en vouloir au capitaine polonais s'il avait craqué sous les coups, le supplice de la baignoire, des ongles arrachés, ou d'autres sévices qu'il ne pouvait même pas concevoir.

– Sans doute. Je n'ose imaginer ce qu'ils lui ont fait subir.

Les deux hommes restèrent silencieux, émus, tout à la compassion qu'ils éprouvaient pour leur malheureux collègue.

– Il va falloir redoubler de vigilance. Jan, n'oubliez pas que vous êtes en territoire ennemi. Vous voyez bien que même son passeport japonais n'a pas réussi à le protéger.

– J'en suis conscient, dit le Polonais, la nuque basse comme si on l'avait frappé.

Et c'était véritablement un coup sévère, l'image du corps martyrisé de son ami ne cessait de le hanter.

– Nous étions suivis dimanche dernier lorsque nous sommes sortis avec les enfants, reprit Sugihara. J'ai changé de destination à la dernière minute, à la surprise de mon épouse. L'appareil photo est resté dans la voiture. Je doute que vous et moi puissions poursuivre nos excursions, ça devient trop risqué.

– C'est certain. Il faut prévenir nos stations de Vilnius, Kaunas et Grodno, ainsi que le poste mobile de Bialystok.

– Oui, ils doivent devenir silencieux. On ignore qui est compromis. Quant à vous, il est dangereux de

rester à mes côtés. Vous savez que je suis dans le collimateur du Gauleiter Koch. Il va sans doute réussir un jour ou l'autre à me faire rappeler, soupira le consul. Je vais être de nouveau persona non grata.

– Pourquoi de nouveau ?

– Oh, je croyais vous avoir déjà raconté cette vieille histoire, du temps où j'étais directeur du bureau des Affaires étrangères du Mandchoukouo à Harbin en 33.

– Non, jamais.

– Disons que j'ai donné du fil à retordre aux autorités soviétiques. Les Russes étaient propriétaires des Chemins de fer chinois de l'Est. Ce qui n'était pas du goût de mes compatriotes. La ligne était un outil précieux de développement de la Mandchourie japonaise. Le ministère de la Guerre voulait la reprendre par la force, ce qui impliquait un nouveau conflit où nous n'avions pas la supériorité du nombre. Moi je voulais tenter de négocier pacifiquement. J'ai réussi à prouver que les Russes avaient détourné des locomotives sur d'autres lignes et mentaient sur le nombre de passagers et l'activité du fret, démontrant ainsi que le prix demandé pour son rachat était exorbitant. Un accord a finalement été signé en 35 à notre avantage. L'année suivante, j'ai été nommé traducteur à l'ambassade du Japon à Moscou. C'était pour moi un rêve devenu réalité. À cause de mon amour pour cette langue et son peuple, je l'ambitionnais depuis longtemps. Mais les Russes ne m'avaient pas oublié et n'ont pas donné leur accord à ce poste. J'ai été déclaré persona non grata. *Et bientôt je vais le redevenir avec leurs nouveaux ennemis. Ironique, non ?*

– Oui, double peine. Et voilà que votre pays, qui

avait enfin signé un pacte de neutralité avec les Soviétiques, se retrouve dans le camp adverse par son alliance avec l'Allemagne. Quel jeu de dupes !

– Quand je pense qu'avec toutes les preuves qu'Onodera et moi avons fournies sur l'imminence d'une attaque, Oshima et Tatekawa n'ont pas voulu nous croire ! s'exclama Sugihara d'un air dépité, songeant à tous les risques encourus pour rien.

Les ambassadeurs du Japon à Berlin et à Moscou, qui n'étaient pas diplomates de carrière mais des officiers de haut rang ne connaissant pas le terrain, n'avaient pas été persuadés de la possibilité d'une guerre germano-soviétique malgré l'évidence. Ils pensaient, comme Staline, que la priorité d'Hitler était de vaincre la Grande-Bretagne. Pourtant, le 22 juin, un mois auparavant, la plus grande invasion de l'histoire militaire, l'opération Barbarossa, avait débuté, faisant déferler un déluge de feu et d'acier sur l'Union soviétique. L'Armée rouge, décapitée par les Grandes Purges staliniennes et d'une impréparation totale, avait été balayée, battant en retraite sur tous les fronts, dépassée par la rapidité de l'attaque, laissant la Wehrmacht progresser inexorablement vers Moscou.

– Avec le commandement général allemand et probablement Hitler lui-même basés maintenant tout près d'ici, cela devient très inconfortable pour moi et dangereux pour vous, reprit le Japonais. Je doute fort que l'arrestation de Kuba ait été du goût d'Oshima, mais il préférera nous sacrifier plutôt que de compromettre l'alliance avec les nazis. Et ses sympathies vont clairement de ce côté. Que le gouverneur général de Prusse-Orientale, directement nommé par Hitler,

m'ait ostracisé depuis mon arrivée à ce poste en dit long sur la piètre opinion que Koch a de moi et sur sa méfiance à mon égard. Il n'a jamais répondu à ma demande de liste des personnes prééminentes pour les soirées diplomatiques, puis il a refusé mon invitation à dîner avec son épouse, enfin il a interdit à ses fonctionnaires de participer à la réception que j'ai donnée fin avril en l'honneur de l'anniversaire de l'empereur. Je ne sais pas si c'est en raison de ma délivrance de visas aux Juifs, de mes questions dérangeantes sur les intentions du Führer ou de nos petites excursions bucoliques sur la frontière, mais ce n'est sans doute qu'une question de semaines avant que je sois expédié ailleurs, dans un lieu moins sensible où je ne dérangerai pas.

– C'est probable en effet, j'en suis désolé. Nos missions de reconnaissance n'ont plus lieu d'être, de toute façon, avec l'invasion allemande, mais il est évident que je serai tout de même encore utile ici, proche du pouvoir. Je dois rester.

– Si Kuba a parlé de vous, je ne pourrai plus garantir votre sécurité. Il vous faudrait rejoindre un territoire neutre comme la Suède. Iwanow occupe déjà un poste à l'ambassade du Japon, mais Onodera pourrait peut-être vous trouver une autre place. Ou bien vous pourriez tenter de passer en Angleterre.

– Je ne veux pas aller me mettre à l'abri. Mon pays a besoin de toutes ses troupes. Il faut continuer à alimenter en informations le gouvernement en exil à Londres depuis le continent et à protéger les réseaux.

– Alors si je suis muté, vous resterez avec Sato. Il soutient nos activités et les poursuivra, je me porte

garant de sa discrétion. Si la menace devenait trop réelle, eh bien je suppose que l'armée des ombres vous accueillera et que vous saurez la rejoindre discrètement et rapidement. Mais restez vigilant, le danger peut frapper à tout moment.

Le Polonais se leva, posa son verre, fit face au Japonais et plongea son regard dans les yeux noirs énigmatiques sous les paupières étirées. Ils collaboraient depuis presque dix-huit mois, de Kaunas à Prague, puis Königsberg en passant par Berlin. Ils s'appréciaient sincèrement. On ne pouvait pas appeler ce qu'ils ressentaient de l'amitié car celle-ci peut difficilement s'épanouir sur un terreau de dissimulation, mais une estime profonde unissait les deux hommes, tissée de moments forts lors de leurs missions, de confiance, de convergence d'analyses face à ce qu'ils ressentaient comme le mal absolu déferlant sur l'Europe et que rien ne semblait endiguer, si ce n'est l'engagement d'hommes et de femmes de bonne volonté. Perz, au-delà du personnage officiel, avait fréquenté un être droit, empathique, remarquablement fin. Ils savaient que leur temps était compté.

Ils se serrèrent la main. Longuement. Pas d'étreinte virile, ce n'était pas le genre du diplomate, mais dans son sourire, rare, passa tout le respect qu'il ressentait pour le jeune militaire. Ce n'était pas un adieu, ils se reverraient le lendemain, mais la menace du danger s'était immiscée entre eux et ils avaient eu besoin d'exprimer silencieusement un lien informulé.

Le consul regarda l'officier sortir du bureau. Il espérait qu'il ne subirait pas le même sort que son malheureux compatriote. Combien de Polonais, civils et militaires, étaient déjà tombés depuis bientôt deux ans ? Des centaines de milliers, ou déjà des millions ?

Sugihara remit son pardessus léger et son chapeau avec des gestes d'automate, reprit le masque impassible qu'il affichait habituellement pour saluer le personnel. Où allait-il déjà ? Sur le perron, il s'arrêta un instant, s'appuya de la main contre le mur. La nouvelle de l'arrestation de Kuba avait fait son chemin en lui, insidieusement, et atteignit enfin le cœur, ce qui provoqua une petite déflagration qui le fit vaciller. C'était la première fois que quelqu'un qu'il connaissait personnellement était touché. Ce n'était plus un de ces hommes aperçus de loin dans les lentilles grossissantes de ses jumelles, mais bel et bien un collaborateur, dont il savait certes peu de chose, mais avec qui il avait travaillé, plaisanté, et dont la vie, à cette minute, ne tenait plus qu'à un fil.

18

Kobe, Japon, mi-août 1941

Dans la petite pièce carrée où s'entassent les quatre hommes, l'air saturé d'humidité est étouffant, comme l'atmosphère qui y règne. Pas un souffle ne franchit la fenêtre grande ouverte. Les cigales cymbalent à tout rompre. Elles martèlent le crâne de Kawaguchi, ce qui l'empêche de réfléchir. Il n'aurait pas dû tant boire la veille au soir, mélanger la bière et le saké. Il le sait, ça ne fait jamais bon ménage dans son estomac et il le paye cher le lendemain, mais avec cette chaleur, les bulles maltées étaient si rafraîchissantes. Il voudrait bien se masser les tempes mais il ne doit pas perdre la face devant les deux étrangers en laissant échapper un signe de faiblesse. En même temps, ils ont l'air plus mal en point que lui. S'il s'agit réellement d'espionnage, sa migraine sera vite oubliée, il sera bien vu de ses supérieurs et prendra peut-être du galon.

Il considère les quatre petites boîtes carrées prolongées de longues sangles, posées sur son bureau. Ça ne ressemble guère à l'idée qu'il se fait d'une caméra miniature et d'un émetteur mais ces Occidentaux ont peut-être développé des technologies inconnues ici. Lorsqu'il les prend en main, les deux jeunes hommes qui lui font face se crispent. Il leur a fait enlever leurs chapeaux mais ils conservent sur le dessus du crâne une calotte en tissu noir. Il a souvent vu dans ce quartier des gens vêtus comme eux, en chemise blanche, pantalon et veste de laine noire malgré la chaleur, avec des franges qui dépassent de leur ceinture et de drôles de boucles sur le côté de la tête. Il n'a jamais eu à se plaindre d'eux jusqu'à présent, ils sont plutôt discrets, pas de larcins, pas de tapage, pas de conduite inappropriée. Le voisinage s'est habitué à leur étrange mélopée le soir lorsqu'ils prient, mais elle n'est pas si différente de celle des bonzes. Une fois cependant, un de ses collègues a dû gérer le désordre créé par deux hommes qui avaient égorgé une chèvre dans une cour. Du sang ruisselait partout, ce qui avait effrayé des locaux. Mais, à part supprimer les longs couteaux, l'histoire en était restée là. Il a lu dans le journal qu'une exposition intitulée *Le Juif errant*, montée par un groupe de photographes amateurs, s'était tenue pas loin, à Osaka. Les membres du Tanpei Club avaient immortalisé ces exilés à leur arrivée et dans leur quotidien. Le journaliste y commentait le chagrin et la misère sur leurs visages, mais aussi la ténacité d'un peuple éparpillé de par le monde. Sur ceux des hommes assis en face de lui, il ne lit qu'abattement et gêne. Il a hâte d'en savoir plus.

Le problème, c'est qu'il ne parle pas un mot d'anglais et eux pas plus de japonais. Pourvu que leur représentant ne tarde pas. Il boirait bien une grande tasse de thé glacé, parce que la veste de son uniforme lui colle au dos, mais il ne peut pas envisager de la déboutonner maintenant, il doit rester digne et autoritaire.

Qu'est-ce que ces deux drôles pouvaient bien faire ce matin sur le toit d'un grand magasin au vu et au su de tout le monde ? Pas très discret pour de l'espionnage, mais bon, au milieu des gamins qui glissaient sur le toboggan et braillaient à jouer au chat, c'était peut-être une nouvelle stratégie pour se noyer dans la masse, pense-t-il. En tout cas, la fille de l'ascenseur avait eu l'œil. Une patriote, c'est sûr.

Il tripote les lanières de cuir en se disant qu'elles dissimulent sans doute des antennes, jette un regard au planton qui ne bronche pas, s'évente un peu avec une chemise en carton, quand enfin la porte s'ouvre sur l'envoyé du Jewcom Michael Ionis, essoufflé. Un autre homme qu'il n'a jamais vu le suit. Il doit baisser la tête pour passer la porte tellement il est grand. Tous les deux se découvrent et s'inclinent poliment devant l'officier. Ionis a déjà eu affaire au policier pour l'informer de l'arrivée de nouveaux réfugiés, et une fois pour une querelle avec des Allemands aux sympathies nazies un peu trop agressives. Depuis toutes ces années dans ce pays qu'il aime, Ionis tente encore d'en comprendre les multiples facettes et il a fini par accepter qu'il n'en arrivera jamais au bout, qu'il aura bien d'autres surprises, comme celle que lui réserve la présente situation.

– Ah, Kawaguchi san, j'ai fait aussi vite que possible. Je vous présente Leib Rothman, il est docteur. Que se passe-t-il donc ? Votre homme m'a parlé d'une arrestation, de quoi s'agit-il ?

Il se tourne un bref instant vers les deux jeunes Juifs dont il reconnaît les visages mais peine à se rappeler les noms. Ils semblent très effrayés et inquiets mais ne portent aucune trace de coups ou de brutalité. Il a eu peur de cette éventualité, c'est la raison pour laquelle il a demandé au médecin de l'accompagner toutes affaires cessantes.

– Vos compatriotes ont été surpris ce matin sur la terrasse du grand magasin Daimaru en train de photographier la ville et les installations portuaires avec ces boîtes sur le front et des sangles autour des bras. Je les soupçonne d'espionnage au profit de nos ennemis.

– C'est en effet une accusation très grave et vous m'en voyez très surpris. Vous permettez que je les interroge ?

– Faites, faites.

L'émissaire, qui s'était adressé au policier en japonais, leur dit en yiddish :

– Vous allez rester très calmes et me raconter exactement ce qui s'est passé. Tout d'abord, comment vous appelez-vous ?

– Mon ami, Léon Berstein, et moi, Levin Weiss, dit le plus âgé, qui ne doit pas avoir plus de vingt-cinq ans.

Berstein, dont la barbe encore clairsemée révèle la jeunesse, roule des yeux terrorisés et transpire abondamment.

– L'officier Kawaguchi vous accuse d'espionnage. C'est très sérieux. Chut, ne trahissez aucune émotion, s'il vous plaît. N'oubliez pas que nous sommes les hôtes des Japonais. Je ne vous cache pas que nos relations avec les autorités, qui jusqu'à présent étaient très cordiales, se sont tendues depuis l'invasion allemande de l'URSS. Que faisiez-vous sur la terrasse du grand magasin ce matin de bonne heure ? Pourquoi a-t-il vos tefillin en sa possession ?

– Mais on ne faisait rien de mal !

– Parlez doucement, ça l'inquiète, et ça l'énerve de ne pas comprendre ce qu'on dit, interrompt le Russe.

– On priait, c'est tout ! reprend Levin presque en chuchotant. On était à côté du parapet à contempler la ville quand trois policiers nous sont tombés dessus et nous ont emmenés. Vérifiez, on a juste notre sac et un filet à provisions.

En effet, il n'y avait rien de compromettant à côté du livre de prières et de quelques pommes et nashis.

– Regardez, ils prenaient des photos avec ça, dit Kawaguchi, en désignant les phylactères. Et ça, c'est sans doute un outil de transmission.

Ionis fait un effort suprême pour ne pas exploser de rire, ce qui ferait perdre la face au Japonais et compromettrait toute chance de sauver les deux hommes d'une machine administrative sévère. Il se garde de traduire ces mots, de peur qu'ils ne s'écrient ou s'offusquent à leur tour.

– Vos soupçons sont tout à fait justifiés, répond-il, obséquieux, car ces objets peuvent en effet paraître étranges à toute personne qui ne connaît pas nos pratiques. Ces jeunes gens sont des étudiants d'une école religieuse, très connue et vénérable. Ils disent qu'ils sont montés sur le toit pour dire leurs prières du matin.

– Depuis quand fait-on ses prières sur la terrasse d'un grand magasin ? Ça n'a rien d'un lieu sacré !

– Dans notre religion, voyez-vous, nous ne sommes pas obligés de prier dans une synagogue.

Lui vient soudain une inspiration :

– C'était pour être plus près de Dieu. Un peu comme vos sanctuaires sur les montagnes, loin de l'impureté de la terre des hommes. Mais regardez vous-même, ce sont des objets de culte, il n'y a aucune caméra ou appareil photo dissimulés, je vous le jure.

L'officier saisit prudemment les boîtes, les tourne en tous sens, les secoue près de son oreille. Quelque chose à l'intérieur fait un bruit discret. Il aboie un ordre au planton, qui revient avec un tournevis plat et un marteau. Au moment où le métal va éventrer les phylactères, Léon et Levin ne peuvent retenir un geste et un cri. Ionis les met en garde :

– Mieux vaut les perdre que risquer une condamnation à mort ou une peine de prison, non ?

Puis il reprend en japonais à l'adresse du policier :

– Veuillez leur pardonner ce mouvement d'humeur. Me permettez-vous de vous montrer comment les ouvrir facilement ?

Il prend en main l'un des tefillin et tire un peu fort pour désolidariser les montants de l'une des boîtes. Ouverte, elle libère un petit rouleau de parchemin.

– Voyez, ce n'est pas de la pellicule. Et ces lanières en cuir s'enroulent autour du bras, ce ne sont en rien des antennes ou des émetteurs.

– Qu'est-ce qui me prouve que ce qui est écrit là n'est pas un message codé ?

– Ce sont des versets en hébreu de la Torah, notre livre saint. Pour garder les commandements divins près de l'esprit et près du cœur. Un peu comme les sutras que vos prêtres psalmodient.

Kawaguchi le regarde, encore un peu sceptique.

– Je suis vraiment désolé de cette confusion, reprend l'émissaire, c'est la faute de notre communauté, nous aurions dû mieux nous présenter et expliquer nos coutumes de façon à écarter toute ambiguïté pour vos compatriotes. Le Japon est le seul pays à nous accueillir de façon aussi bienveillante.

Ionis en rajoute, exalte les vertus nippones, prend toute la faute sur lui, sur eux, pour dédouaner la police, il sait qu'ainsi le Japonais sauve son honneur. Il n'est pas envisageable, dans une situation d'autorité comme la sienne, de lui faire porter la responsabilité d'une erreur. Leurs nations, depuis l'attaque allemande et par le jeu des alliances, sont désormais ennemies. Lui-même, comme citoyen soviétique, pourrait être jeté en prison. Et depuis l'embargo sur le pétrole et l'acier décrété par les États-Unis pour stopper l'expansion japonaise en Asie du Sud-Est, les tensions entre les deux pays sont exacerbées et pourraient bien aboutir à une guerre. Les Allemands encouragent plutôt les Japonais à attaquer les Russes à revers par l'est, ce qui couperait l'Armée rouge en deux sur un nouveau front et affaiblirait sa résistance. Alors, dans tout ce bazar politico-diplomatique, les Polonais alliés des puissances occidentales commencent à être regardés d'un œil moins clément. L'administration, qui renouvelait sans trop rechigner les visas de trois semaines en trois semaines, devient réticente.

Lorsque les Juifs avaient commencé à affluer massivement dans le pays, les services de l'immigration avaient fini par comprendre que Curaçao était une fausse destination finale. Les autorités militaires avaient convoqué les représentants religieux de la communauté des réfugiés, qui s'étaient retrouvés devant une délégation japonaise impressionnante, sabres posés sur la table des négociations, et plusieurs prêtres shintos en robe de cérémonie. L'un des généraux avait demandé brutalement pourquoi les Allemands détestaient tant les Juifs. Ce à quoi le Rabbi avait rétorqué très à propos : « Les Allemands détestent tous ceux qui ne sont pas aryens. Autant dire nous, les Gitans, les Noirs, les Slaves et tous les Asiatiques. Et donc vous, les Japonais. Vous ne correspondez aucunement aux critères de la race pure, des grands blonds aux yeux bleus, qui, selon Hitler, doit dominer le monde. » Cette notion leur parlait puisque les Japonais voulaient eux aussi conquérir l'Asie, assurés de leur supériorité. Les religieux repartirent en ayant la garantie que rien de mal ne leur arriverait sur l'archipel.

Kawaguchi demeure impassible pour masquer sa déception et son indécision. Il se rend bien compte qu'il ne peut pas les accuser à tort, le matériel saisi ne prête pas à confusion. Rien de métallique, aucune image, pas de plan de la ville, même pas un petit carnet griffonné… Il a un court moment de regret pour l'avancement qu'il aurait pu en tirer. Mais leur représentant endosse la responsabilité, il sauve donc la face. Et puis le bruit court que tous ces étrangers devront bientôt partir, bon débarras, ça évitera ce genre de confrontation pénible.

– Nous sommes des patriotes et tout comportement suspect ou contraire à l'intérêt du pays doit être rapporté et réprimé. Je vous libère, mais il vous faudra être plus prudents à l'avenir et garder vos étranges pratiques privées, dit le Japonais avec un rictus qu'il voudrait clément.

Les deux étudiants poussent un soupir de soulagement lorsque Ionis leur traduit la bonne nouvelle. Suivant l'exemple de leur aîné, ils s'inclinent profondément devant l'officier. L'émissaire le remercie de sa clémence en employant la plus haute formule de politesse. S'il a évité la catastrophe de peu, il sait que leur situation est précaire. Et si une guerre avec les États-Unis devait se déclencher, c'est celle de tous les étrangers présents dans le pays qui deviendrait intenable. Pour lui, il faudrait tout recommencer de zéro ailleurs. Tant d'efforts pour rien. Il regarde les trois hommes et pense que peut-être, bientôt, il sera un fugitif, comme eux.

À quelques pas du poste de police, le jeune Léon se tord en spasmes violents au-dessus d'un buisson, vomissant de la bile et toute sa frayeur, tandis que Leib lui tient les épaules.

Soudain, le sol se met à trembler puissamment, le bitume se change en tapis qui tire à hue et à dia leurs pieds en une démarche d'ivrogne. L'un des hommes s'agrippe à un lampadaire, le deuxième à un muret, le cœur emballé comme un cheval fou, pendant que la croûte terrestre se déchire, se boursoufle, fait rouler une pluie de cailloux de la montagne sur la chaussée. Un grondement des profondeurs résonne dans leur cage thoracique et leurs oreilles, mêlé de bruits de métal qui s'entrechoque, plie, grince, de fils électriques qui oscillent en cinglant l'air…

Et puis plus rien. Le silence. Les hommes relâchent leurs mains crispées, se regardent. Ce n'est pas leur première secousse mais ils ne s'habituent pas à cette menace de la terre, à ce danger sournois qui frappe par-dessous sans prévenir et ne laisse aucun abri.

Leib, sur le chemin du retour, ne peut chasser l'idée d'un mauvais présage. Est-ce annonciateur d'un nouvel ébranlement de leur vie ?

Le dernier bateau apportant quelques réfugiés est

arrivé mi-juin. Depuis l'invasion allemande de la Russie, plus personne ne passe. Ceux qui n'ont pas quitté la Lituanie à temps sont désormais enfermés par les nazis dans des ghettos, à Vilna, à Kovno.

Au début du mois, les réfugiés de Kobe se sont réjouis parce que plus de deux cents jeunes sont partis en fanfare pour la Palestine grâce au dévouement sans relâche de l'avocat Warhaftig. Mais les espoirs de rejoindre le Canada s'amenuisent et les liens sont désormais coupés avec l'Australie et la Nouvelle-Zélande. Quant à la route vers les États-Unis, elle est définitivement fermée, les autorités ne délivrant plus de visas à tous ceux qui ont de la famille en Europe. Les espoirs de Leib partent en lambeaux, jamais il n'ira enseigner dans une université où se concentrent le savoir et le meilleur de la recherche.

Lorsqu'ils arrivent devant le Jewcom, c'est à peine si l'on s'intéresse à eux. Un attroupement inhabituel s'est formé. Les mines sombres n'augurent rien de bon et Leib ne peut s'empêcher de repenser à cette fugace impression de présage qui l'a traversé.

Sur une affiche en yiddish placardée sur le panneau des annonces, est écrit que désormais tous les réfugiés devront quitter le pays à destination de Shanghai. Voilà, ce qu'ils redoutaient est arrivé. L'expulsion. Ou plutôt la relocalisation, car la ville chinoise est sous contrôle japonais depuis l'invasion de l'ouest du pays par l'armée nippone en 1937. Il y a déjà une liste pour les prochains départs. Tous les membres de la yeshiva de Mir devront embarquer le 20 août. En s'approchant pour détailler les noms, Leib voit le sien et son cœur manque un battement. La trêve est donc déjà terminée, les promesses de paix s'éloignent, et l'espoir d'un avenir meilleur est anéanti. Il cherche les noms de ses amis. Les Krawitz y figurent, malgré tous les efforts de Jankiel. Mais pas les Kahan, et pas Ewa. Ce qui le console un peu est que Yosl Mann est inscrit lui aussi. Il pense à la jeune femme qui s'éloigne de lui. Ils s'étaient donc rapprochés seulement par la force des événements. Ces écrivains brillants et cultivés sont bien plus séduisants et font sans doute oublier à Ewa le poids de son chagrin, tandis que lui y est irrémédiablement lié. Dans sa bouche lui revient le goût des herbes amères qu'ils ont mangées pour Pessah. Sans rien avoir jamais promis, elle avait par sa présence et son charme aidé à alléger son deuil. Maintenant il va partir sans elle. Oh, ils se retrouveront forcément à Shanghai mais la parenthèse de douceur se referme où aurait pu s'épanouir leur attachement mutuel.

Il s'éloigne de la foule et ôte sa veste, son chapeau, desserre sa cravate qui l'étouffe et va marcher sans but. Un vent chaud se lève, peut-être annonciateur du premier typhon de la saison. Une autre tempête se prépare, il le sent. Bientôt cette terre va s'embraser et elle sera anéantie dans le grand tourbillon de la folie des hommes. Pourquoi faut-il donc toujours qu'ils choisissent la violence alors qu'ils vivent au milieu de tant de beauté ? Qu'est-ce qui empêcherait les Japonais, une fois les Juifs expédiés loin du territoire national, de les livrer à leurs alliés nazis ?

En montant sur ce bateau dans quelques jours, il partira persuadé d'être livré en pâture, comme une victime expiatoire sur l'autel de la domination idéologique.

19

Kobe, Japon, fin août 1941

À Bialystok, des loups gris armés jusqu'aux dents ont envahi le quartier juif. Ils ont délogé à coups de crosse ceux qui n'avaient pas fui, c'est-à-dire presque tous. Qui voulait mourir sur les routes bombardées par la Luftwaffe derrière l'Armée rouge en déroute ?

Ils les poussent dans la grande synagogue en pierre, les entassent, les enferment. Deux mille hommes, femmes et enfants suffoquent, crient, supplient, pressés contre les grandes menorahs qui ne les éclairent plus. Les portes sont verrouillées de l'extérieur. Devant, derrière. Arrosées d'essence.

Soudain, des vitraux pleuvent des grenades. Le verre précède le feu dans cette pluie de mort. La vie explose, déchiquetée, puis s'enflamme. Deux mille torches brûlent en lente agonie.

La flèche portant l'étoile de David fond, s'affaisse, vaincue. Le dôme de métal s'effondre sur eux pour sceller leur tombeau. La grande synagogue se consume toute la nuit de ses deux mille vies embrasées, élevées en fumée noire vers le ciel qui se lamente.

Le 27 juin, cinq jours après l'attaque surprise sur les Russes, les Allemands sont entrés dans la ville et, pour célébrer leur victoire éclair, ont offert un immense feu de joie aux dieux du Walhalla.

Sa mère, sa tante, ses grands-parents, ses cousins, ses voisins, ses amis, ses professeurs, tous ceux qu'elle a connus, ont péri. Fin abjecte, monstrueuse.

Ewa se tord de désespoir, sur le futon trempé de larmes. Shoshana tente de l'apaiser, murmure à son oreille, pose sur son front moite des compresses fraîches, ses paumes rassurantes. Une lettre gît sur la paille du tatami, de sa seule cousine survivante, qui a vu disparaître son mari et ses deux enfants, et a rejoint la résistance. Ewa aurait préféré être là-bas avec eux pour ne pas avoir à supporter cette misère qui la brûle, la ronge de culpabilité autant que de regrets.

Survivre est finalement l'expiation suprême de la faute d'être au monde quand les autres n'y sont plus.

Elle est désormais seule, elle dérive sur un océan de douleur, frêle esquif malmené par les tempêtes politiques. Elle voudrait la présence rassurante de Leib, mais il est parti vers la Chine. Lui seul connaît la noirceur de son abîme intérieur, il accueillerait ses sanglots pour les faire siens.

Dormir, mourir, peu importe, du moment que cesse la souffrance. Mais jusque dans le sommeil la danse macabre la poursuit.

III

20

Shanghai, Chine, 25 octobre 1941

Les remous de la vague d'étrave ont laissé place au clapot calme contre la coque. Dans le silence du moteur à l'arrêt, le navire doit attendre quelques heures à l'ancre l'inversion de la marée. Un pilote monte à bord par l'échelle de coupée afin de le guider dans l'estuaire du Yangtze. Après deux jours d'océan bleu profond, une ligne mouvante mais nette fait office de frontière. L'eau douce charriée par le fleuve semble ne pas vouloir se mêler à la mer. Les flots virent au brun sale. Est-ce la couleur de leur nouvelle vie ? Ewa et Shoshana, accoudées au bastingage du *Nanosaki Maru*, s'interrogent sur ce pays et cette cité qui approchent. Les lettres reçues avant leur départ les ont préparées au pire. L'air est chaud, d'une moiteur qui colle à la peau, aux vêtements, pénètre la bouche de relents vaseux. Le ciel est couvert d'un étrange voile blanc dans lequel le soleil peine à creuser un halo.

Shoshana devine qu'elle n'aimera pas Shanghai. Ils étaient si bien à Kobe. Jusqu'au bout Lazar et elle ont espéré un visa canadien. Le diagnostic d'une tumeur au foie était tombé en septembre et l'actrice ne s'était pas ménagée pour tenter d'obtenir par l'ambassadeur de Pologne à Tokyo un passage vers un pays où elle pourrait être opérée. L'épouse de celui-ci, admiratrice de l'artiste, avait servi d'intermédiaire, en vain. Depuis des mois et l'afflux massif de réfugiés, le comte Romer n'avait cessé de négocier, marchander, intriguer dans le milieu diplomatique pour arracher à ses collègues quelques centaines de précieux documents, mais les Juifs étaient décidément plus difficiles à recaser que leurs compatriotes chrétiens. Deux semaines plus tôt, à cause de la pression allemande sur les Japonais, il avait été contraint par les autorités à fermer l'ambassade et s'apprêtait lui aussi à embarquer à destination de Shanghai, où il poursuivrait sa mission sans relâche. Mais ça ne consolait guère les Kahan. Journalistes et acteurs yiddishs n'étaient pas indispensables au développement d'un pays qui privilégiait les gens « nécessaires ».

Penchées au-dessus de l'eau boueuse, les deux femmes, songeuses, regardent la côte plate et les bancs de sable qui jalonnent l'estuaire du fleuve, le plus long de Chine, son artère. Elles ont laissé derrière elles les côtes escarpées du Japon, les forêts peuplées de singes, les rizières qui, de miroirs d'eau, se muaient en terrasses dorées dans l'automne naissant. Malgré la saison des pluies et la violence des typhons de septembre, l'angoisse des séismes et des glissements de terrain, l'archipel restera pour elles une terre de douceur et de paix, une parenthèse presque enchantée après les terreurs de leur vieille Europe. Elles vont devoir à nouveau tenter de construire un semblant de vie dans un pays, qu'elles devront sans doute encore quitter dans quelques mois, ou quelques années.

Jusqu'en 1939, l'installation à Shanghai ne requérait aucun visa. Cela la rendait particulièrement attractive pour tous les Juifs allemands et autrichiens fuyant le nouveau régime hitlérien à partir de 1933, puis les persécutions et les camps nazis. La tragédie de la Nuit de cristal en 38 n'avait fait qu'accélérer l'exode inéluctable de ceux qui avaient les ressources financières et mentales pour le faire. Ils sont dix-huit à vingt mille dans l'immense métropole et, depuis leur arrivée, ils ont recréé une communauté plus séculière que religieuse.

Cette ville-monde de quatre millions d'habitants avait pris son essor au lendemain des guerres de l'opium avec l'ouverture commerciale des ports chinois et l'établissement de concessions étrangères, principalement britanniques, américaines et françaises. Les Juifs russes étaient arrivés en nombre à cause des pogroms tsaristes, puis les Russes blancs, farouchement antisémites, les avaient rejoints après la révolution de 1917, composant un groupe d'environ cinq mille personnes. Les Japonais, après de terribles combats, en avaient pris le contrôle en 37, tout en respectant l'autonomie des octrois internationaux.

Les réfugiés passaient donc d'un pays où les étrangers étaient une rareté et une curiosité à une métropole cosmopolite, melting-pot de races, de langues et de religions, où ils se fondaient dans une masse indifférente. C'est ce que leurs amis ont expliqué par courrier à ceux restés en arrière. Ils ont aussi évoqué la chaleur torride et l'humidité poisseuse, la puanteur et la saleté, la misère d'un peuple à peine considéré dans son propre pays. Le groupe des écrivains a surnommé

Shanghai *Shond Khay*, ce qui en yiddish signifie « une honte de vie ».

Après la plaine agricole parsemée de quelques villages, les premiers signes urbains qui apparaissent sont des montagnes de gravats derrière des jetées défoncées. Des réservoirs à carburant, des entrepôts pouilleux et des usines à moitié détruites se succèdent, vestiges des bombardements japonais exsudant un sentiment d'abandon et d'impuissance. Puis le navire s'engage sur le fleuve Huangpo qui borde la cité. À la surface flottent des déchets végétaux, du bois, des cadavres d'animaux. L'odeur de vase se charge de putréfaction. Shoshana pense qu'ils ne pourront pas descendre plus bas dans le sordide. Elle ignore encore qu'elle connaîtra bien pire.

Shang-hai, la cité au bord de la mer, le Paris de l'est, est une ville d'aventuriers où tous les vices sont permis, toutes les fortunes accessibles et toutes les chutes possibles, où les plus riches côtoient sans les voir les plus pauvres, où les pickpockets et les mendiants sont unis en guildes, où la vie humaine a bien peu de valeur. Les réfugiés, maintenant massés sur le pont, contemplent sans le savoir le quartier de Hongkew qui deviendra probablement leur demeure. Il est le plus densément peuplé de la ville, de Chinois, de nombreux Japonais modestes, et de tous les exilés de la guerre qui ne peuvent se permettre d'habiter dans les concessions internationales ou, plus chic encore, dans le quartier français. C'est, autour de ses artères commerciales, un labyrinthe de ruelles sordides, d'impasses et de contre-allées, de maisonnettes serrées les unes contre les autres qui tiennent plutôt du bidonville. À la puanteur se mêlent des parfums d'épices et des odeurs culinaires inconnues.

Au sud de la rivière Soochow commence l'avenue du front de mer, le *Bund*, avec son alignement impressionnant de hauts immeubles en pierre, cossus, imposants, modernes et occidentaux. Pas de toits pointus aux tuiles vernissées, rien de chinois ici. La vieille ville est un peu en retrait, derrière sa citadelle en partie détruite.

À mesure que s'approche le quai, Ewa se sent envahie par la panique. L'inverse de l'arrivée à Tsuruga, refuge de douceur. Ici, la ville est surdimensionnée, les bâtiments si grands, si intimidants. Et ce bruit qui semble émaner de tant d'êtres humains pressés en grappe partout où elle porte le regard. Tous les sens sont agressés. Surtout, elle craint qu'il ne soit pas là, qu'elle soit seule, perdue. Les larmes, qu'elle retient à grand-peine, inondent ses paupières, elle agrippe le bras de Shoshana. Son amie lui tapote la main en lui murmurant des paroles réconfortantes :

– N'aie pas peur, ils seront tous là.

Shoshana se rassure elle-même en disant cela. Elle est la plus âgée, c'est à elle de protéger la jeune femme. Elle puise sa force en Lazar, son roc, son pilier, son mari aimant toujours si constant et qui ne montre rien pour ne pas accroître sa peur.

– Tu crois vraiment ?

– Ils nous l'ont promis par courrier, ils ont notre date d'arrivée.

Ewa doute. Avec les Kahan, elle est parmi les derniers à arriver du Japon. Peut-être que pendant ces deux mois de séparation, certains de leurs amis ont obtenu des visas et embarqué vers une nouvelle vie.

Ou bien ils ont trouvé du travail et ne peuvent pas venir les accueillir. Ou encore ils sont trop préoccupés par leur propre sort pour perdre du temps avec ceux qui ont pu s'offrir un long répit au Japon.

Tandis que la chaloupe accoste, elle distingue sur le quai plusieurs visages connus. Malka, campée sur ses jambes, comme ancrées dans le bois de la jetée pour ne pas se laisser dérober la première place, leur fait des signes de la main. Il y a quelques membres du groupe des écrivains yiddishs. Yosl Mann se faufile près de Malka et cherche du regard ses anciens compagnons de Kobe. Ewa baisse les yeux, ce ne sont pas ceux du jeune homme qu'elle souhaite croiser. Elle se sent gênée, presque coupable de lui avoir laissé, par quelques non-dits, de faux espoirs. Enfin, elle ignorait elle-même qu'ils étaient faux, ne sachant pas alors ce qu'elle attendait, ou ce qu'elle espérait, en dehors du réconfort immédiat émanant d'un échange intellectuel auquel s'était mêlée une séduction inattendue. Quand il était parti vers Shanghai, étrangement, il ne lui avait pas manqué. Malgré tout son charme et sa culture, il émanait de lui une innocence qui n'était pas passée au fer rouge de la souffrance. La lettre arrivée de Pologne a fait éclater toutes les bulles de légèreté qu'il avait pu créer en elle. Ewa traîne désormais son cœur à vif. Jamais l'existence ne pourra lui offrir de quoi panser ses plaies, ni assez de bonheur pour atténuer la douleur du passé.

Elle cherche dans la petite foule qui se bouscule le seul visage qu'elle désire voir, la flamme dansante de sa crinière, le regard si chaleureux qu'il sait poser sur elle. Il devrait dominer toutes ces têtes. Ewa voudrait sentir ses bras entourer ses épaules pour ne pas vaciller sur cette nouvelle terre étrangère et hostile.

– Je te l'avais dit, il n'est pas là, murmure Ewa à Shoshana. Il m'en veut, n'est-ce pas ?

Sa gorge se serre. Bientôt, elle ne pourra plus articuler un mot.

– Il y a beaucoup de monde, on ne peut sans doute pas l'apercevoir, tente Shoshana. Peut-être a-t-il été retardé par une consultation, il nous retrouvera plus tard.

La passerelle est tirée à quai. En file indienne, les passagers débarquent, gardant dans leur démarche un peu du tangage de ces jours de mer. Les formalités douanières se déroulent rapidement et sans encombre. Certains sont rejoints par des êtres chers, d'autres par les membres du Eastjewcom ou du comité Speelman, les organisations qui les prendront en charge et les accompagneront vers les différents *Heime*.

Les Kahan sont vite entourés par le cercle des écrivains. Ewa reste en périphérie, les yeux brillants à cause de l'émotion des retrouvailles, pensent ses amis. Chana l'embrasse, Malka la serre sur sa poitrine un peu brusquement, émue elle aussi, essuie de ses paumes ses joues mouillées, l'enveloppe de son parfum de Cologne si rassurant.

– Vous êtes enfin là ! Quelle joie de te revoir ! Jankiel te salue bien, on le retrouvera plus tard. Il travaille.

Ewa continue de parcourir des yeux la foule, les nombreux coolies qui tentent de saisir des bagages à porter contre quelques menues pièces de cuivre. Malka sait bien qui elle attend, elle-même est surprise de l'absence du médecin. Le groupe se dirige vers les rangées de véhicules qui les achemineront vers leurs hébergements. Des rickshaws, des camions à plateforme, un vieux bus. Les automobiles ne sont pas pour eux. Elles sont réservées à ceux qui vivent ou sont employés dans les beaux immeubles de l'élégant front de mer.

Soudain Ewa entend son prénom, quelqu'un crie de loin, derrière eux. Elle l'aperçoit qui court de l'autre côté de la vaste avenue, à bout de souffle. Il zigzague entre les voitures, manque se faire percuter par un pousse-pousse et perd l'équilibre, se rétablit sur un autre. Alors elle lâche ses valises et se met à courir vers lui. Elle perd son chapeau mais ne se retourne pas pour le rattraper. Leib croit qu'elle va s'arrêter dans son élan pour le saluer mais non, elle se jette contre lui et l'enlace, le serre si fort, le visage sur sa poitrine, le nez dans sa cravate, et lui, surpris, ne sait plus quoi faire, il ne s'attendait tellement pas à cela, elle doit entendre son cœur qui s'emballe et sentir les grandes mains hésitantes sur ses épaules, puis sa joue sur ses cheveux et enfin les longs bras qui l'enveloppent, et l'étreignent enfin. Ils restent longtemps immobiles, insensibles au vacarme et aux mouvements incessants autour d'eux. Ils n'ont pas de mots. Tout est révélé par cet élan. Ils se sourient comme jamais auparavant.

À son tour, Leib salue les Kahan et tous ceux qu'il reconnaît. Ils auraient préféré être éparpillés sur la planète dans des pays accueillants plutôt qu'échoués ici à huit mille kilomètres de leur patrie, mais au moins ils sont quelques-uns à parler la même langue, à avoir fréquenté les mêmes endroits. Si leur petite communauté se sentait forte sur les routes de Sibérie ou au

Japon, ici elle est diluée dans la masse. Il faudra se serrer les coudes et compter les uns sur les autres.

Leib saisit les valises d'Ewa en disant :

– Je suis désolé pour mon retard, un patient mal en point est arrivé à la dernière minute.

– Vous êtes tout excusé. Vous avez pu arriver, c'est l'essentiel.

– Je vous ai trouvé une chambre pour quelques nuits sur la rue centrale de Hongkew. Je ne serai pas loin, je suis au *Heim* pour les hommes célibataires, où habitent une majorité de réfugiés allemands.

– Vous n'étiez pas trop perdu alors.

– Non, mais je peux vous dire que j'ai drôlement hâte d'en partir, c'est tellement sordide et surpeuplé ! On est les uns sur les autres. La promiscuité est insupportable et on passe des heures à faire la queue pour tout.

– Dans les courriers que nous avons reçus, c'est ce que tous laissaient entendre. Ça n'était pas très encourageant.

– Certes on est nourris mais ce sont des conditions indignes que la plupart des Polonais refusent. Depuis notre arrivée, on tente de se débrouiller autrement, ce qui crée des jalousies chez les réfugiés plus anciens. Pardon, je vous embête avec ça alors que vous venez à peine d'arriver !

– Non, pas du tout. Je suis contente d'apprendre que vous vous en sortez.

– Vous allez vous poser et après je vous accompagnerai au bureau du East Jewcom pour obtenir une allocation et pouvoir payer un logement plus décent. Mais il ne faut pas se faire trop d'illusions. Si la nourriture est encore abordable pour peu qu'on veuille bien manger local, les loyers sont exorbitants, seul le quartier de Hongkew est envisageable. Quant à moi, je dois en plus payer le loyer de ma « tranche » horaire de cabinet médical et la clientèle est encore peu nombreuse et surtout très désargentée.

– Vous avez réussi à vous installer ? Si vite ? C'est formidable, l'interrompt Ewa, admirative.

– J'ai eu de la chance car vous ne pouvez pas imaginer le nombre de médecins juifs que compte cette ville. On doit être au moins deux cents ! Un Autrichien a obtenu un visa et m'a cédé, non pas sa clientèle, mais le partage d'un local avec un généraliste, un dermatologue et un ophtalmologiste. On était plusieurs sur les rangs mais j'ai eu l'information un peu avant les autres par un de ses patients qui se trouve être mon voisin de lit. J'ai le créneau dix heures à midi. C'est peu, mais c'est mieux que rien.

– Vous faites de la médecine générale ?

– Oui, mais ici les pathologies sont très souvent des maladies infectieuses, dysenterie, typhus, béribéri, choléra, parasitoses en tous genres. Je redirige souvent des patients vers l'hôpital pour réfugiés de Ward Road, où j'ai obtenu d'exercer une après-midi par semaine, le mardi. Ce sont des maladies peu connues des praticiens européens, c'est un peu ma chance. Et puis mon allemand courant m'a beaucoup aidé à décrocher ce poste.

– Vous arrivez à avoir des médicaments ?

– Un peu d'Allemagne, étrangement, des États-Unis aussi, mais pour combien de temps ? J'essaie de trouver des praticiens locaux qui acceptent d'enseigner un peu de leur savoir sur les plantes, mais ils gardent jalousement leurs secrets de peur qu'on les concurrence. C'est de bonne guerre, alors je tâtonne, j'explore les pharmacies chinoises, mais la barrière de la langue et de l'écriture ne facilite pas la tâche.

– N'empêche que vous avez fait beaucoup de chemin en seulement deux mois. Bravo !

– Merci. Il est vrai que je ne me suis pas ménagé, parce que je crois qu'on va être coincés ici un bon moment. Ça ne s'arrange pas du tout en Europe et ça empire côté Pacifique, alors autant se faire une place ici. Justement, j'ai peut-être aussi une piste pour vous.

– Un travail ?

– Possible. Il faudrait que vous rencontriez au plus vite une dame dont on m'a parlé, une Russe qui tient un commerce prospère dans la concession française et qui cherche une employée pour vendre des jouets en bois dans une nouvelle boutique, à deux blocs d'ici.

– Vendre des jouets ? Mais je n'ai jamais fait ça !

– Vous parlez russe, vous comprenez un peu de français, vous présentez bien, je suis certain que vous saurez lui inspirer confiance.

– Je l'espère. Merci pour tout ce que vous faites pour moi.

Leib pose les valises et soulève la jeune femme par la taille pour l'installer sur la banquette étroite d'un rickshaw. Il donne quelques instructions en anglais pidgin, paie d'avance et monte à son tour dans le véhicule à l'avant. Les conducteurs de ces engins à bras sont d'une maigreur effrayante et l'on se demande comment ils trouvent la force de soulever les longs manches de bois, puis de les tirer, pieds nus ou dans de mauvaises sandales, sur des kilomètres. Juste vêtus d'un pagne ou d'un pantalon et d'un chapeau de paille, leurs muscles sinueux et saillants sous leur peau sale, ils ahanent en courant, s'encouragent parfois de cris, invectivent les autres chauffeurs. Au plus bas de l'échelle sociale, pauvres entre les pauvres, ils dorment dans leur pousse-pousse, qui ne leur appartient même pas.

Ewa, cramponnée à ses valises, terrorisée par la foule et le bruit, regarde son véhicule se faufiler entre les camions, les bus, les charrettes tirées par des buffles indolents, frôlés par des tractions avant noires rutilantes. De grandes enseignes en anglais jouxtent des caractères chinois lumineux et clinquants. Elle voit défiler l'immense cité, les avenues bourgeoises, les immeubles Art déco, les restaurants chics. La guerre, ici, n'est pas visible. Elle est tapie dans l'ombre, en embuscade. L'opulence la recouvre. La cité ne dort jamais, le commerce est la raison de vivre des Chinois. Puis au fur et à mesure qu'ils montent vers le nord, qu'ils franchissent le Garden Bridge sur la rivière et obliquent vers l'est, c'est une autre histoire que racontent les devantures et les vitrines, les façades et les gens. Tout devient plus étriqué, terne, moins ornementé. Les vêtements, râpés, sont mal adaptés à la saison sur les dos voûtés de ceux que la vie oppresse.

Sur Kungping Road se tient une sorte de marché aux puces, mais ce sont des exilés désargentés qui vendent les biens qui leur restent. Des Chinois palpent les étoffes fines et les dentelles de ce qui a été des nappes de mariage ou de bar-mitzvah, là-bas, loin, dans un temps révolu.

La rue suivante, Chusan Road, est une ancienne rue bombardée entièrement reconstruite par les réfugiés, qu'ils ont rebaptisée *La petite Vienne*, à cause des cafés, des boulangeries et delicatessen, des nightclubs et boutiques, dont la plupart ont des noms allemands. C'est un peu le cœur battant de Hongkew. La foule est dense même sur la chaussée. Ewa aperçoit des policiers chinois, et des militaires japonais qui ont ici autorité. Les maisons sur rue sont de style occidental, tandis qu'à l'arrière, dans les contre-allées, se serrent des huttes construites à la va-vite, en bambou et pisé, qui seront emportées par les pluies torrentielles au prochain typhon. Il y a parfois des corps à même le sol, à se demander s'ils dorment, ou cuvent, ou meurent dans l'indifférence générale.

La jeune femme ne sait que penser de ce premier contact avec son nouveau pays d'accueil. Si Shoshana a d'emblée détesté la ville et sa crasse, son humidité et son désordre, Ewa laisse sa curiosité la surprendre. Bien sûr elle regrette le calme, la rigueur et la propreté des Japonais, leur sens de l'hospitalité et leur courtoisie, mais peut-être ici fera-t-elle d'autres découvertes. Et puis Leib la guidera. Il ne l'a pas oubliée, ni rejetée. Parce qu'il est noble de cœur et généreux. C'est cette joie soudaine, la première depuis longtemps, qui irradie en elle et lui fait voir la ville sous un jour meilleur.

Engranger de menus bonheurs pour parer à l'orage qui se prépare.

21

Shanghai, Chine, 14 novembre 1941

– Ewa, il y a quelqu'un pour vous ! crie en anglais M. Liu.

La jeune femme pose ses baguettes sur le bord de son bol. Dommage, le porc à l'aigre-douce et les nouilles sautées vont refroidir. Le patron M. Shin et les employés de la librairie déjeunent tous ensemble dans la réserve, mais la porte reste ouverte aux clients potentiels. Elle s'excuse et se dirige vers l'entrée où elle aperçoit des silhouettes familières qu'elle avait peu croisées pendant ces dernières semaines. Deux hommes portant des chapeaux à large bord et vestes noires desquelles dépassent des franges blanches, qu'elle a déjà vus à Kobe.

Eux hésitent, ce serait tellement improbable de croiser dans la métropole un visage connu. De plus ils sont toujours embarrassés de devoir parler à une femme, alors elle leur facilite la tâche en s'adressant à eux en yiddish, se doutant qu'ils ne sont pas là pour acheter des jouets en bois.

– Bonjour messieurs, que puis-je faire pour vous ? Vous recherchez un livre en particulier ? Nous avons principalement des ouvrages en anglais, mais aussi en russe, en allemand et même quelques-uns en hébreu.

– En fait, nous souhaiterions savoir si vous faites de la reprographie, répondent-ils, heureux de pouvoir s'exprimer dans leur langue. Nous avons entendu dire qu'il existe ici des imprimeurs qui peuvent reproduire n'importe quel livre. Est-ce le cas ?

– En effet, c'est possible, grâce à un procédé de lithographie. Quel livre voulez-vous dupliquer ?

– Quel livre ? Mais le Talmud, bien sûr !

Évidemment, qu'est-ce que cela pouvait être d'autre ! Ewa leur offre un large sourire car elle vient de réaliser l'ampleur de la commande qu'elle va passer. Ils sont plus de trois cents étudiants et rabbins penchés à longueur de journée sur les textes sacrés, il leur faudra sans doute plusieurs dizaines d'exemplaires. Et si la qualité leur convient, suivront peut-être des livres de prière et des écrits rabbiniques. Elle jubile. Les étudiants des yeshivas, sitôt installés dans la ville chinoise, avaient repris leur tâche. À leur arrivée, ils avaient catégoriquement refusé de loger dans les *Heime* insalubres peuplés d'Allemands et d'Autrichiens fort peu pratiquants. Ils avaient bénéficié du formidable soutien des Juifs russes qui reconnaissaient en ces Ashkénazes d'Europe centrale des frères d'âme et de religion. L'imposante synagogue Beth Aaron, construite par le richissime Silas Hardoon, avait été mise à leur disposition pour qu'ils y étudient, prient et résident. Contrairement à Kobe où les Sépharades se sont peu impliqués dans le soutien aux réfugiés, ici des familles d'origine iraquienne, à l'instar des Sassoon, des Hayim ou des Kadoorie, dominent le commerce international, la banque et l'hôtellerie, et disposent de fortunes immenses dont ils font profiter les exilés sous forme d'écoles gratuites ou de groupes d'activités pour la jeunesse.

Après avoir signé un bon de commande et encaissé un acompte, Ewa retourne finir son déjeuner en tentant de raconter dans son anglais encore tâtonnant la bonne nouvelle du jour. Elle est félicitée et la fin du repas prend une tournure festive, détendue. Douée pour les langues, elle a fait en à peine deux semaines des progrès considérables, engrangeant chaque jour dans l'arrière-boutique des termes anglais et chinois shanghaien qu'elle consigne dans un petit carnet.

À peine ses valises ouvertes, elle s'était présentée à Mme Rabinovitch, une commerçante avisée, dynamique et énergique, propriétaire du Peter Pan, une boutique de jouets très courue sur l'avenue Joffre. Les deux femmes avaient conversé, fait le tour des modèles importés du Japon ou fabriqués sur place, puis Ewa avait été invitée à partager le *tiffin* familial dans l'appartement au-dessus du magasin, un déjeuner chaud pendant lequel elle avait senti remonter, mêlées au fumet du bortsch, des réminiscences de repas chez ses grands-parents. La Russe avait ensuite emmené Ewa à la boutique de Nankin Road pour la présenter au patron des lieux, M. Shin. Celui-ci était l'un des propriétaires de *Home of books*. Ayant étudié aux États-Unis, il s'était associé avec des partenaires pour monter la première librairie chinoise de style occidental. Mais le magasin étant un peu grand pour le stock présenté, il sous-louait à Mme Rabinovitch un espace vitrine de trois mètres de long. Ewa avait été extatique en découvrant son lieu de travail.

La clientèle ne se précipite pas, dans ce quartier

d'affaires, pour acheter des jouets, elle disposait donc d'énormément de temps pour lire et améliorer ainsi son vocabulaire. Elle aime traîner dans les rayons, les doigts caressant la tranche des ouvrages, à l'affût du titre qui va l'interpeller.

Ce qui fait la particularité de la librairie et son succès, c'est qu'on y trouve à bas prix des livres « piratés ». Très peu de Chinois peuvent s'offrir des ouvrages importés, alors, comme la Chine ne reconnaît pas les patentes et droits d'auteurs étrangers, on peut copier et reproduire tout ce que l'on veut sans enfreindre de loi. À la librairie américaine Kelly & Walsh qui se trouve un bloc plus loin, M. Shin a un informateur qui le tient au courant de la sortie des best-sellers. Un exemplaire est acheté puis les représentants des librairies chinoises décident à combien d'exemplaires le livre sera « tiré ». Ces copies sont faites sur du papier de qualité correcte, illustrations comprises, avec une couverture rigide de bonne facture. Il n'y manque que la page des copyrights pour distinguer l'original du faux. Fiction et non-fiction, manuels universitaires, tout se duplique. Les Marines américains comptent parmi les très bons clients de passage de la librairie et ils ne sont pas insensibles au charme de la jeune femme et elle s'était retrouvée à vendre beaucoup plus de livres que de jouets, obtenant finalement d'être employée par la librairie.

Après le déjeuner, pendant l'heure tranquille, Ewa reprend son livre du moment, *Shanghai, City for Sale*, d'Ernest Hauser. Elle peine à comprendre, déchiffre à l'aide d'un dictionnaire et demande à son patron de lui traduire des tournures obscures. M. Shin prend plaisir à sa compagnie. Il apprécie sa vivacité d'esprit en plus de sa beauté, qu'il regarde plutôt comme un ornement, car il préfère le charme de ceux de son propre sexe. Tandis qu'il tente de lui raconter avec ses mots l'histoire de la ville, un bruit saccadé provenant de la rue se rapproche. Intrigués, tous deux finissent par sortir et rejoindre sur le trottoir la foule qui s'est amassée pour regarder défiler les militaires américains quittant la ville. Le 4e régiment de l'US Marine s'apprête à embarquer pour Manille. Leurs familles plient bagage aussi. Les étrangers comme les Chinois y lisent un mauvais signe, car ils maintenaient un équilibre fragile face à la présence japonaise, qui risque de se rompre très prochainement.

Qui déclenchera les hostilités ? Quelles seraient les conséquences d'une guerre entre les deux pays ? Si le Pacifique s'embrasait, il ne resterait aucun endroit épargné sur la planète, aucun refuge de paix. Le monde est fou, il flambe sans considération pour ceux qui l'habitent, tout cela parce que quelques déments furieux ont décidé que leur race ou leur idéologie est supérieure à toute autre et que l'individu compte moins qu'elle.

Tant de drames à venir, de braises à éteindre, de tombes à creuser, de cendres à répandre. Ewa oscille entre espoir et désespoir, selon que ses morts ont visité ses nuits. Chaque jour est à conquérir, chaque soir une petite victoire. Alors elle s'octroie de petits plaisirs pour repousser les assauts de mélancolie : les répétitions qui viennent de commencer avec la nouvelle troupe de théâtre yiddish montée par Shoshana, la quête de bouts de tissu et d'accessoires pour les costumes et les décors, une pâtisserie au Café Ostro en écoutant la radio, et surtout, surtout les baisers de

Leib. Le compte à rebours de l'étreinte du soir, encore chaste mais si riche de promesses. Ils ont enfin cessé de tourner autour de la bienséance, alors ils oublient dans les bras l'un de l'autre les lieux sordides où ils vivent, les énormes blattes qui courent le long des canalisations, le seau des latrines qu'il faut vider le matin dans le camion du collecteur chinois, les voisins que l'on entend se disputer de l'autre côté de la cloison de papier, le bruit des tuiles de mah-jong qu'ils mélangent et qu'ils claquent jusqu'au bout de la nuit, le dortoir de Leib rempli d'hommes ronflants et grincheux, où les valises servent de table, la promiscuité usante, la queue pour la douche, pour les toilettes, la queue pour manger, l'argent qui s'enfuit plus vite qu'il n'entre, la peur d'avoir faim, d'avoir froid, d'être malade. De voler du bonheur quand les doigts d'Ewa se nouent à ceux de Leib, lorsqu'il caresse les contours de sa silhouette menue, effleure ses lèvres de ses pouces, de sa langue. Il repousse les images d'Irena quand il embrasse les pommettes hautes et les yeux en amande, quand elle prend sa bouche à l'étouffer pour conjurer leur sort, sceller cet amour qui enfle et les habite. Tant pis, les morts sont morts et eux sont vivants, et veulent le rester, il faut se battre pour que l'ombre recule, leurs ombres. Contre celles du monde, ils ne peuvent plus rien.

22

Mémorial de Tannenberg, Prusse-Orientale, fin novembre 1941

Le gigantesque édifice de pierres rouges dominait un tertre artificiel, nu de toute végétation, le rendant plus imposant encore dans la plaine enneigée déserte. La forteresse octogonale dressait ses huit hautes tours carrées dans le ciel gris d'un hiver qui s'annonçait très rigoureux. Son architecture massive, austère, rappelait celle des châteaux fondés par les chevaliers Teutoniques, des siècles auparavant.

La lumière pâle atténuait les ombres, rendant plus écrasante encore cette citadelle de la mémoire aux hommes massés devant son entrée. Si quelques rares diplomates se trouvaient dans le cortège, celui-ci rassemblait une foule d'uniformes impeccables, où les décorations et les insignes éclatants s'alignaient sur les poitrines et les épaulettes. Ils avaient marché en cohorte sur l'allée rectiligne qui renforçait l'impression de sévérité, dans le vent humide soufflant de la Baltique. Sugihara se trouvait vers la fin de la file, encadré par les officiers moins gradés avec qui il discutait de tout sauf de la guerre. Ils étaient curieux de son pays, et leurs nombreuses questions, parfois leurs exclamations complaisantes, donnaient à l'ambiance un côté bon enfant. Le consul faisait la conversation, évitant habilement les sujets sensibles, à l'aise dans son rôle de diplomate d'une nation alliée, mais toujours sur ses gardes, n'oubliant pas qu'il observait autant qu'il était observé et que n'importe qui pouvait rapporter ses propos au Gauleiter Koch. Celui-ci était absent, ce qui rendait l'atmosphère moins pesante. Nommé commissaire du Reich en Ukraine l'été précédent, il y appliquait avec zèle les préconisations de nettoyage ethnique et de germanisation des territoires occupés. Il avait fini par obtenir l'éviction du consul japonais qui vivait ses dernières semaines en Prusse-Orientale. Celui-ci devait prendre son nouveau poste de chargé d'affaires avant la fin de l'année à Bucarest, en Roumanie, pays tout à la fois allié et occupé.

C'était pour Sugihara la dernière occasion d'échanger avec ces hommes haut placés, dont certains vivaient dans l'entourage immédiat du Führer, et de rapporter à sa hiérarchie leurs objectifs et leur état d'esprit. Il regardait ces hommes marchant tête haute, l'attitude confiante, le torse bombé, arrogants. Tous avaient sur les lèvres l'éclat du triomphe à venir. Depuis l'attaque allemande sur l'Union soviétique en juin dernier, les succès militaires se succédaient. L'Armée rouge se délitait sous les assauts de la Wehrmacht.

Pourtant, en dépit de toutes ces conquêtes fulgurantes, Sugihara doutait d'une issue victorieuse au conflit, pensant que les pays de l'Axe finiraient, un jour ou l'autre, par être vaincus. Trop de terres à envahir, de troupes immenses à combattre, de fronts à tenir, de peuples à soumettre, dans un déferlement de violence qui lui répugnait. Le triomphe et la gloire étaient-ils donc tout ce qui leur importait ? Le monde façonné à leur image, la domination d'une seule « race » au prix de l'anéantissement des autres ? Avec son pays qui se préparait à suivre le même chemin, l'amertume lui serrait le cœur lorsqu'il pensait à tous ces jeunes compatriotes que l'on sacrifierait au nom de l'empereur. Il espérait encore se tromper sur une possible entrée en guerre imminente du Japon, mais ses rapports avec les États-Unis se dégradaient sévèrement et son appétit de nouveaux territoires semblait insatiable. Les deux géants américain et soviétique avaient d'immenses ressources humaines, de la chair à canon presque inépuisable, et des capacités d'armement colossales. Le Reich et l'Empire nippon, petits pays, ne pourraient à terme faire face, il en était convaincu. Mais comment était-ce possible qu'il fût le seul à s'en rendre compte, les militaires étaient-ils donc tous si imbus de leur supériorité qu'ils ne pouvaient percevoir la réalité des nombres ? Douter, dans sa culture, était déloyal, il le faisait donc en silence, gardant cachés sa tristesse et son dépit.

Il ignorait encore qu'à l'est, des divisions russes acharnées s'employaient à lui donner raison, résistant farouchement devant Moscou. Que les femmes armées de simples pelles y creusaient des défenses antichars. Qu'après la boue qui enlisait les blindés allemands, le gel bloquait la graisse des culasses, et que les soldats de la Wehrmacht combattaient en uniforme d'été par des températures de moins 30 degrés. S'ils ne laissaient rien paraître, le doute s'était immiscé aussi dans l'esprit des moins fanatiques parmi les officiers présents.

Tous ces hommes fiers étaient aujourd'hui réunis à l'invitation du petit-fils du maréchal von Hindenburg, figure tutélaire de la nation, chef d'état-major des armées, puis Président avant qu'Hitler ne s'arroge le titre suprême de Reichsführer. Le vieux soldat, qui avait inauguré le monument en 1927, y avait été enterré en très grande pompe sept ans plus tard. Le mausolée érigé en l'honneur de la victoire de Tannenberg sur l'armée du tsar en 1914 était devenu sur ordre du dictateur le monument aux morts du Reich. Vingt soldats inconnus y étaient enterrés. Hindenburg, qui avait d'abord moqué le « caporal bohémien », avait fini par le nommer chancelier. Ce jour-là, l'élite des armées se rendait sur sa tombe afin de prier pour la victoire.

Une fois passé sous la tour d'entrée, le groupe composé pourtant de plusieurs dizaines de personnes, peut-être soixante ou soixante-dix, parut minuscule au milieu de l'immense cour d'une centaine de mètres de large. Deux statues de soldats de plus de quatre mètres de hauteur symbolisant la Garde éternelle, taillées dans le granite, veillaient sur la crypte, où se dressait une autre en porphyre à l'effigie du maréchal. Son sarcophage habillé du drapeau à croix gammée se tenait sous la voûte sombre à côté de celui, plus petit, de son épouse. Les officiers, un par un, saluaient d'un « Heil Hitler ! » celui qui aurait préféré savoir son pays dans d'autres mains que celles du dictateur paranoïaque.

Sugihara, à son tour, s'inclina. L'ironie ne lui échappait pas que la victoire célébrée ici était contre les

Russes, et non les Soviétiques qui n'avaient pas encore, à l'époque, renversé leur tsar. Mais c'était bien pour bénéficier d'augures favorables envers des ennemis similaires que les militaires venaient prier dans ce temple païen. Le consul, lui, s'abstint de toute requête au ciel, parce qu'il était athée et que, si les cieux étaient occupés par un dieu dont il ignorait l'existence, il doutait que celui-ci répondît favorablement aux demandes d'anéantissement d'autres humains. Et puis surtout, sa relation avec ce peuple slave était bien trop complexe et affective pour souhaiter une quelconque victoire sur eux. Durant plus d'une décennie il s'était coulé dans leur culture, pratiquant plus leur langue que la sienne. Il avait tellement aimé Claudia. Ils avaient maintenu un lien au-delà du temps et de la distance. Il avait chéri sa personnalité fantasque, curieuse, extravertie, alors que lui était introverti et discret. Peut-être avait-il payé par un avancement plus lent son originalité. Épouser une étrangère dans les cercles diplomatiques et du renseignement n'était pas vu d'un bon œil, surtout lorsqu'il s'agissait de la ressortissante d'une nation ennemie. Mais grâce à elle, celui qu'elle avait affectueusement surnommé Serguei Pavelovitch avait été admis dans la communauté des Russes blancs et avait pénétré l'âme de ce peuple à la démesure de son pays, dont parfois il se sentait plus proche que des Japonais. Il avait avec eux une connexion intime, étrange, qu'il n'expliquait pas. Sa parfaite maîtrise de leur langue avait certes apaisé leur méfiance, mais son intérêt sincère mêlé d'une grande gentillesse avait gagné leur confiance. Et même si les Russes étaient devenus depuis des Soviétiques, il leur gardait une affection particulière. Est-ce que les services de renseignement allemands connaissaient ce pan de son histoire ? Pouvaient-ils mettre en cause sa loyauté ? Entre ses anciennes amours russes, son soutien aux fuyards Juifs et ses collaborateurs polonais, il n'était certes pas le prototype du diplomate japonais exemplaire et n'était guère surpris par l'ostracisation de Koch. Il était cependant en paix avec lui-même, fidèle à son pays, l'honneur intact.

En quittant la pénombre de la crypte, il cligna des yeux, ébloui par la réverbération de la neige. Il contempla les différentes croix qui ornaient les tours, chrétiennes, allemandes, et s'attarda sur les bannières rouges et blanches ornées de svastikas noirs qui claquaient dans le vent glacial. Ce symbole oriental pacifique, que l'on croisait si souvent dans son pays pour indiquer l'emplacement d'un temple bouddhique, était désormais le signe honni d'un règne sanglant. Le Reich n'était pas à une contradiction près.

Le Japonais se demanda si ce nouvel empire serait à l'image de ce mausolée, si neuf, si imposant, semblant si solide qu'il pourrait durer mille ans. Ou bien s'il deviendrait un jour un amas de pierres perdu au milieu d'une forêt, mangé par les ronces, vestige de dynasties oubliées comme celles des Amériques, les Incas, les Mayas, les Aztèques… Des civilisations puissantes qui s'étaient crues invincibles, immortelles. Elles n'avaient pas identifié leur vulnérabilité. C'est cela au fond qui le frappait, derrière l'apparente solidité : l'impermanence des choses. Le Mujō. 無常. *Il se remémora un tanka de l'empereur Go-Toba, mort en exil, que son épouse Yukiko avait joliment calligraphié pour lui. Il exprimait le déclin du pouvoir impérial et le regret d'une époque, sept siècles plus tôt :*

人もおし
人も恨めし
あぢきなく
世を思ふゆゑに
もの思ふ身は

Certains me sont chers,
d'autres me sont odieux,
parce que vainement
ce monde occupe mes pensées,
moi qui suis toujours tourmenté.

23

Shanghai, Chine, 8 décembre 1941

Une lune gibbeuse, entourée d'un halo, apparaît dans sa course descendante à l'angle de la petite fenêtre. La faible clarté permet à Ewa de distinguer les traits paisibles de Leib, les taches de rousseur qui parsèment l'arête du nez, les sourcils arqués haut sous les boucles cuivrées qui lui ont donné son prénom de *lion*. Ses cils sont si longs qu'ils frangent d'une touche presque féminine ses prunelles voilées par le sommeil du plaisir. Les lèvres qu'elle a dévorées tant de fois cette nuit semblent agitées de légers mouvements, tout comme ses yeux sous les paupières. Elle espère qu'ils sont cléments, les rêves qui le visitent. Elle n'arrive pas à dormir, le corps trop électrisé de jouissance. Sur le lit étroit, ils sont enlacés, jambes emmêlées, bras noués, sexes encore vibrants, peau contre peau pour prolonger l'étreinte jusque dans le repos. Ils ont parlé longtemps, après, pour évoquer le chemin qui les a conduits à cette première nuit d'amour. Et puis le désir les a repris dans cette promiscuité et ce froid glacial qui échauffait leurs sens. Il fallait se rassasier encore, le manque et l'attente avaient été longs et les lendemains sont incertains. Elle n'avait jamais été touchée ainsi dans certains replis intimes de son corps, embrassée, léchée, pénétrée, caressée, elle ne savait pas que c'était possible, encore moins permis. Enfin, l'est-ce vraiment ? Et qui le décide d'ailleurs ? Leib l'a guidée dans cette révélation à elle-même. Elle a fait des gestes qu'elle n'aurait jamais osés, parce qu'il l'a invitée dans une nouvelle liberté des sens. Les étreintes sages qu'elle avait connues avec son mari l'avaient contentée parce qu'elle ignorait cette irradiation qu'elle venait de vivre.

Elle fait courir ses doigts le long de l'artère qui pulse dans le cou, sentant la vie qui bat fort en lui, descend vers le petit creux sternal tel un calice où perle une goutte de sueur, qu'elle attrape du bout de la langue, contourne l'omoplate, suit les collines des vertèbres, s'aventure dans la fente des fesses, ce qui la fait rougir, remonte sur leur galbe moelleux du plat de la paume, caresse du revers de la main le membre si doux maintenant au repos, mais qui frémit sous l'effleurement. Elle aime ce nouveau paysage, la géographie de ce corps un peu trop grand, sans doute trop maigre, et pourtant sensuel, pourtant attirant, peut-être parce qu'il incarne celui sans qui elle ne peut plus avancer. Comment désigner ce mélange de tendresse et d'ardeur, d'attachement et de manque incessant, de confiance et de confidences ? Il existe entre eux une étrange fraternité du deuil. Leib a fait cesser, sans le savoir, son oscillation entre désir de vie et désir de mort. Tout doucement, grâce à lui, elle recoud des bouts de lumière dans ses ombres. Ses matins ne s'ouvrent plus sur des gouffres béants, ses pas ne trébuchent plus du manque d'équilibre.

Ils n'ont pas évoqué le jour d'après, ni les suivants,

le présent se suffit à lui-même, dans la découverte des nouveaux territoires de leur désir.

Lundi a déjà commencé, Ewa sera sans doute ensommeillée mais depuis que les Marines sont partis, l'affluence à la librairie n'est plus la même. M. Liu, ou M. Shin s'il est là, s'interrogera sur sa fatigue, lui demandera si elle va bien. Leur bienveillance la touche, car ils se montrent beaucoup plus durs envers leurs employés locaux. Leib assurera ses consultations et ils se retrouveront ce soir pour s'explorer encore, affamés l'un de l'autre. Dans l'escalier, ils ignoreront les regards de biais de leurs voisins qui savent bien qu'ils ne sont pas mariés. La plupart seront indulgents parce que l'ordre établi n'a plus tout à fait cours, même si certains s'y accrochent pour conserver un semblant de normalité.

Est-ce dans son rêve qu'une déflagration a retenti ? Ewa a dû sombrer un peu, le ciel est encore noir mais la lune a disparu de la fenêtre. Leib a tressailli. Une seconde explosion fait cette fois vibrer les carreaux. Sa montre indique 3 h 30. Il ouvre les yeux pour de bon, regarde sa compagne et lui sourit. Il n'a pas réalisé que les bruits proviennent du monde réel. Un panache de fumée noire s'élève, qu'ils aperçoivent depuis le lit. Ils auraient préféré un réveil plus doux.

Ce sont maintenant des échanges de feu nourris, des tirs d'obus qui ébranlent l'air, les incitent à se lever. Cela semble provenir du Yangtze. Lorsque point l'aube, ils s'habillent dans la chambre minuscule mansardée, si près l'un de l'autre qu'il est facile de déposer un baiser sur un sein, une caresse sur un sexe encore humide.

Il n'y a qu'au centre, sous la faîtière un peu vermoulue, que le médecin peut se tenir debout. L'ameublement est des plus spartiates, deux chaises, une table branlante, quelques planches en guise de commode et d'étagères. Le lit n'est qu'un cadre de bois garni d'un mince matelas de paille de riz. Il n'y a ni chauffage ni toilettes, mais c'est un toit, toujours plus confortable que son *Heim*. Et puis l'intimité n'a pas de prix. Ils décident, malgré les réticences de Leib à laisser Ewa s'exposer à un possible danger, de descendre en ville pour s'enquérir de ces événements inquiétants, plutôt que de se terrer à attendre sans savoir. Quelque chose d'inhabituel est en cours, ils le sentent. Sauf qu'aujourd'hui, ils sont ensemble pour y faire face.

Les rues sont presque désertes jusqu'à Yangtzepu Road, l'avenue qui longe le Huangpo. Là, s'acheminant vers la rivière Soochow et la colonie internationale, une colonne d'infanterie japonaise défile au pas cadencé, entourée de blindés, drapeaux flottants, leur rappelant à tous deux avec amertume comme ils avaient été heureux d'apercevoir ce soleil rouge moins d'un an auparavant. La menace était réelle, presque prévisible, mais elle s'est réalisée si vite qu'elle a surpris tout le monde. À peine installés à Shanghai, ils savent tous deux que leur vie va être à nouveau bouleversée.

Plus tard dans la journée, sur Nankin Road, Ewa verra parader les militaires devant la boutique, là où quelques semaines plus tôt elle a vu passer les Américains dans le sens opposé. Un arrogant svastika flottera à l'un des balcons près de la librairie pour saluer les forces dominantes de l'Axe. Ce jour funeste, Ewa ne vendra pas un livre. Le lendemain non plus. Les ouvrages étrangers n'arriveront plus, que vont-ils pouvoir proposer ? Et quels clients les achèteront ?

Pour l'heure, les amants sont immobiles sur le trottoir, comme hypnotisés par la puissance qui se dégage des soldats frappant les pavés comme s'ils écrasaient leurs ennemis sous leurs bottes. Après les Allemands, puis les Russes, c'est une troisième armée d'occupation, déterminée, efficace et féroce qui prend le contrôle de la vie des réfugiés. Leib enveloppe Ewa de ses grands bras pour la protéger de la fraîcheur du matin, mais aussi de cet avenir incertain. Ça ne finira donc jamais…

De l'autre côté de la ligne de changement de date, aux petites heures d'un dimanche paisible sur l'île d'Oahu, dans l'archipel hawaïen, la flotte américaine a été décimée en quelques heures à Pearl Harbor par les forces aéronavales japonaises. Le même jour, l'Empire nippon a aussi attaqué les États-Unis aux Philippines, ainsi que l'Angleterre en bombardant Singapour, en envahissant Hong Kong et en débarquant en Malaisie et à Bornéo.

Un peu plus au nord de Shanghai, deux canonnières fluviales, le *HMS Peterel* et l'*USS Wake*, stationnées sur le Yangtze à l'embouchure du Huangpo, servaient de relais de communication, avec à leur bord un équipage réduit à l'essentiel. Attaqués par le croiseur blindé *Izumo* et sommés de se rendre, le navire américain a obtempéré, tandis que le *Peterel* a ouvert le feu et a été coulé. C'est ce violent échange qui avait réveillé les habitants, marquant le jour de l'entrée en guerre des États-Unis et la mise sous contrôle totale de la ville par les Japonais, dans une atmosphère de sidération absolue.

Par cet événement, c'est tout le monde colonial qui est prévenu de la fin du règne de l'homme blanc en Extrême-Orient. La guerre du Pacifique devient une lutte de libération des « diables anglo-saxons » et autres nations étrangères, d'un milliard de personnes pour rejoindre « la sphère de coprospérité de la Grande Asie ». Pas sûr que ces Asiatiques vivant désormais sous la main de fer nippone apprécient le changement de maître. Depuis dix ans que dure la guerre sino-japonaise, jalonnée d'atrocités sur les civils et d'intenses combats militaires, les Chinois courbent l'échine tout en bas de l'échelle dans leur propre nation asservie. Quant aux Shanghaiens, ils ont encore en mémoire les terribles attaques de 32 et 37 et nombreux sont ceux qui tentent de fuir dans la panique.

Les Japonais s'installent ostensiblement au Cathay Hotel de Sassoon, ainsi que dans les clubs opulents, les demeures fastueuses, symboles du règne des étrangers, comme leurs alliés allemands l'ont fait dans les capitales européennes, pour affirmer leur défiance envers l'ancien pouvoir et asseoir leur domination. Au cœur même de la cité, les pays miniatures qui ont été créés par les puissances occidentales, avec leurs impôts, leurs cours de justice, leurs écoles et leurs armées, sont renversés par décret de l'occupant. Seule la concession française est pour l'heure épargnée, gérée par le gouvernement de Vichy.

Pour les réfugiés, qu'ils soient polonais fraîchement débarqués du Japon, allemands ou autrichiens arrivés après l'Anschluss, c'est tout le précaire équilibre financier qui est mis à mal ce jour-là. Les États-Unis étaient les principaux bailleurs de fonds des associations juives, et les riches Sépharades, pour la plupart de nationalité britannique, sont maintenant considérés comme des ennemis de l'Empire. Avec les Américains et les Néerlandais, ils jouissent encore d'une liberté conditionnelle, mais l'internement en camp n'est pas loin et ils doivent se faire enregistrer. Dans la ville, on les croise désormais avec un brassard rouge. C'est pourtant l'un des rares endroits au monde où l'on ne voit pas l'étoile de David cousue ou portée sur un brassard bleu et blanc.

Puis, comme en tous lieux assiégés où règne un pouvoir militaire, les journaux et spectacles sont soumis à la censure, l'essence est rationnée, les radios et les appareils photo confisqués. Tous ceux, dont de nombreux journalistes, suspectés de sentiments antijaponais sont arrêtés et torturés. Les liaisons maritimes sont suspendues, signifiant l'arrêt brutal de l'émigration.

Presque du jour au lendemain, plusieurs relations de Leib et Ewa perdent leur emploi dans les firmes américaines et anglaises comme Jankiel Krawitz, comptable d'une petite société d'import-export. Le prix des denrées s'envole, l'inflation explose. Les Kahan ont du mal à payer leur loyer dans la concession française.

Les Juifs allemands sont déclarés apatrides par le Reich et rejoignent ainsi les Russes, les Polonais, les Lituaniens et bien d'autres dans leur errance, honnis et rejetés de toute part, comme si, d'un trait de plume, on pouvait scier les racines des hommes.

Les réfugiés ont fui la guerre, et voilà qu'elle les rattrape dans le havre même où ils se croyaient protégés.

Le lendemain de ce jour sinistre, lorsque Leib retourne à l'hôpital et Ewa à la librairie, les Japonais sont partout, ils sillonnent les rues, gardent les accès principaux, contrôlent les identités, se montrent souvent impitoyables envers les Chinois qu'ils obligent à se courber devant eux sur le Garden Bridge. Qu'y a-t-il de commun entre les militaires ici et les civils au Japon, si attentionnés et accueillants, qui sont pourtant frères, sœurs, parents de ces jeunes hommes arrogants et souvent cruels ? Est-ce que porter une arme confère ce sentiment de toute-puissance et anéantit toute empathie pour le peuple dominé, innocent ?

Mais ces hommes et ces femmes dont le sort dépend si peu d'eux-mêmes le pensent-ils tellement funeste, ce jour de basculement où le monde entier, désormais, ne connaît plus de paix ? Passé le choc et la désolation, l'espoir renaît parce qu'il ne fait aucun doute dans leur esprit que les Américains vont vaincre les Japonais. Ils pourraient presque remercier ces derniers d'avoir allumé la mèche du conflit. En Europe aussi on désespérait de leur implication. N'était-ce pas eux qui en 1917 avaient retourné la situation pour assurer la victoire ? Hitler d'ailleurs enrage que ses alliés japonais aient attaqué les Américains plutôt que les Russes. Ouvrir un front en Mandchourie aurait détourné une partie des forces de Staline. Parce que la Wehrmacht vient de se casser les dents sur Moscou, comme la Grande Armée de Napoléon, à cause de la boue, la neige, la faim et le froid.

Est-ce qu'un premier grain de sable vient d'enrayer la belle machine totalitaire, deux ans après le début de l'offensive ? Les exilés du bout du monde l'espèrent.

Encore faut-il que les Japonais les laissent en vie, et pour l'heure, les Juifs représentent une goutte d'eau dans la masse des Shanghaiens qu'ils doivent gérer.

À moins que leurs amis allemands ne leur soufflent quelque idée génocidaire…

24

Shanghai, Chine, 10 mai 1942

– Ewa, mon ourlet s'est décousu ! Vite, où as-tu mis le nécessaire à couture ?

– Chut, Bertha, moins fort ! intervient Shoshana.

– Je ne peux pas là, on rentre en scène dans trois minutes. Tiens, dit Ewa en courant chercher la boîte enfouie sous des chutes de tissu, mets-y juste une ou deux épingles, ça suffira bien.

– Ça va me piquer !

– Mais non, la jupe est ample.

– Allez, allez, Shoshana, en place derrière le rideau, ordonne Lazar, coiffé et habillé en prêtre orthodoxe. Bertha, mets-toi près de l'escalier. Ewa et Maurice, vous vous tenez prêts juste derrière elle, de chaque côté. Leib, attends que le silence se fasse… Voilà, tu peux y aller.

En coulisse, Leib, concentré, unit d'un mouvement sûr et presque violent son archet aux cordes et se lance dans un air mi-nostalgique mi-joyeux de musique kletzmer, tout à fait assorti à la pièce que la troupe s'apprête à jouer, *Tivye le laitier*, de Sholem

Aleikhem [1], entre drame et comédie. Même si le violon qu'on lui a prêté n'a rien de la qualité de son ancien instrument, il se fait plaisir à interpréter cet air typiquement yiddish. Ce sont là les racines musicales de son peuple et le violon en est le roi. De l'autre côté du rideau, dans la salle bondée du Club juif de Shanghai, tous les spectateurs frémissent, qu'ils soient réfugiés polonais ou immigrés russes de longue date, car c'est la complainte de leur terre abandonnée.

Le rideau s'ouvre sur le personnage de Golda, la femme du laitier. Elle est incarnée par Shoshana, fardée pour l'occasion. Dans cette première scène, elle raconte à sa fille aînée ses inquiétudes sur les fréquentations douteuses de sa cadette avec un Chrétien. Dans la coulisse, Ewa, qui joue le rôle de la jeune fille, se ronge les ongles. Elle a natté ses cheveux à la mode russe, comme dans son ancienne vie. Le cœur battant la chamade, elle guette le moment où elle devra monter sur scène. Leib tente de la rassurer en lui murmurant des mots encourageants à l'oreille et en glissant un baiser dans son cou.

Elle a grandi avec cette pièce si célèbre, sans doute la plus connue et la plus jouée du répertoire yiddish. Le personnage central, Tivye, est un gentil paysan juif très pieux d'un shtetl de la Russie impériale. Lunatique mais rusé, il utilise en toute occasion des mala-

1. Sholem Aleikhem est le pseudonyme de l'Ukrainien Sholem Rabinowitz. Homme de lettres immensément populaire, ses funérailles en 1916, à New York où il avait émigré, ont réuni 100 000 personnes. *Tivye le laitier* deviendra dans les années 60 *Un violon sur le toit*, la comédie musicale la plus jouée de Broadway, et sera adaptée au cinéma par Norman Jewison.

propismes talmudiques pour se désoler des frasques de ses filles. C'est un *Job* comique qui tente d'affronter toutes sortes de catastrophes, ce qui le rend extrêmement populaire. À tel point que la pièce se joue ce soir à guichet fermé.

Même si elle ne pourra être représentée qu'une seule fois, les acteurs auront au moins la satisfaction de faire entendre leur langue sur scène. L'art, qu'il soit pictural, musical ou littéraire, est pour eux une arme de résistance au désespoir. Malgré les longues journées à gagner quelque argent, ils trouvent tous la force de se réunir pour répéter, jouer de la musique, organiser des expositions. Leur communauté compte un nombre impressionnant d'artistes et de gens de lettres déplacés, alors ils oublient ainsi, durant quelques heures, l'âpreté de leur vie quotidienne, les nouvelles de leurs familles en Europe de plus en plus rares et celles de la guerre, de plus en plus inquiétantes.

Peut-être ont-ils placé trop d'espoir dans l'entrée en guerre des Américains. Ceux qui comprennent assez d'anglais écoutent à leurs risques et périls sur les radios clandestines le président Roosevelt leur dire de tenir bon. Grâce à *Voice of America*, ils s'informent de l'actualité des combats. Les informations circulent par le bouche-à-oreille, car même les journaux juifs sont soumis à la censure. Depuis Pearl Harbor, la Thaïlande a déclaré la guerre aux Alliés, les Néerlandais ont capitulé en Indonésie, Singapour et la Birmanie sont tombés, les Japonais bombardent l'Australie… Le Pacifique est un océan d'hécatombes, l'Empire nippon devient maître jusque dans les plus reculées des îles.

En Europe, les troupes allemandes commencent cependant à essuyer quelques revers. Les Russes résistent au prix d'immenses sacrifices humains. L'hiver a été effroyable. Leib a reçu une lettre déchirante de sa mère et de son frère depuis le ghetto de Lodz, le suppliant de faire tout ce qui est en son pouvoir pour les aider à sortir de l'horreur. Son impuissance le plonge dans des abîmes de désespoir. Il se prive jusqu'à s'en rendre malade pour leur expédier des colis. C'est tout ce qu'il peut faire et c'est trop peu. La honte et la culpabilité le rongent. Il érige un mur de silence. Dès qu'il peut, il court au comité pour savoir s'il a reçu du courrier. En vain. Ewa ne peut que l'assurer de son soutien. Personne, dans ses cauchemars les plus sombres, ne peut imaginer l'enfer qu'ils sont en train de vivre ou ont déjà rejoint.

Alors il faut des soirées comme celle-ci pour s'échapper quelques heures en saupoudrant de rires et de nostalgie la noirceur des jours. Lorsque Tivye dit « Il n'y a pas dans le monde de plaie qui ne guérisse jamais, de misère qui ne s'oublie jamais », il leur insuffle un peu d'espoir, même s'ils savent que de ces drames-là, ils ne se remettront pas. Il leur parle à tous de son amour des livres, des pogroms qu'ils ont fuis comme lui, des traditions qui se perdent. Ewa, à travers le rôle de Hava, s'interroge sur ses similitudes avec cette jeune femme qui renonce à sa religion par amour et finalement, tel l'enfant prodigue, choisit de revenir dans le giron paternel et d'émigrer en Palestine. Aleikhem était un sioniste convaincu qui rêvait d'Israël. Pour la première fois, cette terre lointaine la fait rêver. Plus encore que les États-Unis qui l'effraient. Trop grands, trop modernes, trop peuplés.

Sur scène, lorsqu'à la toute fin elle étreint son père Tivye, ce sont de vraies larmes qui inondent ses joues et les spectateurs l'acclament de les avoir bouleversés. Ils sont une douzaine d'acteurs au bord de l'estrade à saluer sous les applaudissements nourris.

Après avoir tout rangé et fermé la salle, la troupe joyeuse s'en va boire un verre pour fêter leur succès. En chemin, les hommes discutent, épaule contre épaule. Marchant d'un pas sautillant dans la douceur de la nuit de mai, Shoshana rayonne. Elle félicite les uns et les autres, puis règle son pas sur celui d'Ewa.

– Tu as été formidable ce soir. L'émotion était à son comble dans la dernière scène.

– Ce n'était pas dû à mon talent, crois-moi.

– Qu'est-ce que tu veux dire ?

– Juste qu'à ce moment-là, j'étais dans les bras de mon père. Il me manque tellement et je ne sais même pas s'il est en vie. Alors oui, je versais de vraies larmes en mémoire de lui.

– Je comprends. N'empêche que le public a été vraiment touché et que tu as été parfaite tout du long, pas seulement à la fin. On va monter une des dernières pièces d'Aleikhem, *Le Gros Lot*, je voudrais bien que tu participes. Ça te dirait ?

– Ce serait quand ?

– Laisse-moi voir. Eh bien, d'abord on va jouer *Le Massacre*, de Gordin, une pièce qui dénonce les mariages arrangés, mais j'ai promis le rôle à Bertha. Après, sans doute une satire politique de notre ami Elbaum, si on parvient à passer la censure. Donc, je pense que ça nous mènera à l'automne, octobre ou novembre.

– Alors ce sera sans moi.

– Pourquoi, tu comptes partir en voyage ? demande Shoshana avec ironie.

Ewa s'arrête sur le trottoir, se laisse dépasser par les autres et attend qu'ils s'éloignent. Elle suit des yeux Leib, ses boucles auburn qui dansent sous son panama. Shoshana l'interroge du regard, intriguée.

– Je plaisantais, s'excuse-t-elle. Tu as l'air bien mystérieuse d'un coup… Non, sérieusement, qu'est-ce qui t'empêcherait de jouer en novembre ?

Ewa ne sourit plus.

– Un gros ventre. Ou un bébé.

25

Shanghai, Chine, début août 1942

Le miroir n'est pas bien grand, alors Ewa se contorsionne pour saisir son reflet, puis assemble mentalement les morceaux. Malka, dans son dos, boutonne sa robe.

– Mais arrête donc de bouger, je ne vais jamais terminer sinon.

– Shoshana, enlève-moi ce rouge, ça fait vulgaire, je n'ai pas l'habitude.

– Ewa, tu n'es plus une jeune vierge effarouchée !

– Quel rapport avec mes lèvres ?

– Eh bien, c'est plus féminin, plus sensuel…

– Mais Leib n'est pas habitué à me voir avec du maquillage, il va détester. Allez, atténue-le au moins un peu.

– Il va adorer ! Tu es magnifique. Tous les hommes sont fous de toi.

– Il n'y a qu'un heureux élu et c'est moi qui te l'ai présenté, intervient Malka avec un petit air fier.

– Oui, tu as raison et je t'en serai éternellement reconnaissante.

– Allez, allez, houspille son amie qui a passé la tête dans la porte entrebâillée, la salle est pleine et le rabbin donne des signes d'impatience. Ce n'est pas étonnant avec une telle chaleur ! Je dégouline, moi !

Ewa baisse les yeux, réticente à prendre le petit bouquet que lui tend Malka.

– J'ai peur.

– Et de quoi donc ? Tu sais tout ce qui se passe lors de la nuit de noces, n'est-ce pas ? lance Shoshana en posant une main tendre sur le ventre de la jeune femme.

Il n'est plus aussi plat qu'auparavant, mais le petit renflement, dans sa minceur, est à peine perceptible. Elle parvient à faire sourire Ewa.

– Ce n'est pas de ça que j'ai peur. On est fous de se marier en pleine guerre, sans savoir ce qu'il adviendra de nous. Ce n'était vraiment pas le moment de mettre un bébé au monde. Et puis, qu'est-ce qui arrivera s'il a la même maladie que Zofja ? Hein ?

– Écoute, vous unir est la meilleure chose qu'il puisse faire, ce petit. Et vous vous serez son rempart. Vous méritez un peu de bonheur tous les deux, tu verras, tout ira bien.

– J'aurais voulu que Maman soit là pour m'accompagner.

– Elle te regarde de là-haut et elle se réjouit, j'en suis sûre. Et Malka et moi, on est avec toi.

Shoshana caresse la joue d'Ewa, sa fille de substitution. Hier, elle l'a accompagnée au *mikvé*, le bain rituel de purification. Elles n'ont rien dit à la balanite au sujet du bébé. Certes, c'est sans doute hypocrite et peut-être même contraire à la loi, mais les circonstances ne sont pas ordinaires. Les deux femmes s'étreignent tendrement, puis Malka leur ouvre grand la porte.

La synagogue Ohel Moshe de Ward Road est pleine. Elle n'est pas très grande et n'arbore pas le faste d'autres synagogues, mais elle a du style avec ses briques et ses balcons en fer forgé.

Leib l'attend sous le dais nuptial, avec son châle et sa kippa blanche qui font ressortir le feu de ses boucles. Sa tête touche presque le tissu de la houppa, personne de si grand n'a dû se marier ici auparavant. Ewa ne l'a pas vu depuis plusieurs jours comme le veut la tradition. Il a été hébergé chez d'opulents amis russes des Kahan chez qui aura lieu le repas de noces après la cérémonie religieuse.

Ewa sent son cœur tressaillir en regardant celui qui va devenir son époux. Leib lui semble plus jeune lorsqu'il sourit, plus fragile aussi. Il n'est pas vêtu de son meilleur costume. Il l'a mis en gage pour pouvoir acheter un petit anneau d'or. Lui non plus n'a aucun parent à ses côtés, juste ses amis proches. À l'annonce de sa paternité prochaine, il est sorti de l'abîme de désespoir dans lequel il sombrait peu à peu. Mais Ewa devine que la brèche n'est que colmatée. Elle ressent avec cette vie qui grandit en elle la culpabilité d'effacer celle de sa petite Zofja. Elle espère que ce sera un garçon, pour qu'il n'y ait aucune comparaison possible. Elle sait que ce sera plus difficile pour Leib, qui a vu grandir Rafal et Karolyna. Un soir, il avait ressorti de sa valise la peluche de son fils, qu'il emmenait partout. Jusque dans la mort. Leib avait pleuré contre Ewa des heures durant, jusqu'à l'épuisement, toutes les larmes qu'il s'était retenu de verser durant ces années de fuite. Il n'était pas prêt à être à nouveau père, lui avait-il dit, il n'avait pas su protéger sa famille, comment allait-il y arriver dans cette ville effroyable ?

Elle avait répondu qu'il l'avait sauvée elle et que c'était à son tour de veiller sur lui, sur eux. Et c'est ce qu'elle s'apprête à faire, là, sous le dais nuptial, elle va tourner sept fois autour de lui, car le prophète Jérémie a dit, « la femme encerclera l'homme ». « Quiconque n'a pas de femme n'est pas protégé d'une muraille », explique le Talmud. Elle a retenu cette phrase de son mariage avec Dawid. Cette fois-ci, elle se sent une force surhumaine, nourrie de détermination et d'amour, pour bâtir un haut mur solide et les abriter tous les trois. À plonger son regard dans les yeux turquoise, sa peur a disparu. Étrangement, elle ne craint pas que les désillusions viennent tiédir cette union. Aucune velléité de domination, d'emprise, ne vient la ternir. Il règne entre eux un équilibre autant sensuel qu'affectif.

Leib recouvre son visage du voile. Comme sa robe, il est taillé dans un rideau de dentelle que Shoshana a déniché au marché. Il a sans doute orné quelque fenêtre de Vienne ou de Berlin, mais qu'importe, la mariée est si jolie ainsi vêtue.

Après les bénédictions, Leib passe à l'index d'Ewa le petit anneau d'or.

– Tu m'es à présent sanctifiée par cet anneau, selon la loi de Moïse et d'Israël, dit-il.

Puis ils partagent le vin et enfin le marié écrase le verre.

Les voici unis pour la vie. Durera-t-elle un jour, cent ou vingt mille ? Ils l'ignorent bien sûr, ils sont certains en revanche qu'ils connaîtront félicités et défaites, probablement pas à parts égales, mais qu'ensemble, ils sauront s'abreuver des unes pour supporter les autres.

Le repas de noces n'est pas un festin, mais chacun y a contribué pour en faire un moment convivial. Ewa a invité ses collègues chinois, Leib quelques compagnons du *Heim*, et les médecins avec qui il partage le cabinet arrivent à tour de rôle. Le club des écrivains yiddishs est presque au complet et plusieurs acteurs de la troupe sont présents. L'anglais, le shanghaien, le russe, l'allemand et le yiddish se mélangent.

Les mariés dansent ensemble lorsque David Rabinovitch, le mari de l'ancienne employeuse d'Ewa au florissant commerce de jouets, fait irruption à l'arrière de la maison. Depuis qu'il a perdu son travail de manager d'approvisionnement dans une firme anglaise, il se consacre entièrement à l'édition du magazine en langue russe *Nasha Jizn*, « Notre vie ». Il publie dans ses colonnes les nouvelles de la culture juive à Shanghai et celles concernant les Juifs en Chine et à l'étranger. Il inclut depuis peu une section yiddish et une anglaise pour étendre son lectorat et, bien qu'évitant la politique, il doit constamment éviter la censure japonaise.

Tandis que les mariés semblent retranchés du monde et que les femmes sont occupées à nettoyer les reliefs du repas, il réunit discrètement les hommes dans le bureau de leur hôte, son ami Tukachinsky, qui s'étonne de voir son invité si grave en un jour si gai. Lorsqu'il a leur complète attention, il commence :

– Vous vous souvenez que l'année dernière, à peu près au moment où nos amis ici présents débarquaient de Kobe, on a appris que des agents de la Gestapo s'étaient installés à Tokyo ? C'est ce que je suis allé vérifier aux archives. Le pire d'entre eux, Meisinger[1], était arrivé à Shanghai.

– Il y a fort à parier que la Gestapo a le bras long, et que les articles antisémites virulents du mois dernier ne sont pas apparus du simple fait des Japonais, intervient Jacob.

– J'ignore si cet abject individu est derrière cette propagande antijuive, mais il est bien possible qu'il soit pour quelque chose dans la nouvelle que j'ai reçue tout à l'heure, et je peux vous dire qu'elle glace le sang et sonne probablement la fin de notre tranquillité.

– Vous nous inquiétez ! lance Yosl.

– On le serait à moins, croyez-moi. Tous les membres du nouveau comité représentant les différentes communautés juives de la ville viennent d'être arrêtés et incarcérés à la prison de Bridge House !

Rabinovitch laisse passer une vague d'exclamations d'effroi et d'incrédulité.

– Michael Speelman et Elias Hayim pour les Sépharades, Boris Topas, comme vous le savez, président de la communauté ashkénaze de Shanghai, Josef Bitker pour nous les Russes, le Dr Kardegg, Fritz Kaufmann et Robert Peritz pour les Juifs allemands. Et le plus incroyable, avec eux, Shibata, le vice-consul du Japon et membre du nouveau bureau des Affaires juives ! Vous vous rendez compte !

1. Josef Meisinger est un officier de la Gestapo bestial et corrompu, surnommé « Le Boucher de Varsovie », pour toutes les atrocités commises sur des Polonais, juifs et non juifs. Embarrassant pour le Reich, il a été envoyé en 1941 et jusqu'à la fin de la guerre à Tokyo comme agent de liaison et il s'est rendu plusieurs fois à Shanghai.

– C'est terrible ! Mais pourquoi, ça n'a pas de sens ! Avec un Japonais en plus ? s'étonne Jankiel.

– Ils s'étaient réunis en secret il y a quelques jours chez Speelman, alertés par Shibata. Le baron Putkammer du consulat d'Allemagne a mis la pression sur les Japonais pour qu'ils se débarrassent des Juifs, en leur faisant croire qu'en tant qu'ennemis du Reich, nous serions tous des espions et des saboteurs potentiels.

– Quelles foutaises !

– Shibata a révélé à nos délégués les plans incroyables imaginés par la Gestapo pour nous éliminer : elle propose de nous déporter sur l'île de Chongming, dans le delta du Yangtse, avec possible exécution immédiate, ou, moins cher, de nous y laisser mourir de faim, ou encore de nous entasser sur des vieilles barges et d'aller les couler en pleine mer.

Tous les hommes secouent la tête et lèvent les yeux au ciel, abasourdis.

– Hallucinant !

– Terrifiant !

– En fait, Shibata leur avait suggéré de rentrer en contact avec les échelons supérieurs des autorités japonaises à Tokyo, parce que certains sont en bons termes avec les Juifs de Mandchourie depuis le début des années 30.

– Ce n'était pas idiot. Depuis que le banquier Schiff a prêté aux Japonais de quoi gagner la guerre contre les Russes au début du siècle, ils croient en la théorie que la « juiverie mondiale » est très influente dans les sphères politiques et financières et ils font tout pour ne pas se la mettre à dos. Ce n'est pas par hasard que nous bénéficions d'une relative quiétude et que nous avons été si bien accueillis au Japon, précise Lazar.

– Oui, sauf que ça leur a pété à la figure, reprend David Rabinovitch, parce que le gars qui est intervenu, Brahn, a révélé ses sources, ce qui a abouti à l'arrestation de tout le groupe.

– Est-ce que ça veut dire qu'on doit prendre les armes et se soulever si on ne veut pas être exterminés ? interroge Tukachinsky.

– Les troupes japonaises sont bien trop nombreuses, elles ne feraient de nous qu'une bouchée. Impensable au milieu des civils.

– On ne va pas se laisser massacrer sans rien faire, tout de même !

– Attendons déjà de voir ce qu'il advient de nos représentants, suggère David.

– Moi, je vous dis que même s'ils ne nous éliminent pas, on va finir dans un ghetto.

– Possible. Les Japonais doivent être partagés entre faire plaisir à leurs copains allemands et ne pas contrevenir à leur principe d'égalité des races.

– Tu parles comme ils considèrent les Chinois à égalité avec eux !

– Bon, donc on fait quoi à part se tourner les sangs ?

– On attend.

– Et on se tait, c'est ça ?

– C'est ça. Comme toujours. Courber l'échine pour ne pas déplaire à nos geôliers et laisser les autres décider de notre sort, conclut Lazar avec ironie.

– Amen.

26

Bucarest, Roumanie, mars 1943

Les pages et les pages en écriture cyrillique devenaient des pages et des pages en kanji, hiragana, katakana, entremêlés parfois de caractères romains, le russe se transformait en japonais, entrecoupé d'allemand ou d'anglais, Sugihara n'en pouvait plus, ses paupières brûlaient. Il bâilla et étira ses mains à en faire craquer les jointures. Il avait mal dormi la nuit précédente. L'immeuble où résidait sa famille était tranquille pourtant et l'avenue, animée le jour, était calme une fois la nuit tombée.

C'était l'heure du déjeuner et son travail n'avait rien de très urgent. Il se dit qu'il allait se dégourdir les jambes, pousserait peut-être jusqu'à la pâtisserie que son épouse appréciait et rapporterait pour les garçons quelques savoureux gâteaux, un luxe rare au regard des pénuries. Malgré la pluie glaciale qui tombait en bruine, il avait besoin de sentir l'air frais pour retrouver son efficacité l'après-midi. Il ne craignait pas l'hiver. Originaire des Alpes japonaises, il avait connu dans ses jeunes années le froid des maisons de bois et de papier, et celui de Mandchourie, qui fige les poumons et mord le visage. Bien préférable à ce crachin pénétrant. Il lui tardait de retrouver le printemps et il pensa avec nostalgie aux cerisiers qui commençaient à rosir l'archipel, à la douceur qui y revenait dès le mois de mars. Un manque soudain de son pays le fit se voûter, comme si la lassitude de ces années d'errance, pourtant passionnantes à bien des égards, pesait de tout son poids sur ses épaules.

En Prusse-Orientale, la proximité de la tanière d'Hitler, l'arrestation de Kuba et le danger qui planait sur lui et ses collaborateurs polonais avaient insidieusement usé ses nerfs. Une fois l'opération Barbarossa engagée, le front s'était déplacé à l'est et sa mission avait perdu de son intérêt. L'annonce de sa mutation était arrivée comme un soulagement, il n'avait pas été mécontent de partir. Il ne connaissait pas la Roumanie et il espérait pour lui et sa famille une étape plus tranquille, surtout après leur passage de quelques jours à Berlin où ils avaient subi leurs premiers bombardements avec leur cohorte de sirènes hurlantes et de descentes précipitées aux abris. Les garçons avaient mal vécu cet épisode. Pour la première fois ils avaient ressenti physiquement la peur. Les pistolets qu'ils mimaient pour jouer à la guerre, la bravoure et l'honneur qu'ils imaginaient animer les combats s'étaient soudain incarnés en cris et terreur. Ils avaient vu leurs premiers cadavres au milieu des immeubles effondrés. Hiroki allait sur ses sept ans, Chiaki en avait quatre et demi et petit Haruki, le plus sensible des trois, que les nuits berlinoises hantaient encore, bientôt trois. Ils étaient heureux, ici, de rencontrer d'autres enfants, apprenaient vite, s'adaptaient facilement. Ils parlaient plusieurs langues qu'ils s'empresseraient d'oublier, mais Chiune se réjouissait que ses fils puissent acquérir cette ouverture d'esprit propre à ceux qui vivent au contact d'autres peuples.

Il avait été nommé chargé d'affaires à la légation de Bucarest, mais comme son prédécesseur à ce poste n'avait pu regagner le Japon à cause de la guerre, il continuait à assumer ses fonctions, tandis que Sugihara s'occupait des traductions. L'ancien consul aimait toujours autant manier les langues. Ses nouvelles attributions ne lui permettaient plus de signer des visas pour soustraire quelques Juifs aux déportations ou aux pogroms. De toute façon ils avaient déjà été déplacés ou exécutés, ou bien ils se terraient. Personne ne se présentait plus pour demander des documents de transit. De plus, aucune route ne permettait de rejoindre le Japon, qui n'était plus un havre de paix. Il se demandait parfois où se trouvaient ceux de Kaunas. Il savait que certains avaient atteint les rivages nippons, mais combien ? Et après, avaient-ils pu fuir vers des contrées accueillantes avant le début de la guerre du Pacifique ? Tant d'hommes et de femmes, d'enfants innocents étaient broyés par les rêves mortifères d'une poignée de fous exaltés. Il aurait été heureux d'en avoir sauvé ne serait-ce que quelques-uns. Le saurait-il un jour ?

Il avait trouvé en arrivant à Bucarest une atmosphère étrange qu'il n'appréciait pas et qui devenait de jour en jour plus pesante. Il la ressentait comme une tension presque électrique, là, en marchant au milieu des Roumains, peut-être parce que les officiers et les soldats allemands, nombreux, s'y comportaient en occupants plutôt qu'en alliés, réquisitionnant à tour de bras et opprimant sans scrupules. Ils agissaient comme si la défaite de Stalingrad n'avait pas eu lieu, peut-être convaincus par la propagande interne de l'invincibilité du Reich. Quelques semaines plus tôt, la Wehrmacht encerclée avait dû se rendre à l'Armée rouge dans cette ville martyre, ce qui avait marqué un tournant stratégique majeur dans l'évolution du conflit. Les troupes roumaines combattant aux côtés des Allemands y avaient été balayées. Le plus étrange est qu'elles avaient fait face aux deux divisions de compatriotes dissidents engagés auprès des Russes. C'était là le malaise que Sugihara ressentait, une adhésion factice, une partition du peuple, accentuée par l'omniprésence des signes nazis, alors même que leur hégémonie était sans doute en train de vaciller. La défaite de l'Axe était une question de temps, la folie conquérante d'Hitler le conduirait à l'échec, comme avant lui d'autres dictateurs assoiffés de pouvoir. Il ne la souhaitait pas, bien sûr, pour son propre pays, mais il n'était pas optimiste quant à l'issue pour le Japon depuis l'entrée en guerre des États-Unis. Si Pearl Harbor avait été gagné par la surprise, la bataille de Midway, en juin 42, avait été une cinglante réponse des Américains et un rééquilibrage des forces qui avait renforcé ses craintes.

Il se sentait plus que jamais homme de paix et de dialogue, il abhorrait l'affrontement tout en se devant d'être un serviteur loyal des intérêts de l'Empire.

Lorsqu'il passa à côté du quartier général de la Wehrmacht, il leva les yeux vers les grands portraits accrochés, encadrés de bannières à croix gammées. Celui du général des forces allemandes et celui du roi

Michel Ier y étaient juxtaposés dans une ambiguïté qui le frappa, résumant les intentions obscures de la Roumanie. Ce roi Michel, ce beau jeune homme de vingt ans qu'il avait un jour de défilé aperçu sous ses fenêtres, en tenue d'apparat, raide sur son cheval, y arborait une mine sombre. Mis sur le trône à cinq ans pour en être descendu trois ans plus tard par un père volage et inconstant, il y avait été réinstallé dix ans après et obligé de cohabiter avec un chef de gouvernement qui s'était allié aux nazis. La Roumanie se trouvait profondément divisée, le maréchal Antonescu qui la dirigeait avait pactisé avec le diable par peur des communistes alors que Michel, en sous-main, favorisait la résistance, protégeait les démocrates et négociait avec les Alliés.

Sans doute le temps était-il compté ici aussi, pensa Sugihara, avant que les B-29 et autres forteresses volantes ne viennent détruire les champs de pétrole de Ploiesti et ensevelir la belle capitale sous les obus. C'est pourquoi il cherchait une maison un peu en dehors de la ville pour plus de quiétude. Il en avait repéré une au bord d'un lac où les enfants pourraient se baigner aux beaux jours. L'été prochain, il aimerait les emmener en Transylvanie, vers Brasov, louer un chalet dans les Carpates, qui lui rappelleraient Hokkaido. Il voulait que ses garçons aient une vraie enfance, profitent de l'insouciance de leurs jeunes années. Il ne savait pas ce que l'avenir leur réservait, s'ils avaient bien fait de rester tous ensemble dans cette Europe poudrière. À Berlin, il avait regretté de ne pas avoir renvoyé sa famille au pays en sécurité, mais Yukiko avait insisté pour rester auprès de lui.

Maintenant il était trop tard. Et puis le Japon était aussi en guerre, la nourriture et l'énergie y étaient rationnées, aurait-ce été plus souhaitable ? C'est cela qui le tenait éveillé la nuit, la difficulté des choix et la responsabilité qui lui incombait. L'immunité diplomatique ne protège pas des bombes. Serait-elle un bouclier suffisant contre une invasion soviétique ? Il commençait à ressentir une angoisse sourde qu'il tentait de chasser en respirant l'air glacé à pleins poumons.

Il marcha plus vite vers la pâtisserie, il n'était pas amateur de sucreries mais il prendrait bien un petit acompte de douceur sur le dessert du soir, pour conjurer le fait qu'un jour, peut-être, il connaîtrait à son tour les restrictions et la faim.

27

Hongkew, Shanghai, mai 1943

– À genoux ! ordonne le Japonais.

Hors de lui, il tire brusquement sa chaise et grimpe sur son bureau, piétinant ses formulaires et plusieurs certificats de résidents qui conserveront en travers, comme la bande jaune qui identifie les Juifs, l'empreinte grise de ses semelles.

– Je suis le roi des Juifs, hurle Goya à Leib et à la foule terrifiée qui patiente dans le couloir.

Son visage aux orbites enfoncées et à la peau grêlée se déforme de colère.

– Vous me devez respect et obéissance ! gesticule-t-il encore à grand renfort de mouvements de bras.

Le petit homme ainsi perché est à peine plus grand que le médecin qui lui fait face. Celui-ci tarde à se soumettre. Il a hésité trop longtemps. La claque, violente et soudaine, s'abat sur sa joue. La marque distincte des doigts s'empourpre. Leib serre les poings et les mâchoires, se retient de ne pas se ruer sur le préposé aux autorisations de sortie pour le réduire en charpie. Il sait qu'alors il finirait dans la geôle infestée de typhus de Wayside Road et n'en sortirait probablement pas vivant. Il en voit tous les jours, des malades délirants luttant contre l'infection, et ne veut pas finir comme eux. Il courbe l'échine, s'agenouille. Il replonge dans la peur qu'il avait éprouvée face au fonctionnaire du NKVD à Kovno. Il n'est pas le premier, et il ne sera pas le dernier à subir les lubies et les sautes d'humeur du brutal et sadique employé japonais. Son comportement psychotique et erratique est connu et redouté de tous. Heureusement, il se contente de brimades et d'humiliations, il n'a encore jamais envoyé personne en prison, contrairement à son collègue Okura, moins excité mais plus retors. L'homme aime à être flatté et que l'on reconnaisse sa toute-puissance. Il n'est pas rare de le voir présider à des événements sportifs à l'école Kadoorie, courtois avec les enseignants, civil avec les enfants dont il caresse la tête en leur demandant s'ils savent qui est le roi des Juifs, et de se montrer quelques heures plus tard impitoyable. Un lunatique cruel en mal de reconnaissance.

– Rentrez chez vous, je ne veux plus voir personne aujourd'hui, reprend Goya. Vous me fatiguez avec vos plaintes pathétiques et votre harcèlement constant. Allez, ouste, dégagez ! Revenez demain si vous voulez nourrir vos familles, mais épargnez-moi vos misères !

Leib avait réussi à l'éviter une première fois, mais il doit impérativement obtenir son badge bleu pour trois mois. Or seul l'insupportable Goya les délivre sur décision arbitraire, que les certificats d'emploi soient valides ou de complaisance, que la demande soit circonstanciée et urgente ou non. Six heures qu'il fait la queue dans les escaliers étroits du Bureau des Affaires des réfugiés apatrides pour se voir jeter au visage sa requête.

Il ne pourra pas aller travailler demain au cabinet, situé à deux rues de la frontière. À moins de trouver par un hasard quasi improbable un ami ou un ancien patient dans l'équipe de la *pao chia* en charge des accès, et encore, ils risqueraient gros à accorder une faveur à une personne sans permis. Et une fois sorti, il faudrait encore pouvoir rentrer avant le couvre-feu. Les Japonais et les Chinois patrouillent fréquemment à bicyclette pour s'assurer que les contrôles sont correctement effectués. Trois mille cinq cents hommes juifs de vingt à quarante-cinq ans sont obligés de servir dans cette force de police auxiliaire. Cette participation forcée leur fait honte et ils n'y mettent aucun zèle, mais ils craignent les représailles s'ils se montrent complaisants. Il y a donc fort peu de chances que Leib puisse obtenir un passe-droit ; il devra refaire la queue demain, et peut-être s'humilier et s'agenouiller devant le petit dictateur avant même qu'il ne lui demande.

Au moins, l'hôpital où exerce Leib est à l'intérieur du périmètre. Dans le ghetto. *Ghetto*, il a encore du mal à prononcer ce mot que seuls les réfugiés utilisent, parce qu'il est inscrit dans leur histoire. Il contient en concentré le contrôle, l'enfermement, le surpeuplement, les privations. Il ignore encore la noirceur et le désespoir du mot *liquidation*. Quand donc ce terme honni sera-t-il effacé de leur vocabulaire ? Depuis sa proclamation le 18 février dernier, il a pourtant eu le temps de s'y habituer. Le long bras influent de la Gestapo a fini par tordre celui des Japonais. Elle a manœuvré en faisant jouer la peur de l'espionnage et du sabotage. Mais n'a pas eu gain de cause. Les nazis n'ont obtenu qu'un ghetto même pas clos. Les Japonais n'ont pas déporté les Juifs sur une île-prison, ils ne les ont pas laissés dériver sur de vieilles barges jusqu'à ce que mort s'ensuive. Mais ils ont tout de même proclamé la restriction de résidence dans une zone désignée regroupant les apatrides. *Restriction de résidence*, c'est par ce doux euphémisme que leurs oppresseurs nomment un ghetto, pense Leib. Grand d'une quarantaine de blocs, soit deux kilomètres carrés pour contenir quinze mille Juifs, dont la moitié n'y habitent pas encore, en plus d'une centaine de milliers de Chinois et de Japonais qui y vivaient déjà. Un quartier de petites maisons en brique de deux ou trois étages, de taudis et de ruines, dont la surface est amputée par la gigantesque prison de Ward Road, l'école japonaise, la vaste demeure d'un général, une cinquantaine de fabriques, deux grands marchés couverts et plusieurs dépôts d'ordures. Sans un seul parc ni carré de verdure pour oublier cet urbanisme sordide.

Leib n'a pas été surpris par la mesure, il avait été prévenu par ses amis, tout était une question de *si*, de *quand*, d'*où* et de *comment*, tandis que la majorité des réfugiés ne s'y attendaient pas et avaient été effondrés. Les rumeurs les plus folles avaient pourtant circulé après l'arrestation des membres du comité et du vice-consul Shibata. Ils avaient fini par être relâchés, très éprouvés, après plusieurs semaines d'incarcération. Parmi eux, Boris Topas, le chef de file des Juifs russes, avait été sévèrement battu et torturé, probablement à cause des vigoureuses critiques qu'il avait adressées au pouvoir occupant plusieurs années auparavant, plutôt qu'en raison de la tentative du comité d'infléchir les décisions japonaises. Il gardait de très lourdes séquelles tant physiques que psychologiques, c'était un homme brisé. Quant au Japonais, il avait été démis de ses fonctions, rayé des cadres diplomatiques et renvoyé au Japon. Il payait cher son humanisme. Ensuite rien ne s'était produit, hormis la publication d'autres articles antisémites, quelques escarmouches entre les différentes organisations d'aide et leur recherche désespérée d'argent. Laura Margolies, la responsable américaine du *Joint*, avait tenté d'obtenir, avant d'être envoyée en camp d'internement avec les autres « ennemis de la nation », le rétablissement de fonds de soutien en provenance des États-Unis, afin de sauver les *Heime* de la banqueroute absolue. On avait espéré et tenu bon. Et puis le 18 février était survenu.

Depuis deux mois, les réfugiés résidant ou commerçant dans les concessions internationales doivent « échanger » leur domicile ou leur entreprise, souvent les deux, avec des Chinois ou des Japonais à l'intérieur de la zone désignée, au grand bénéfice de ces derniers. Seuls les Juifs russes sont épargnés, parce que arrivés avant 1937. Les voisins japonais d'Ewa et Leib ont profité de cette aubaine pour acquérir un logement plus décent et ont quitté la ruelle insalubre. Quant aux Britanniques, Américains, Néerlandais, Australiens et autres civils des nations alliées, ils sont eux internés dans une douzaine de camps, dans des conditions encore moins enviables que celles du ghetto.

Leib et Ewa habitaient déjà à l'intérieur du périmètre défini, dans une allée donnant sur McGregor Road, près de la prison. Shoshana et Lazar, eux, tentent par tous les moyens d'obtenir un sursis, ne voulant pas abandonner leur jolie rue de la concession française, mais le fatidique 18 mai, date limite pour intégrer la zone de confinement, se rapproche dangereusement. Quelques mois plus tôt, le Club juif a été réquisitionné par l'armée et transformé en bureau de presse. Transféré au milieu d'un quartier chinois miséreux, il n'accueille plus que rarement des divertissements yiddishs, ce qui affecte sévèrement la situation des Kahan.

Jankiel et Malka ont fini par trouver une pièce, bien plus petite que celle qu'ils habitaient en dehors des limites, qui a cependant le privilège de donner sur la terrasse du Corso Garden, un salon de thé de style viennois, et la suprême commodité de toilettes sur le palier !

Il reste pourtant encore des milliers de personnes qui n'ont pu se loger. Toutes ces communautés qui s'évitaient, les voilà forcées de cohabiter, de se croiser, voire de s'entraider. Les réfugiés n'auraient jamais imaginé en arrivant aux confins de l'Asie connaître un jour une telle infâmie.

Pour Leib, le ghetto incarne avant tout l'humiliation d'être défini par une seule partie de lui-même. Il n'a jamais revendiqué sa judaïté, ne l'a jamais portée en étendard. Il est né dedans, a grandi avec, en a adopté les us et coutumes. Un jour de septembre 1939, il a insulté Dieu. Il ne sait pas s'il croit en Lui ou veut y croire. Il appartient à un peuple plus qu'à une race, injustement honni et conspué, éternel bouc émissaire, sans cesse martyrisé, qu'il aime et auquel il est fidèle, mais ce n'est pas ce qui définit le médecin, le mari, le père et l'ami en lui. Il refuse cette catégorisation. Il est juif et plein d'autres choses. Pourtant aujourd'hui, il n'est reclus que pour cette appartenance, et ça le révolte d'avoir échappé aux ghettos d'Hitler pour finir dans celui-ci. Le soulèvement du ghetto de Varsovie vient d'être écrasé dans un bain de sang. Est-ce le sort qu'on leur réserve ici ? Comme Leib est un doux, qui prend plus soin des autres que de lui-même, il ne crie pas sa rage, il l'enferme dans son ventre où elle suppure. Certes, ce ghetto n'a pas de murs. Que des murs de papier, de badges bleus et rouges, de permis à bande jaune et de couvre-feu. On peut en sortir pour aller travailler selon le bon vouloir de deux grouillots versatiles et imbus d'eux-mêmes. Il n'y a, surtout, pas de déportations massives, de morts lentes de famine, d'exécutions sommaires. Ni de haine de la part de ceux qui les enferment.

Leib rentre chez lui avant d'aller à l'hôpital assurer sa garde. Il gravit lentement l'escalier vermoulu, la silhouette affaissée de celui qui tente de s'arracher à une pesanteur plus psychique que physique. L'enduit du mur lépreux, les couleurs affadies, les coulées de rouille en dessous des tuyaux disent l'abandon et la misère. L'odeur de moisi saisit ses narines, couverte au premier par celle du chou aigre. Devant la porte de leur logement minuscule, il respire à fond, se compose un visage. Il va calmer ses nerfs dans les bras d'Ewa. Il regardera son fils têter goulûment le sein qu'il caressera ce soir. Et il le prendra dans ses bras pour se repaître de son parfum tendre. Son petit, son amour, son miracle, dont le cœur bat fort et régulièrement. L'enfant qui est son remède à l'abattement, à l'épuisement, à la faim. Abel, sa fierté, né un jour d'hiver lumineux, le visage couronné d'une chevelure de cuivre sombre. Il était apparu vigoureux, aussi grand que solide, et sa voix avait porté loin la victoire d'être au monde. Son père l'avait accueilli dans le sang et les larmes de sa femme qui ne voulait personne d'autre que son mari pour l'assister. Elle avait repoussé la sage-femme, avait marché, pliée en deux par les contractions, jusqu'à la maternité de l'hôpital des Émigrants pour mettre au monde son bébé dans les meilleures conditions possibles, et non au milieu des cafards, sans eau courante, dans sa soupente humide.

Aujourd'hui, elle le regarde sourire de sa petite bouche où percent deux dents qui le tourmentent. Il est éveillé et curieux de tout, tente d'attraper ce qui passe à sa portée, dort paisiblement, mange voracement. Il n'a aucun des traits de sa sœur Zofja. Seuls ses yeux bleu foncé à la naissance ont viré au vert pour revendiquer sa filiation maternelle. Mais ses iris sont de la même couleur. Par son impressionnante vitalité il a vaincu les craintes de sa mère.

Parfois, lorsqu'il dort entre eux sur le lit étroit, Ewa se croit dans un repli du temps, où les deux êtres qu'elle contemple forment son unique univers. Ils résistent dans une époque sans avenir, sans échappatoire, sans autre projet que celui de tenir un jour de plus, d'atteindre le lendemain. Abel grandira-t-il en Chine, est-ce là son seul avenir ? Ils ont perdu la quasi-légèreté que leur avait offerte le répit japonais, la joie éphémère des spectacles, le réconfort des fêtes religieuses qui les resserraient en un groupe solidaire. Ici, il n'y a jamais, comme à Kobe, d'escapades bucoliques pour enchanter l'enfance de leur fils. L'humidité de l'hiver lui perce les os, celle de l'été liquéfie sa peau et recouvre tout d'un film poudré vert de moisissure. À chaque creux de désespérance, elle se tourne vers son fils et son mari pour ne pas sombrer. Elle sait qu'elle n'est pas la moins bien lotie, mais savoir que les autres vont plus mal encore n'est pas suffisant pour aller mieux.

Certaines femmes de sa communauté, seules et démunies à l'extrême, ont vendu leurs nouveau-nés. D'autres ont été poussées à la prostitution. On les voit parfois accompagnées d'officiers accrochés à elles dans leur dérive alcoolisée, survivantes en sursis, mortes à l'intérieur. Ewa et Leib, à Varsovie, avaient eu l'eau courante, potable et chaude à volonté, des sanitaires, une cuisine. Ici, chaque geste est un effort, un défi contre la faim et l'insalubrité, élever un enfant dans ces conditions relève de la lutte quotidienne. Après sa garde, Leib rapporte un repas de la soupe populaire où il fait la queue, longtemps, à côté de pauvres hères en haillons, qui ont vendu pour survivre leur dernière chemise. Il se sent mendiant, déteste cette dépendance dégradante. Il marche en détournant la tête devant les vitrines de Chusan Road, la petite Vienne, où le narguent les pâtisseries et les saucisses qu'il ne peut s'offrir. Il ne se souvient plus de la dernière fois où il a mangé de la viande. La pâte de soja est entrée dans leur alimentation. Des légumes étranges, entre épinards et blettes, apportent un peu de verdure au bol de riz. Ewa a besoin de forces pour nourrir Abel et ne rechigne pas.

Les livres, pour elle, ne sont plus qu'un lointain souvenir. M. Shin l'avait gardée un temps par bonté d'âme, puis il s'était reconverti avec succès dans le commerce de machines à écrire.

Depuis un peu plus d'un mois, ce sont ces rutilantes machines qui permettent à Leib et Ewa de manger.

Ewa avait demandé à M. Shin, en plus d'une petite avance financière, de lui trouver une boîte à outils semblable à celle aperçue au magasin, qu'elle lui rembourserait dès qu'elle aurait mis son projet à exécution. Celle-ci obtenue, elle avait confié Abel à une jeune voisine chinoise contre la promesse de quelque colifichet. Puis elle avait patiemment fait la queue devant Goya, avec en main l'attestation de son nouvel emploi fictif de réparatrice de machines à écrire, afin d'obtenir un laissez-passer trimestriel. Le petit homme s'était empressé de le lui signer, obséquieux et tout sourire, ne résistant pas à sa beauté et à sa grâce. Puis, arborant son badge en métal au revers de son manteau, sa lourde boîte à la main, elle avait franchi sans être inquiétée le point de contrôle Ouest, pris le tramway pour explorer la ville chinoise, celle où les étrangers ne s'aventurent jamais, afin de dénicher des collants de soie, des lunettes de soleil, des ceintures et écharpes, qu'elle avait cachés dans le double fond, puis revendus avec un petit bénéfice aux marchands ambulants du ghetto qui eux ne peuvent pas sortir.

Elle y retourne chaque semaine désormais, améliorant ainsi l'ordinaire, troque des biens contre de la nourriture, car l'inflation est telle que les liasses de billets doivent épaissir chaque jour un peu plus. Lorsqu'elle aura entièrement remboursé M. Shin, peut-être pourront-ils s'offrir des saucisses, voire quelques viennoiseries. Ewa voudrait que s'atténuent les ombres sur les joues creuses de Leib.

Ce soir, ils ont assez de riz pour se rassasier. Et pour éclairer la nuit, les rires d'Abel et deux fruits délicieusement juteux et sucrés en forme d'étoile.

28

Shanghai, Chine, 17 juillet 1945

Plusieurs dizaines de lits en fer sont alignés le long des murs blancs de la longue salle. Les fenêtres sont grandes ouvertes mais aucune brise ne fait trembler les moustiquaires. Seuls les ventilateurs au plafond brassent l'air lourd, vicié de miasmes, d'odeurs médicamenteuses et d'eau de Javel. Les infirmières chuchotent pour ne pas déranger le repos des malades.

Shoshana trempe un linge dans la bassine, l'essore puis l'applique sur le front d'Ewa qui n'ouvre pas les yeux au contact de l'eau déjà tiède. La chaleur ambiante est telle que la compresse lui offre peu de réconfort. C'est l'une des journées les plus étouffantes et humides de l'été et seul un drap couvre le corps amaigri de la jeune femme. Des plaques rouges sont visibles dans l'encolure de la chemise de nuit et sur ses bras, éruption maculeuse due au typhus. L'affection tant redoutée par tous a fini par l'atteindre. Sa fièvre ne baisse pas, les maux de tête et les courbatures la tourmentent sans répit. Leib est assis près d'elle, la main dans sa paume inerte. Des cernes soulignent ses yeux ternis par l'épuisement et l'inquiétude. Depuis quatre jours, il n'a quitté le chevet de sa femme que pour prendre des nouvelles d'Abel chez les Krawitz, l'ausculter et surveiller le moindre changement d'attitude ou de température chez son petit garçon, redoutant que l'infection qui frappe sa mère ne l'ait aussi contaminé. Point de vaccin à disposition ici pour s'en prémunir. Leib connaît pourtant un médicament miraculeux, la pénicilline, mais impossible de s'en procurer, et aucun remède de la pharmacopée locale, à sa connaissance, n'est efficace. Depuis qu'il apprend le chinois médical au Séminaire Asiatique de l'Université des Réfugiés, il sait traiter les cas de dysenteries, fréquents, à l'aide d'un extrait de noix, le *kusantze*, et le paludisme avec l'armoise *quinghao*, mais le typhus, non. Il a déjà perdu de nombreux patients. Plus ils sont âgés, moins ils résistent, ce qui laisse à penser qu'Ewa a des chances de s'en sortir, mais son organisme est tellement affaibli par les privations qu'il a de la peine à se défendre contre la bactérie. Régulièrement, elle émerge de sa torpeur, s'agite et appelle.

– Abel. Abel, comment va-t-il ?

Cette fois, c'est Shoshana qui lui répond :

– Pour le moment il est en pleine forme, ne t'inquiète pas. À tel point qu'il cavale partout et qu'il épuise Malka. Elle n'a pas l'habitude de ta petite tornade ! Leib va l'ausculter deux fois par jour.

Les paroles de Shoshana se veulent rassurantes mais tous les trois savent bien que l'incubation est longue et que les enfants sont aussi particulièrement vulnérables. Même avec la meilleure hygiène possible à la maison, Hongkew est un vaste réservoir de poux et de puces vecteurs.

– Je l'ai vu pas plus tard que ce matin et il m'a sauté dans les bras en criant « Tatashana ! ». Jankiel lui a construit une tente avec un drap et de la ficelle, il a fallu que je me mette à genoux pour visiter son palais ! Il se promène en culotte et ne semble pas du tout souffrir de la chaleur.

– S'il devait lui arriver malheur, je ne lui survivrais pas.

Des larmes roulent du coin de ses paupières gonflées.

– Tu as très bien pu être contaminée ailleurs qu'à la maison, dit Leib. Je veille sur lui, ma chérie, ne crains rien, je te le promets. Garde tes forces pour lutter.

Il l'embrasse tendrement pour lui communiquer son courage. Puis, se tournant vers son amie :

– Merci de ton soutien.

– C'est bien normal. Tu veilles aussi sur Lazar.

– Comment va-t-il ces jours-ci ? As-tu pu acheter des fruits ? Il faut vraiment continuer à le suppléer en vitamines.

– J'ai trouvé hier quelques arbouses et des mangoustans. Les pastèques sont moins chères mais je sais que sur le marché de Tong Shan Road, ils les injectent d'eau pour qu'elles pèsent plus lourd, alors non merci, je n'ai pas envie qu'il attrape la dysenterie.

– Tu as raison de te méfier. Est-ce que ses aphtes ont disparu ?

– Presque, mais il reste faible. En revanche, il a enfin obtenu un laissez-passer ! Harada est beaucoup plus compréhensif et courtois que ce salopard de Goya. On ne va pas le regretter celui-là. Les Japonais ont bien compris que le vent a tourné. On pourra enfin retourner ensemble chez les Tukachinsky. Ils nous invitaient toujours pour shabbat. Ça lui fera du bien, ça fait tellement longtemps qu'il n'est pas sorti du ghetto. D'ailleurs je file, parce que je vais déjeuner chez eux justement et tu sais comment sont les trams en ce moment. Et avec tous les escaliers que je monte et descends pour livrer mes petites bouteilles d'huile en ville, parfois jusqu'au huitième ou neuvième étage, j'ai les pieds en bouillie. Alors je n'ai pas envie de faire le trajet à pied ! Allez, courage et pense à dormir un peu. Je repasse demain !

Se penchant vers Ewa, elle lui caresse les cheveux et lui murmure :

– Bats-toi, ma grande ! On est avec toi.

Ewa tente d'étirer un malheureux sourire et de lui adresser un signe d'adieu de la main.

Leib lui soulève la tête pour la faire boire, caresse son front moite.

– Je t'abandonne un peu pour aller voir d'autres patients, je reviens très vite, ma chérie.

Il se tourne vers sa femme qui a déjà refermé les yeux, et il supplie le Ciel pour la millième fois de ne pas lui prendre sa raison d'être, il a déjà payé pour toute une vie.

Le temps s'étire, lent, brumeux. Ewa dérive entre sommeil et délire de fièvre, elle brûle de l'intérieur. Parfois prise d'une quinte de toux, elle cherche l'air à en suffoquer. Ses lèvres semblent cartonnées et elle a tout le temps soif. Dans les lits voisins, des hommes, des femmes, des enfants terrassés par les maux courants ici, typhus, dysenterie, paludisme, béribéri, geignent dans leurs langues d'Europe. Parfois elle aperçoit la longue silhouette de son mari passer et repasser dans l'allée centrale, accompagnée de plusieurs infirmières.

Elle ne sait pas combien de temps s'est écoulé depuis le départ de Shoshana lorsqu'elle perçoit une vibration sourde qui se répercute dans les vitres, dans le sol et jusque dans l'armature en métal de son lit. Puis surgit dans l'espace sonore le vrombissement typique des bombardiers. En renversant un peu la tête, Ewa peut les voir envahir le ciel, comme une formation d'oiseaux migrateurs en V, très près. Trop près. Depuis le printemps, la ville subit des raids aériens de la part des Américains afin de détruire des cibles stratégiques japonaises. Combien de fois ces derniers mois ont-ils, Leib et elle, dévalé l'escalier étroit encombré de voisins paniqués, Abel hurlant de terreur dans leurs bras, en particulier la nuit ? Les abris sont quasi inexistants dans Hongkew, la nappe phréatique étant trop proche pour creuser des caves. Ils s'éloignaient et restaient dans des lieux ouverts, en quelques rares endroits où les bâtiments ne risquaient pas de leur tomber sur la tête. Leib avait été tellement traumatisé par les bombardements de Varsovie qu'il n'acceptait de rentrer que quand tout danger était écarté, quand les fusées éclairantes ne laissaient plus aucun halo orange sur le ciel noir. Parfois, à peine étaient-ils remontés dans leur galetas que la sirène retentissait de nouveau.

Bien qu'ils aient enterré de nombreuses connaissances, ils ont réussi, comme tous leurs amis proches, à rester en vie, malgré les pénuries de charbon et d'électricité, le froid terrible des hivers, le manque de nourriture et d'hygiène, les carences et les maladies. Même Lazar a tenu bon, qui a pourtant beaucoup fréquenté l'hôpital. Le typhus ou les bombes américaines auront-ils raison d'eux cette fois, alors que la fin de la guerre approche ? Ils ont vécu au rythme des rares nouvelles du conflit en Europe, censurées par les Japonais, mais qu'ils obtenaient, sommaires et très partiales, par les Russes, l'espoir chevillé au corps après la victoire de Stalingrad, la capitulation de l'Italie, le débarquement en Normandie, la libération de Paris, l'Armée rouge à Berlin. Fin avril, ils ont célébré la mort d'Hitler comme la disparition du diable incarné. En mai, ils ont embrassé des inconnus à l'annonce de l'armistice en Europe, pensant à la délivrance de leurs familles. Mais la paix dans le Pacifique n'est toujours pas acquise, les Japonais semblent inépuisables, combattant jusqu'à la mort plutôt que de se rendre dans le déshonneur sur toutes les îles et les territoires conquis. Et en ville, malgré la défaite des nazis, ils sont toujours les maîtres, le ghetto toujours en vigueur et les camps demeurent fermés.

Il y a moins d'un mois, les réfugiés ont lu avec horreur et sidération le premier article sur le camp de Treblinka. L'extermination à grande échelle, même si les chambres à gaz n'étaient pas évoquées. Alors ils se sont convaincus que ça concernait les autres, que leurs proches avaient pu, par un moyen ou un autre, survivre. Il n'y a pas encore de noms sur les cadavres des charniers, encore moins sur les cendres.

La sirène de Chusan Road déchire l'air de son hurlement strident. Le grondement s'amplifie, devient rugissement. Son lit tremble, Ewa s'accroche aux montants. Et soudain des explosions assourdissantes retentissent tout autour. Cette fois, Hongkew est la cible. Aux détonations succède le fracas des briques qui s'effondrent en cascades, des vitres qui volent en éclats. Leib est sur elle, Ewa tombe à la renverse puis elle est tirée sous le lit tandis que mille poignards de verre lacèrent les moustiquaires, son matelas vide et ses voisins. L'odeur métallique du sang précède le filet rouge qui se met à goutter sur le plancher, comme un lent métronome de vie qui s'écoule, puis s'étend en flaque juste devant ses yeux.

Des déflagrations d'incendie se succèdent et le souffle brûlant des flammes se propage à travers les allées étroites qui servent d'accélérateurs. Une série de crépitements, comme un feu d'artifice, résonne. Les bombes sifflent avant de percuter le sol qui se creuse en cratères et soulève des gerbes de terre, de pavés, de bitume devenus projectiles mortels. Ewa plaque ses mains sur ses oreilles, terrorisée, en chien de fusil dans les bras de Leib qui la maintient fort contre lui.

Et puis le vrombissement s'éloigne, l'assaut est terminé. L'attaque des Américains est incompréhensible. C'est en fait l'aérodrome de Chiangwan qui était visé, mais la couverture nuageuse a empêché la localisation précise de son emplacement. Deux cent soixante-trois bombes ont été larguées trop tôt, et plusieurs ont touché Hongkew, détruisant au passage un dépôt de munitions et un émetteur radio japonais guidant les navires de la flotte.

Leib relâche son étreinte, soulève Ewa, molle comme une poupée de chiffon, choquée, et va la déposer sur un lit vide de l'autre côté de la salle, épargné par les éclats de verre, dit des choses qu'elle ne comprend pas, ses oreilles sifflant en acouphènes.

L'air est rempli de cendres, de poussière et de fumée. Elle veut crier le nom de son fils mais aucun son ne sort de sa bouche. Elle imagine déjà son petit corps enseveli, broyé. Leib attrape un thermos d'eau bouillie qu'il met entre les mains d'une infirmière et lui ordonne de s'occuper de son épouse. Il revoit les visages gris de ses enfants sans vie dans les ruines. Il attrape linges, bandages, ciseaux, instruments, tout ce qu'il trouve pour porter secours à Abel et à tous les blessés. Ceux de la salle sont déjà pris en charge par d'autres docteurs, alors il file vers Dah Tung Road où habitent Jankiel et Malka.

Il court, court sans s'arrêter, sans un regard pour les corps qui jonchent les rues quand il se rapproche de l'épicentre du bombardement. À bout de souffle, les poumons en feu, il arrive devant l'entrée de l'allée et contemple le chaos. Plusieurs immeubles sont éventrés, laissant apercevoir des planchers déchiquetés et des intérieurs comme des maisons de poupées ouvertes, le décor de la vie quotidienne figé. Des membres de la *pao chia* font une chaîne bien vaine pour tenter d'éteindre l'incendie qui ravage le bâtiment en face de celui des Krawitz. Il hurle les noms de ses amis, pour couvrir les craquements du bois calciné, les avalanches de briques, l'affaissement des carrelages, le bruit d'étoupe embrasée des tissus qui se consument. Dans les artères intactes, les gens dont les habitations sont menacées entassent leurs biens pour les sauver des brasiers.

Soudain, Leib aperçoit Jankiel dans un groupe d'hommes agrippés à un camion de pompier se dirigeant vers la venelle en flamme. Ils veulent tenter d'éviter la propagation de l'incendie à l'autre côté.

– Abel est avec Malka chez les Schulman, sains et saufs, sur Alcock Road, épargnée par les bombes, lui crie son ami.

Leib manque tomber à genoux de soulagement, les larmes aux yeux. Maintenant que son esprit est libéré de l'angoisse, la réalité du désastre lui saute aux yeux. Autour de lui, il aperçoit des amas sanglants, identifie des membres arrachés par les explosions. Les appels à l'aide fusent. Des médecins occidentaux se manifestent, immédiatement opérationnels mais démunis, prennent les pouls, soulèvent des paupières, compressent, garrottent, recueillent les derniers souffles parfois. Des ambulances japonaises et des camions circulent et acheminent les blessés se comptant en milliers vers l'hôpital de la prison de Ward Road.

Leib monte dans un véhicule de secours, tentant de sauver simultanément une jeune femme au poumon perforé, un Allemand au visage déchiqueté par un éclat et deux Chinois sortis des décombres qui ont sombré dans l'inconscience. Dans la cour de l'hôpital règne un chaos indescriptible. On tente de trier les cas par gravité, mais comment évaluer les brûlures, les traumatismes internes, les lacérations, les écrasements ? Des médecins juifs ont été appelés en renfort mais ils n'arrivent à obtenir ni instruments ni l'aide d'infirmières. Par une fenêtre du bâtiment principal, ils aperçoivent un groupe de docteurs chinois fumant tranquillement en jouant au mah-jong, tandis que leurs compatriotes meurent. Dans le bureau adjacent, le responsable argue que, pour intervenir, son personnel doit être payé. Devant cette intolérable indifférence, un chirurgien réputé avec qui Leib a déjà travaillé, le Dr Kneuker, les traits du visage déformés par la colère et l'indignation, se détache du groupe, ferme calmement la porte, puis renverse la table et passe l'homme à tabac. Des instruments sont immédiatement mis à leur disposition, mais hélas sans le concours bénévole des médecins et des infirmières, qui n'ont probablement pas prononcé, eux, le serment d'Hippocrate ou de Maïmonide.

Leib entend plusieurs fois *How much ?* lorsque le blessé est suffisamment conscient, ce qui ne cesse de l'étonner au vu de la situation. Aucun analgésique ni anesthésique n'est disponible, on ampute à vif. Des femmes apportent leurs draps et leurs rideaux pour faire de la charpie et des bandages. Une grande solidarité côtoie le plus abject égoïsme. Les réfugiés, aidés de nombreux Japonais, travaillent sans relâche tout l'après-midi, la soirée et tard dans la nuit, jusqu'à ce que tous les blessés soient hors de danger ou acheminés vers d'autres centres de soin.

À la lueur des lampes à acétylène, les soignants éreintés se posent enfin. Leib a nettoyé, recousu, bandé, redressé des os et des membres durant des heures. Il ne se souvient d'aucun visage, que des expressions, terreur, douleur, reconnaissance, qui s'expriment pareillement quelle que soit l'origine. Les vêtements maculés de sang, il se lave à grandes eaux et retourne auprès d'Ewa, à qui il n'a pu dire que leur fils était hors de danger, parce qu'il avait des vies à sauver.

Bien que l'angoisse de la maladie ne soit pas écartée, seul compte à cet instant le réconfort de la petite vie épargnée. Ewa, contre lui, finit par s'endormir d'épuisement, de toute la tension accumulée qui se relâche pour quelques heures dans le refuge du sommeil. Dans la nuit redevenue calme, le nez sur les cheveux de paille humide, Leib s'assoupit lui aussi, l'esprit toujours en alerte, attentif au moindre bruit suspect. Puis lâche prise et sombre jusqu'aux premières lueurs d'un nouveau matin.

Lorsque Leib apparaît en salle de garde pour y prendre un thé, les mines de ses collègues sont sinistres. Le bilan est tragique. Trente et un réfugiés tués dont quelques connaissances. Plusieurs centaines de Japonais et de Chinois ont aussi perdu la vie. Ils sont innombrables les blessés, et ceux qui sont désormais à la rue, leur maison détruite. Les enterrements se déroulent à la hâte à cause de la chaleur torride, le temps du deuil viendra plus tard.

Tout au long de la journée, de nombreux Shanghaiens viennent offrir fleurs et fruits pour manifester leur gratitude. Ils n'ont visiblement pas l'habitude qu'on leur témoigne de la sollicitude et une aide gratuite.

Dans l'après-midi, le mugissement des bombardiers se fait de nouveau entendre, puis des déflagrations. Soignants comme malades se figent, mais les avions déversent leur chargement explosif au loin.

La libération a décidément un prix bien élevé et amer.

Dans le journal du 27 juillet, Leib lit avec stupeur que les États-Unis, l'Angleterre et la Chine ont posé au Japon un ultimatum : se rendre ou subir la destruction totale. Il ignore que Tsuruga et Kobe, les deux jolies villes qui ont accueilli les réfugiés, ne sont déjà plus que cendres. La fin de la guerre serait-elle proche ? Les Japonais ont à choisir entre vie et déshonneur, ou bien mort et honneur. Mais quelle gloire peut-on emporter dans la tombe ?

Il faut encore plusieurs semaines à Ewa pour vaincre la maladie et se rétablir, accrochée à l'espoir que son fils en réchappe.

Au matin du 6 août, devant la porte de l'hôpital, Abel court vers elle et se jette dans ses bras, rejoint par son père qui les enlace. Leib regarde sa femme amaigrie. Sa beauté anguleuse n'en est que plus touchante. Il lui sourit. Ils se sentent épuisés comme deux coureurs de haies arrivés au dernier obstacle, envahis d'un bonheur fugace et précieux.

C'est lundi, les consultations de Leib ne commencent que plus tard dans l'après-midi. Ils ont un peu de temps devant eux pour savourer leurs retrouvailles. Il ne fait pas encore trop chaud. La journée s'annonce radieuse à Shanghai.

Le temps est clair aussi et le ciel dégagé sur Hiroshima.

29

Shanghai, Chine, 22 octobre 1946

– Allez, allez, ma chérie, calme-toi. Regarde, Abel est tout retourné. On va vite se retrouver aux États-Unis et tout cela ne sera bientôt plus qu'un mauvais souvenir.

Shoshana et Ewa sont enlacées dans une étreinte qu'elles n'arrivent ni l'une ni l'autre à desserrer, sans doute la dernière avant bien longtemps. Les larmes se mêlent sur leurs joues. Abel, dans les bras de Leib, sanglote sans bien comprendre la portée de l'événement qui se déroule devant lui.

– Tu sais bien que non. Contrairement à toi, nous n'avons aucun garant dans le pays et le capitaine Mathews m'a dit pas plus tard qu'hier qu'ils avaient trop de demandes de médecins.

– Et puis les maladies infectieuses ne semblent pas prioritaires pour les Américains visiblement, précise Leib. Ce sont des maladies de pauvres. Ne t'inquiète pas, on retentera, mais on continue à postuler dans d'autres pays.

– Dès que je serai arrivée, je vous promets d'essayer de vous trouver un sponsor.

– Merci. Tu nous enverras des cartes postales de

New York, n'est-ce pas, je veux voir les gratte-ciel ! Et aussi les théâtres de Broadway ! dit Ewa en tentant d'apporter un peu de légèreté à leurs adieux déchirants. Et des photos de Lily quand vous vous reverrez enfin.

Shoshana sourit à l'idée de retrouver prochainement sa fille.

– Tu sais à quel point je suis heureuse pour toi de cette nouvelle vie qui t'attend, même si cela implique d'être séparée de toi, ajoute Ewa. C'est ce que nous avons tous espéré depuis le début !

– Bien sûr, mais ça reste un déchirement. Je ne regretterai pas ce pays, ni ces années terribles, mais me retrouver sans toi, sans vous là-bas…

Shoshana baisse la tête et tente de masquer la peine qui la dévaste. Elle prend Abel dans ses bras avec tendresse, le serre fort contre elle et le couvre de baisers.

– Et toi, petit lutin, veille bien sur papa et maman ! Et apprends l'anglais, comme ça tu pourras venir me voir. Regarde, dit-elle en désignant les appareils alignés sur le tarmac de l'aérodrome de LongHua, toi aussi tu monteras dans un avion.

– Promis Tatashana, répond-il en faisant claquer un baiser sonore sur sa joue.

L'annonce de l'embarquement retentit comme un glas pour Ewa et Leib. Un typhon avait retardé le départ prévu la veille, puis en matinée, leur donnant quelques heures de répit. Le groupe des écrivains, avec qui ils ont partagé un petit banquet d'adieu en l'honneur de leur amie, vient de les quitter.

– Vous irez souvent fleurir la tombe de Lazar,

n'est-ce pas mes amis ? demande Shoshana en versant de nouvelles larmes.

– Chaque semaine.

– Me dire que plus personne ne veillera sur lui quand vous serez partis me désole. Il restera à jamais dans cette terre chinoise que nous avons détestée.

– Tu sais à quel point je peux comprendre ton chagrin, dit Ewa en pensant à la sépulture abandonnée de Zofja.

– Pardonne-moi encore, je suis tellement désolé, dit Leib.

– Mais tu n'es en rien responsable de sa mort, arrête de penser ça ! Que veux-tu, le typhus est une cochonnerie, vous en savez quelque chose. Tu m'as déjà aidée à m'en sortir et je t'en suis infiniment reconnaissante, mais Lazar était plus âgé que nous et tellement affaibli par ces années de privations. C'est de ne pas avoir été à ses côtés à la fin qui me mine encore. Heureusement, vous et tous ses chers auteurs étiez là, ça m'a un peu consolée.

Au printemps, le couple avait fini par attraper le typhus et Shoshana luttait encore contre la maladie quand Lazar avait succombé. Clouée à son lit d'hôpital, elle n'avait pas pu veiller son époux ni assister à ses obsèques. Elle avait perdu, en plus d'un merveilleux compagnon, un partenaire artistique et un complice intellectuel. Leib avait été très affecté, l'un de ses amis les plus proches avait disparu et il vivait comme un échec médical personnel son décès. À peine remise, Shoshana avait pu obtenir un visa grâce au soutien d'imprésarios et d'écrivains américains.

– Où que vous alliez, nous nous retrouverons. Faisons-nous cette promesse de ne jamais perdre le lien, quelles que soient les distances entre nous, dit encore Shoshana.

Elle regarde une dernière fois ceux qu'elle aime tant. Ewa essaie de garder bonne figure alors qu'elle se désagrège de l'intérieur. Il y a cinq ans presque jour pour jour, elles accostaient sur ces rivages chinois. Combien de kilomètres ont-elles parcourus ensemble, combien de moments inoubliables ou tragiques ont-elles vécus côte à côte ?

C'est la deuxième fois que Leib et Ewa regardent partir des êtres chers. Jankiel et Malka ont vogué vers la Nouvelle-Zélande quelques mois plus tôt. S'ils peuvent croire qu'un jour peut-être ils rendront visite à Shoshana aux États-Unis, ces îles perdues au milieu du Pacifique leur semblaient une terre du bout du monde où ils n'iraient sans doute jamais et les adieux avaient été d'autant plus douloureux qu'ils leur paraissaient définitifs.

Serrés l'un contre l'autre avec Abel au milieu, ils font de grands signes à leur amie qui s'éloigne avec les autres passagers. Cette séparation n'est pas qu'une absence douloureuse. Elle leur renvoie l'échec de leur propre exil. Ils n'ont pourtant pas ménagé leurs efforts durant cette longue année écoulée depuis la victoire.

Quelques jours après la deuxième bombe atomique sur Nagasaki, le Japon avait enfin capitulé. Sans rien soupçonner des atrocités qu'elles avaient engendrées, ils n'avaient considéré que la défaite de l'occupant. Les Chinois, eux, avaient célébré la chute de ceux qui les avaient soumis et opprimés sur une grande partie de leur territoire durant plus de quatorze années.

Le 15 août 45, les exilés avaient dansé, chanté, crié à tue-tête dans toutes les langues de l'Est. Les Allemands, les Autrichiens, les Tchèques, les Lettons, les Hongrois et les Polonais s'étaient étreints et embrassés. Six ans qu'ils attendaient ce moment. Le *gaoliang*, l'alcool de riz bon marché, avait circulé de mains en bouches, et Ewa avait pris ce jour-là sa première cuite.

Ils n'avaient pas été libres de circuler pour autant. Les Japonais avaient fini par disparaître, tout comme les svastikas. Les Anglais, les Américains, les Néerlandais et tous les civils prisonniers des nations alliées avaient été relâchés dans un état plus pitoyable encore que ceux du ghetto. Il s'était passé deux ou trois semaines étranges pendant lesquelles la désorganisation était telle qu'ils avaient tous eu vraiment faim. Les portraits de Tchang Kaï-check, le libérateur annoncé, avaient fleuri un peu partout, mais c'étaient finalement les Américains qui étaient arrivés dans leurs drôles de jeeps, accueillis en héros malgré les bombes qu'ils avaient fait pleuvoir sur Hongkew.

Grâce à son anglais, Ewa avait pu trouver un travail de secrétariat auprès d'un officier américain, ce qui lui avait donné accès aux magasins militaires et avait grandement amélioré l'ordinaire. Leib avait continué à travailler à l'hôpital et au cabinet. La vie s'était peu à peu adoucie, ils avaient recommencé à rêver de départ. Les visites incessantes aux différents consulats avaient repris, comme en Lituanie et au Japon. Mais les États-Unis et les autres nations victorieuses n'avaient pas ouvert grand leurs portes pour autant. Les quotas étaient toujours en place, dérisoires, surtout pour les petits pays comme la Pologne, dont les populations juives avaient pourtant été les plus durement touchées. Évidemment, personne ne voulait rentrer dans son pays dévasté. Quelques Russes émigrés de longue date avaient cru dans le bonheur rouge annoncé par les Soviétiques et étaient partis vers Moscou, sans imaginer ce qui les attendait. Leib avait tenté de recontacter l'université américaine qui l'avait invité à enseigner avant la guerre, en vain.

Comme les civils japonais avaient dû quitter la ville précipitamment, les réfugiés avaient pu trouver de meilleurs logements. Éparpillés à travers tout Shanghai sans connaître le devenir des uns et des autres hormis les très proches, certains avaient émigré sans faire leurs adieux.

Quand la réalité des camps avait commencé à être révélée par les films d'actualités russes, les réfugiés avaient eu du mal à y croire tellement la vérité était effroyable et stupéfiante. Ces êtres cadavériques au regard vide étaient-ils réellement leurs frères ? Et puis un jour de décembre 45, Leib et Ewa s'en souvenaient très précisément car la date du 6 avait marqué un avant et un après, le journal en yiddish avait titré en très gros : « 5 700 000. Dieu souviens-toi, Dieu souviens-toi, nous n'en demandons pas plus. Souviens-toi des 5 700 000. » Un chiffre tellement monstrueux qu'il semblait irréel. Ils avaient pensé que Dieu se souvenait forcément puisque la détermination des hommes au mal avait entièrement dévoré ce libre arbitre qu'Il leur avait accordé.

Comment une telle atrocité avait-elle été possible, des êtres conscients massacrant d'autres êtres à la chaîne, chaque jour par dizaines de milliers, insensibles aux regards des enfants, aux supplications des femmes, aux gémissements des vieillards ? Mais ce nombre restait vide, abstrait. Puis des listes de noms de survivants avaient commencé à être affichées à la

Croix-Rouge, à la yeshiva de Mir, aux sociétés d'aide. Leib s'y était rendu chaque jour, cherchant désespérément ceux de sa famille. Parfois, l'espoir durait une demi-seconde lorsqu'il apercevait un homonyme, immédiatement démenti par la date de naissance. Pas un n'avait réchappé. Ewa savait bien ce qu'il ressentait, mais le partage de sa souffrance, pour l'atténuer, était impossible. Son mari s'était enfoncé semaine après semaine dans un deuil sans fin.

L'appareil de Shoshana n'est plus qu'un point minuscule à peine visible au-dessus du Huangpo. Comme Leib, de sa famille à Lodz elle n'a trouvé aucun rescapé. Même celle réfugiée à Londres a été victime des bombardements durant le Blitz. Et de ses fils Efrim et Samuel déportés en Russie, elle n'a aucune nouvelle. Sont-ils morts, agonisant dans un goulag ? Elle se ronge de l'ignorer. Elle est désespérément seule pour porter toutes ces absences.

Ils n'auront jamais, ni les uns ni les autres, de tombes où se recueillir, de cimetières à visiter. Il n'y a que des cendres dispersées sur des terres de douleur sans cérémonies, sans larmes. Quelques stèles commémoratives seront élevées sur les charniers, dans les camps d'extermination, mais les âmes, elles, sont parties vers le ciel en fumée.

30

Sibérie orientale, fin décembre 1946.

Ce voyage finira-t-il un jour ? Depuis combien de temps étaient-ils partis d'Odessa ? Quatre semaines ? Cinq ? Au début, Sugihara les comptait. Et puis, à force d'arrêts incessants, de changements de fuseaux horaires, d'horloges qui ne donnaient pas l'heure du lieu, de l'ennui qui s'étirait à l'infini à cause de l'inaction, à l'image de l'immensité des paysages figés, il avait fini par ne plus s'en préoccuper pour ne pas devenir fou.

Leur train de marchandises s'était arrêté dans une petite gare. Le rituel se répétait. Il fallait quitter le wagon, hisser les trente valises dans le camion, les recompter, installer dans le fourgon les garçons bien emmitouflés avec Yukiko et Setsuko, dont on devinait à peine les yeux entre chapka de fourrure et manteau. Le ciel était d'un bleu marine pur dans la lumière déclinante, si parcimonieuse en ces temps de solstice. La température avoisinait les moins 35 et perdrait encore une dizaine de degrés à la nuit tombée. Il ne fallait pas traîner si l'on ne voulait pas geler sur pied. Ils se trouvaient en Sibérie orientale, quelque part après Skovrodino et avant Khabarovsk. Il ne connais-

sait pas le nom de la station mais ils avaient dépassé ce matin Birobidjan. Dans la lenteur affligeante et insupportable du convoi, il avait eu tout loisir de repérer le nom écrit en russe et en hébreu et n'avait pu s'empêcher de penser à tous ces Juifs qui avaient tenté de s'installer dans une terre si hostile, concédée pour se débarrasser d'eux, et à leurs coreligionnaires qui, six ans plus tôt, avaient fait le même chemin que sa famille vers le Japon.

Sugihara estima qu'ils approchaient de leur destination mais tout dépendait encore du temps qu'ils devraient passer dans ce nouveau camp. Il ignorait si ce serait le dernier ou s'il y en aurait d'autres, et si l'attente du bateau serait longue. Il avait beau poser des questions, il n'obtenait aucune réponse, leurs gardiens ne sachant rien eux-mêmes.

Le groupe des 17, comme il les appelait en pensée, restait stoïque, obéissait aux ordres, sans faire de vagues, sans récriminations, ils avaient l'habitude maintenant. Il y avait le chargé d'affaires et son épouse, le personnel de la légation de Bucarest, celui de l'attaché militaire, et l'épouse de son adjoint, une Russe blanche et leur bébé. Seulement quatre femmes, donc, parmi eux.

Le trajet fut pénible sur la route trouée de nids-de-poule, comme dans un long tunnel éclairé par les étroits faisceaux des phares perçant la nuit. À l'arrivée au camp, tous les bagages furent minutieusement fouillés, l'occasion pour les soldats russes locaux d'escamoter quelques objets. Les savons pour la lessive avaient été tellement piqués pour vérifier qu'ils ne dissimulaient rien de compromettant qu'ils tombaient en miettes. Le Leica avait disparu depuis longtemps, la caméra 8 mm aussi. Ce soir-là, Yukiko supplia avec toute la force de son épuisement nerveux, au bord des larmes, qu'on lui laisse les photos de ses enfants. C'était ce qui lui restait de plus précieux, toute la mémoire familiale de ces dernières années, leurs sourires de bébés, leurs premiers pas, leurs sorties du dimanche à Helsinki, Kaunas, Berlin, Prague, Königsberg, Bucarest, Brasov…

Le destin était décidément bien ironique et facétieux pour renverser à ce point les situations. Après avoir été celui qui avait procuré des passeports pour la liberté, voilà Sugihara derrière des barbelés, dépendant du bon vouloir des autorités soviétiques. S'il avait pu alors négocier avec elles pour faciliter le transit des réfugiés, il était désormais totalement impuissant à accélérer son propre rapatriement.

Leur groupe n'était certes pas le plus à plaindre, il y avait des centaines de milliers de soldats japonais prisonniers des Russes dont le sort était beaucoup moins enviable, et aussi tous leurs compatriotes installés ou nés dans le Mandchoukouo.

Les nuages noirs s'étaient amoncelés début 44. L'ancien consul avait installé sa famille loin de Bucarest, sur les hauteurs de Brasov, pour fuir les bombardements. Cela avait été une bien étrange période pour la Roumanie car le dictateur Antonescu avait fini par être arrêté, tandis que le roi, avec le conseil de la résistance, avait déclaré la guerre à l'Axe. En quelques jours, le pays avait viré de bord et rejoint les Alliés, le front s'était déplacé de 700 kilomètres vers l'ouest. Pendant les semaines de négociations, les troupes roumaines avaient subi les attaques de la Wehrmacht comme celles de l'Armée rouge, puis s'étaient retrou-

vées sous commandement soviétique après l'armistice. La capitale et les champs pétroliers de Ploiesti avaient été bombardés tantôt par les Allemands, tantôt par les Américains.

Aucune instruction n'arrivait plus de Berlin, les communications étant coupées. La reddition des nazis et la paix du 8 mai 45 ne concernaient que l'Europe, la guerre continuait ailleurs. En juillet, tout le personnel et leurs familles avaient été assignés à résidence. Et puis, l'URSS avait déclaré la guerre au Japon le 9 août, le jour même où la deuxième bombe nucléaire avait été larguée sur Nagasaki, alors que l'Empire espérait encore l'appui des Russes pour négocier avec les Américains des conditions de reddition plus favorables. Il était déjà terrible de voir son pays vaincu, dominé et anéanti, mais lorsque, en plus, celui qui enfonce le poignard parle la langue qu'on aime et chérit, pour Chiune c'était odieux.

La légation japonaise s'était soudain retrouvée en territoire ennemi. Le groupe des 17 avait alors été transféré dans une caserne à l'extérieur de Bucarest, où étaient internés aussi les diplomates italiens et des prisonniers allemands. Aux Sugihara avaient été attribuées deux petites pièces. On leur distribuait de la soupe et ils pouvaient cuisiner quelques légumes pour améliorer l'ordinaire. Seuls les enfants avaient la liberté de se promener où bon leur semblait dans l'enceinte. Les adultes n'avaient le droit qu'aux promenades dans la cour. Le désœuvrement était frustrant, aliénant. L'été avait laissé place à l'automne, puis à l'hiver, sans qu'aucune nouvelle de leur devenir ne leur parvienne. La neige avait tout enseveli dans le silence. Ils ignoraient si on allait les renvoyer au Japon ou au fin fond de la Sibérie. Sugihara servait d'intermédiaire avec les plantons comme avec les autorités peu accessibles, glanait de rares informations. Le Japon avait capitulé. Le monde entier, exsangue, tentait d'émerger du chaos, et eux vivotaient dans un petit univers étriqué et reclus, correctement traités, mais enfermés. Après les années de faste, la misère des perdants.

Presque un an et demi s'était écoulé ainsi avant qu'un jour de fin novembre on leur annonce qu'ils rentraient. Un sentiment de soulagement immense les avait envahis, tandis qu'ils démantelaient leur vie bancale dont ils avaient ignoré si elle durerait un mois, dix ou cent.

La longue transhumance avait commencé. Ils n'avaient pas eu de provodnitsa *pour arranger leur couchette le soir, ni de samovar bouillant pour leur thé. Pas non plus de wagon-restaurant pour leurs repas, mais des gamelles tièdes, des baraquements insalubres, des sorties dans l'air glacial pour se soulager sous escorte, des bassines d'eau froide pour leurs trop rares ablutions, les poux et les puces comme compagnons. Au moins n'avaient-ils pas connu la faim.*

Sur le châlit en bois, avec Haruki son petit dernier, son enfant lumineux et rêveur lové contre lui qui dormait en souriant, Sugihara cherchait un sommeil qui le fuyait. Il repensait aux dix dernières années loin de son pays. Une décennie que Chiune, Yukiko, Setsuko et petit Hiroki avaient quitté l'archipel. Ils étaient partis sereins et curieux vers l'Europe, y avaient agrandi la famille. Il se demandait ce qu'il aurait pu ou dû faire différemment pour ne pas en arriver là. Il n'avait pas choisi la politique de l'Empire, il aurait tellement préféré lui voir privilégier les démocraties occidentales. Il avait servi son pays du mieux qu'il avait pu sans sacrifier son âme. Il avait bon espoir désormais qu'ils atteindraient le Japon et ne termineraient pas au fond de quelque goulag. Chaque jour qui les rapprochait des côtes sibériennes, l'angoisse et l'excitation mêlées montaient en puissance. Mais qu'allaient-ils retrouver de leur patrie anéantie, de leurs villes rasées, de leurs familles affamées ? Le Japon était en ruine. D'avenir, il ne pouvait même pas commencer à imaginer. Comment pourrait-il demeurer diplomate dans un pays contrôlé par l'occupant ? Serait-il sanctionné pour son aide aux Juifs ? Il allait payer le lourd tribut des rêves de grandeur que d'autres avaient fait pour leurs compatriotes.

Pour qu'ils puissent regagner leur patrie, peut-être avaient-ils fait l'objet d'obscures transactions, échanges, tractations, minuscules pions sur le grand échiquier de la diplomatie d'après guerre. Les vainqueurs n'étaient pas ceux qui avaient déclenché le conflit. En rétribution du monstrueux coût humain et financier qu'ils avaient payé, Soviétiques, Américains et Anglais s'étaient partagé le monde vaincu. Ils avaient, à Postdam, négocié la part d'influence de chacun.

La Deuxième Guerre mondiale n'était pas encore tout à fait terminée que la troisième commençait, insidieuse, silencieuse, « froide », ce grand affrontement qui allait façonner les quarante-cinq prochaines années se dessinait déjà.

ÉPILOGUE

Acre, Israël, juin 2016

Le soleil, en déclinant, a paré notre salon d'été des ombres mouvantes des feuillages. La chaleur torride de l'après-midi, tempérée par les évocations de neige et de glace, a laissé place à la douceur du soir. Le *taboon* est maintenant froid, les assiettes et les verres sont disséminés un peu partout, faisant le régal des chats, mais nous n'y prêtons pas attention. La voix grave de ma mère continue de nous transporter dans son passé. Parfois, elle marque une pause, la gorge sèche d'avoir tant parlé, boit quelques gorgées sans que personne ne bouge. Silencieux et attentifs, nous sommes tous suspendus à ses lèvres, même moi qui connais pourtant les grandes lignes de son histoire. Elle a un talent insoupçonné pour la narration.

Les cousins sont serrés les uns contre les autres, imbriqués dans une sorte d'amas protecteur, comme s'ils devaient s'abriter des menaces et des violences dont le récit de leur arrière-grand-mère est chargé. Le visage de Noah a perdu son arrogance. Hannah, ma femme, est assise sur l'accoudoir de mon fauteuil, à me caresser la nuque tendrement, comme pour rassurer le petit Abel, l'enfant né dans le chaos de la guerre en Chine.

Maman répète « 5 700 000 ». Au-delà de l'abomination de ce chiffre, c'est l'anéantissement total de leurs deux familles qui fait remonter la douleur. Soixante-dix ans plus tard, Ewa pleure. La voix de ma mère se brise. Elle essuie son œil vert, puis son œil bleu du revers de la main en soulevant ses lunettes.

– On ne guérit jamais. On l'enfouit et on vit avec. Enfin, on essaie. Lorsque votre arrière-grand-père Leib s'est éteint en 1986, il m'a dit qu'il avait fait ce qu'il avait pu pour m'accompagner le plus loin possible. Ses disparus avaient eu raison de sa santé, il avait hâte de les retrouver. Il était persuadé que sa tumeur cancéreuse était l'amas de tous ses chagrins, de toute la culpabilité qui l'avait rongé. J'ai vu se consumer lentement l'amour de ma vie sans pouvoir rien faire. Nous sommes restés unis quarante-quatre ans tout de même, avec cette douleur sourde, avançant avec effort, trop souvent dans le bruit des guerres, mais plutôt heureux.

Elle tourne inconsciemment son alliance devenue trop grande, l'anneau d'or si fin, usé par les ans, que mon père avait troqué à Shanghai contre son meilleur costume. Je revois son immense silhouette, presque au même âge que moi aujourd'hui, se voûter prématurément, ses yeux si bleus pâlis de cataracte se perdre dans le lointain. Le héros de ma jeunesse était parti sans lutter, soulagé, libéré.

Pour chasser l'accablement des dernières paroles, Maman reprend :

– Nous avons passé plus de deux ans à regarder partir les autres. Avec Jankiel et Malka, nous avons correspondu durant des décennies sans jamais nous retrouver, mais ils ont eu une belle vie paisible à Wellington. Un jour le courrier s'est arrêté et, comme ils n'avaient pas d'enfant, je n'ai jamais su leur fin. Le groupe des écrivains s'est dispersé petit à petit. Yosl Mann est parti en 47 vers le Canada, puis il s'est installé à New York lui aussi. Il y a enseigné et est devenu une figure importante de la culture et du folklore yiddishs là-bas. Shoshana et moi étions inséparables et pourtant la vie a distendu ce lien.

Maman s'interrompt pour me regarder, les yeux emplis de nostalgie, sachant combien j'ai aimé son amie.

– Mais il ne s'est jamais rompu. Nous n'avons pas cessé de nous écrire, nous nous appelions une fois par an, le 25 juin, pour son anniversaire. Vous ne savez pas la chance que vous avez d'avoir tous ces moyens de communiquer aujourd'hui. À l'époque, les appels longue distance coûtaient si cher, on concentrait l'essentiel en quelques phrases, le reste on l'écrivait sur du papier avion. On se téléphonait surtout pour l'émotion d'entendre la voix de l'autre. Shoshana nous a rendu visite en 1951, nous sommes allés la voir à New York en 62, et votre grand-père Abel a séjourné chez elle plusieurs mois, peu de temps avant qu'elle ne meure en 68. En apprenant son décès, j'ai pleuré comme jamais depuis la mort de ma petite Zofja et la disparition de ma famille dans l'incendie de la synagogue. Là-bas, elle avait continué à jouer, à monter des pièces de théâtre, à écrire des articles, des romans, faisant perdurer la mémoire yiddish. Sa fille Lily a survécu à la guerre en Italie et a fait une brillante carrière de chanteuse, mais Efrim et Samuel ont disparu à tout jamais en Russie, leur mère n'a jamais su ce qu'il était advenu d'eux. Vous imaginez, ignorer le sort de ses enfants, ne pas savoir s'ils ont survécu ou s'ils sont morts quelque part dans les goulags sibériens…

» Après tous ces départs, la communauté juive de Shanghai avait déjà bien fondu. Les derniers, ceux qui avaient des commerces, qui avaient prospéré, ont été chassés par l'arrivée de Mao en 49. Un autre fou mégalomane et sanguinaire qui n'avait rien à envier à Hitler et Staline. Mon ancien patron, M. Shin, un intellectuel qui avait étudié à l'étranger et avec qui j'étais restée en contact, n'a plus donné de nouvelles. Il a sans doute été persécuté, victime de purges, envoyé en camp ou assassiné.

» Nous qui n'avions jamais été sionistes, nous avons commencé à rêver d'Israël, d'une vie dans un pays neuf où tout était à construire. Nous avons reçu nos visas en juin 48, peu de temps après la création de l'État. Nous sommes arrivés après plusieurs semaines de traversée pas très loin d'ici, à Haïfa, comme tous ceux qui voulaient rejoindre la Terre promise, avec ou sans papiers. Tiens, Gabriel, tu devrais emmener ton fils visiter le camp de transit d'Atlit, juste à côté de Césarée, où étaient enfermés les migrants illégaux pendant le mandat britannique. Tu pourras imaginer, Noah, comment ont vécu ces gens qui sortaient des camps de concentration et qui se sont retrouvés de nouveau derrière des barbelés, sous des miradors.

Mon petit-fils baisse les yeux, il ne peut soutenir le regard de son aïeule, qui pourtant est si doux, sans reproches.

» Nous avons vécu presque quinze ans au kibboutz, à planter des légumes et à traire des vaches, à tenter de créer une petite société laïque, laborieuse et bienveillante. J'enseignais la littérature aux enfants et un peu d'anglais. Leib soignait autant les arbres que les humains, il aimait ça, nous avions grâce à lui des récoltes exceptionnelles. Il a aussi pansé de nombreux soldats pendant les conflits, soulagé de ne pas avoir à combattre.

» Un jour, j'ai été appelée au bureau central. En face du responsable était assis un vieil homme barbu, presque chauve, flottant dans un manteau élimé. S'il n'y avait pas eu son sourire, je crois que je ne l'aurais pas reconnu. C'était mon père. Mon père survivant des goulags, libéré. Il était retourné à Bialystok où il n'y avait plus personne, puis il avait suivi durant des mois notre trace grâce aux organismes d'aide, en passant par l'Allemagne, l'Italie, jusqu'ici. Je ne peux pas vous décrire ce qu'on a éprouvé l'un et l'autre, de joie et de désespoir, seuls survivants de notre famille, enfin réunis. Il a vécu avec nous au kibboutz pendant cinq trop courtes années. Abel et lui sont devenus inséparables. Avoir un grand-parent au moins pour faire pousser des racines solides à son arbre généalogique, c'est une chance que peu d'enfants, ici, ont eue. Seulement, son organisme avait tellement souffert des privations et du froid qu'il s'est éteint doucement. Mais pas seul.

» Comme aucun autre enfant n'est venu agrandir la famille, le soir, je lisais. J'écrivais des articles sur mes lectures pour de nouveaux magazines qui fleurissaient, en hébreu, plus personne ne voulant du yiddish, qui incarnait la langue des victimes. Et puis, après son service militaire, Abel est parti à l'université à Haïfa et nous l'avons suivi. J'ai commencé à travailler dans une maison d'édition et avec les années, j'ai fini par la diriger. Quand votre grand-père a publié son premier roman, j'étais si fière, il concrétisait tout ce que j'avais porté en moi et n'avais jamais pu formuler. La suite vous la connaissez, son succès, les traductions, l'enseignement, les débats. Appelfeld, Oz, Yehoshua, Kahana-Carmon, Grossman, Shalev, se sont tous succédé sur mes fauteuils élimés, là où vous êtes assis. N'est-ce pas, mon fils !

Son visage s'éclaire d'un sourire si lumineux que je lui souffle un baiser sur ma paume ouverte. Je voudrais qu'elle y voie toute ma reconnaissance, tout mon immense amour. Elle m'a ouvert dès mon plus jeune âge au monde mystérieux des mots, insufflant dans les contes qu'elle lisait la magie des rêves, des pays étranges qu'elle avait traversés.

– Je ne sais pas ce que vos parents vous ont dit au sujet de votre visite cette année, comme ça en dehors des vacances. Vous comprenez sans doute mieux maintenant pourquoi il me semblait si important que vous soyez là, autour de moi, sans doute une dernière fois.

À l'évocation de sa disparition prochaine, nous nous insurgeons tous, faisant sursauter les chats qui ronronnent sur nos ventres.

– Pendant des décennies nous n'avons rien su du consul japonais, ni du hollandais. Nous leur devions la vie mais nous les avions oubliés, relégués au fond de notre mémoire, comme tout ce qui touchait à la guerre et à la Shoah. Ils ressurgissaient dans notre esprit de temps à autre, quand quelque chose dans l'actualité évoquait le Japon ou les Pays-Bas. En 1968, l'un des survivants a fini par retrouver la trace de

Sugihara. Ce n'est que bien plus tard que nous avons appris ce qu'il lui était arrivé, par son dernier fils Nobuki, né au Japon après son retour. Sa famille n'avait regagné le pays qu'au printemps 47 après un long internement en Roumanie et un interminable retour par la Sibérie. À son arrivée, il avait été rayé des cadres du ministère. Sans doute à cause de sa désobéissance, il avait signé des visas malgré les mises en garde de Tokyo, et aussi parce que, placé sous administration américaine, le pays n'avait plus besoin d'autant de diplomates. Son plus jeune fils Haruki était décédé peu de temps après d'une leucémie foudroyante. Puis c'est sa belle-sœur Setsuko qui les avait accompagnés durant toutes ces années qui mourut. Pour faire vivre sa famille dans le Japon dévasté de l'après-guerre, il a occupé toutes sortes d'emplois de vendeur, de représentant de commerce, d'administrateur, de traducteur. Il a fini par partir à Moscou pour une société, seul. Lui qui était né le premier jour du siècle s'est épuisé jusqu'à ses soixante-quinze ans pour assurer une bonne éducation à ses fils. En 1969, il s'est rendu en Israël et a rencontré Warhaftig, qui était devenu notre ministre des Affaires religieuses, et qui lui a remis une décoration pour tout ce qu'avait entrepris le consul à Kovno. En remerciement de l'action de son père, Nobuki a été invité à poursuivre ses études à l'Université hébraïque de Jérusalem. Vous verrez demain, il parle parfaitement hébreu. Israël est un peu sa deuxième patrie.

» En 1985, à l'ambassade d'Israël à Tokyo, en présence du Premier ministre de l'époque Itzhak Shamir, Chiune Sugihara a reçu de Yad Vashem le titre de « Juste parmi les Nations », honorant les hommes et les femmes qui ont sauvé des Juifs pendant la guerre au péril de leur vie. Au moins a-t-il su ce qu'il était advenu des gens qu'il avait contribué à sauver et il en a été remercié officiellement. Zwartendijk, lui, hélas, n'a reçu ce titre qu'en 97, vingt ans après son décès. Nous n'avons jamais eu l'occasion de leur témoigner notre reconnaissance. Mon mari et Sugihara sont décédés à quelques semaines d'intervalle, à l'été 1986. J'espère qu'ils se tiennent bonne compagnie là-haut…

Elle laisse passer un temps, plongée dans cette évocation d'un au-delà paisible et serein qui la fait sourire.

– Vous vous souvenez de la petite Mira sur le bateau ? C'est elle qui nous a retrouvés. En 1992, nous sommes retournées ensemble à Shanghai. Tant de souvenirs ont afflué… Nous habitions la même rue à une centaine de mètres l'une de l'autre, et nos maisons étaient toujours debout. Mais la ville avait tellement changé. Il y a maintenant un Musée des réfugiés juifs dans l'ancienne synagogue où nous nous sommes mariés. Shanghai a été un enfer, mais aussi le havre qui nous a sauvés.

– J'aurais voulu aller au Japon avec mon mari, mais Kobe avait été presque anéantie, nous avons préféré garder les souvenirs éblouis que nous en avions. Quant à la Pologne, je n'ai jamais voulu y revenir, c'était au-dessus de mes forces. Mais je suis allée en Lituanie. Je devais faire ce voyage. Il a fallu attendre que le rideau de fer tombe et que le pays s'ouvre. C'était en 2001, j'avais plus de quatre-vingts ans ! Le consulat du Japon, la maison des Sugihara, est devenu un musée, visité par les réfugiés et leurs descendants. Kovno est en train de se transformer en une jolie ville après les années communistes. Mais plus rien ne subsiste de Slobodka, le quartier juif, c'est maintenant une banlieue industrielle. Du cimetière où a été enterrée ma petite Zofja, il ne reste pas grand-chose, les Soviétiques ont tellement veillé à éradiquer toute trace de religion ! C'est un grand pré qui monte vers une colline. Il n'y a que sous le couvert des arbres, dans la pente, que des stèles tiennent encore debout, de guingois et couvertes de mousses. Même ça on ne nous l'a pas laissé. Je n'ai pas pu reconnaître l'emplacement de sa sépulture. J'en ai pleuré de déception et de tristesse. Oh bien sûr, je savais qu'elle n'était pas là, que sous mes pieds ne demeuraient que des os et de la poussière. Mais tout de même, la mémoire a besoin de s'accrocher à des lieux pour la faire vivre…

Maman se tait longtemps et nous respectons son silence. Enfin, elle tend la main vers Noah, assis en face d'elle, celui par qui tout ce long témoignage a surgi. Préambule à la cérémonie du lendemain, il l'éclaire d'un jour nouveau. Elle caresse sa joue, l'attire vers elle pour une étreinte tout en tendresse. Lorsqu'ils se détachent l'un de l'autre, elle le regarde en souriant. Puis elle se lève avec difficulté et dit :

– Je vais me reposer, sinon je ne pourrai pas profiter demain.

Oui, demain Nobuki sera là, qui accueillera au nom de son père toutes les larmes de reconnaissance, les poignées de main chaleureuses, les témoignages qui émergeront. Ils seront tous là, les derniers survivants qu'Ewa a retrouvés des décennies plus tard, leurs enfants, leurs petits-enfants, leurs arrière-petits-enfants, et même leurs arrière-arrière-petits-enfants, quatre générations nées grâce à quelques hommes de bonne volonté.

La nouvelle rue Sugihara mène au planétarium de Netanya. Une petite allée modeste, comme l'homme qu'il était.

Le 19 novembre 2000, un astéroïde de quatorze kilomètres de diamètre a été découvert et baptisé *Sugihara* par un jeune astronome canadien, accrochant ce nom pour l'éternité à l'infini de l'espace, pour qu'il tourne autour de notre planète tel un gardien tutélaire et bienveillant.

CARTES

Territoires de Pologne
annexés par le IIIe Reich et l'Union soviétique

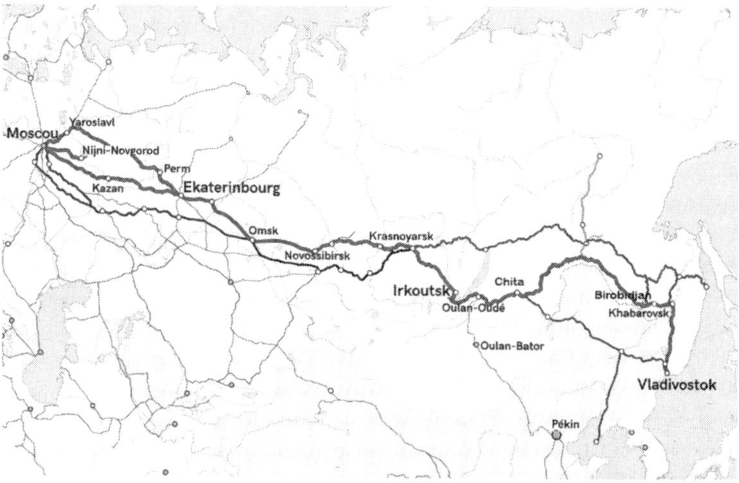

Le Transsibérien

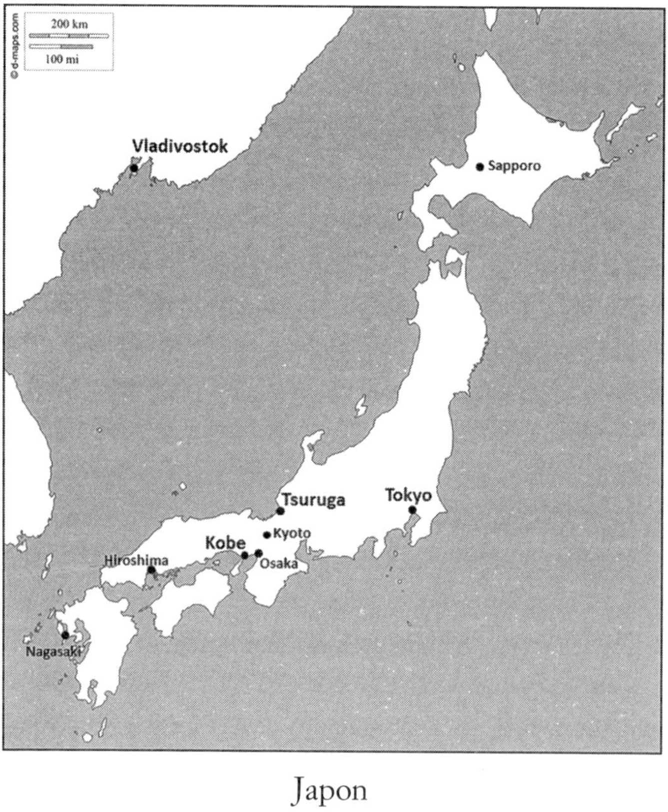

Japon

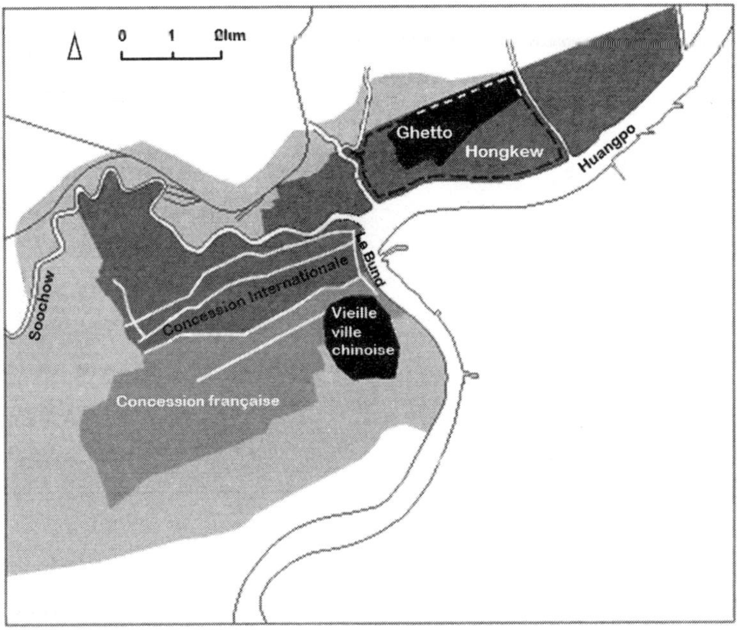

Ghetto de Shanghai

NOTES ET REMERCIEMENTS

C'est au hasard des recherches pour mon premier roman qui se déroulait au Japon, *La Mémoire sous les vagues*, que j'ai découvert Chiune Sugihara. Ces dernières années, avec sa notoriété grandissante, et quelques documentaires et films qui lui ont été consacrés, ont fleuri divers mythes. Dans cet ouvrage, je me suis attachée à respecter les faits en m'appuyant sur un grand nombre d'enquêtes et de publications. J'ai tenté de retranscrire son caractère le plus fidèlement possible, sans rentrer dans son intimité. Son fils Nobuki Sugihara et son épouse Esin m'ont été d'une aide précieuse, je leur exprime ici toute mon immense gratitude. Nobuki témoigne inlassablement de l'histoire bouleversante de son père, rencontre des survivants et leurs descendants, et milite pour la paix et le dialogue interconfessionnel dans le monde entier. Pour l'anniversaire des quatre-vingts ans de la délivrance des visas, le Parlement lituanien a déclaré 2020 Année Sugihara.

Ni Jan Zwartendijk, connu des réfugiés sous le nom de *Mr Radio Philips*, ou *l'Ange de Curaçao*, ni de Decker ne dirent un mot au ministère des Affaires étrangères néerlandais en exil à Londres de cette histoire de visas. Zwartendijk n'apprit qu'en 1963 que des Juifs avaient pu être sauvés grâce à eux. Son fils Jan, comme Nobuki, perpétue encore aujourd'hui la mémoire de son père. Un monument situé devant ses anciens bureaux à Kaunas lui rend hommage.

On doit au Professeur Setsuzo Kotsuji, un pasteur japonais, conseiller pour les affaires juives du ministre des Affaires étrangères Matsuoka, d'avoir servi de médiateur entre les réfugiés et les autorités japonaises, pour faire prolonger leurs visas. En 1959, il prit le nom d'Abraham, se convertit au judaïsme et est enterré à Jérusalem.

Quant au vice-consul Shibata, démis de ses fonctions et expulsé de Shanghai, il était persuadé d'avoir causé l'emprisonnement des représentants juifs. Il fut retrouvé par Marvin Tokayer, rabbin de la communauté juive du Japon et fut officiellement remercié en 1976 durant le Seder de Pessah.

Zorach Warhaftig a été un personnage clé pour l'obtention de nombreux visas vers diverses destinations, en priorité la Palestine. Signataire de la déclaration d'indépendance de l'État d'Israël, c'est en grande partie grâce à son témoignage et à son appui que le titre de « Juste parmi les Nations » a été décerné à Chiune Sugihara.

Le lieutenant polonais Stanislaw Daszkiewicz, alias Jan Perz, qui avait collaboré avec Sugihara, survécut à la guerre et témoigna de son activité avec le consul japonais. Le capitaine Alfons Jakubianiec, dit Kuba, emprisonné à Sachsenhausen, fut lui exécuté.

Tous les épisodes vécus par mes héros Ewa et Leib, leur échappée de la Pologne jusqu'à Shanghai, sont réels mais issus d'une multitude de personnes qui en ont fait le récit. Je me suis aussi appuyée sur de nombreux livres, dont l'album de l'exposition *Flight and Rescue* publié par le United States Holocaust Memorial Museum et sur le site de Yad Vashem. Il s'est passé des décennies avant que l'on comprenne la nécessité de recueillir les témoignages des survivants.

J'ai abondamment puisé dans le récit détaillé de Leibel Melamdovich (Leo Melamed), originaire de Bialystok, et dans ceux d'Ernest Heppner et Rena Rabinovitch Kresno pour Shanghai.

Le massacre raconté dans le prologue et toute la fuite d'Ewa, son sauvetage par une catholique et par un jeune soldat russe, sont inspirés de l'histoire de Masha Bernstein/Leon et de sa mère.

La petite Mira m'a été inspirée par Nina Wertans-Admoni, dont le récit m'a été confié par Nobuki Sugihara.

Tous les membres du club des écrivains yiddishs, les Fiszman, les Schulman, les Rozen, les Elbaum et autres, ont existé et se sont retrouvés à Kobe puis à Shanghai et ont contribué à la vie artistique, journalistique et littéraire de leur communauté dans leurs villes-refuges. Yosl Mlotek, membre de ce groupe, m'a inspiré le personnage de Yosl Mann.

Si Malka et Jankiel sont issus de mon imagination, Shoshana et Lazar sont bien réels. Je me suis permis de nouer leur vie de façon très intime à celle de mes personnages, j'espère que leurs descendants ne m'en tiendront pas rigueur. Car Shoshana a écrit un journal pendant toute sa migration, du bombardement de Varsovie à son départ de Shanghai vers les États-Unis, publié en Argentine en 1949 sous le titre yiddish *In Fayer un Flamen*. Ce précieux témoignage a servi d'appui principal à mon roman pour les sentiments des réfugiés. Je remercie Sophia Shoulson du Spielberg Yiddish Book Center de m'avoir fourni le texte yiddish. Le journal de Lazar, lui, n'a hélas pas été publié.

Un étonnant groupe de jeunes gens, descendants de chrétiens japonais qui ont aidé les réfugiés à Kobe, m'a été d'un grand secours concernant les lieux importants de cette ville. Un grand merci aux membres du Kobe Jewish Refugees Study Team, en particulier Naoji Ishiida et Noriko Kinoshita.

https://www.kjrst.org/

Le nombre de personnes sauvées par les visas hollandais-japonais fait toujours débat. Six mille est régulièrement cité, parce qu'il est le titre du livre de Yukiko Sugihara, *Visas pour 6 000 vies* (Éditions Picquier). Il a été établi en tenant compte du fait que femme et enfants pouvaient bénéficier d'un visa sans être mentionnés dessus. Mais multiplier par trois les 2 139 visas officiels ne reflète pas la réalité car il a été montré que la majorité des demandeurs étaient des hommes célibataires, qu'assez peu d'enfants auraient atteint le Japon et de nombreuses femmes ont reçu des visas individuels. 3 500 personnes ont pu être concernées. Mais plusieurs familles ayant reçu les deux visas ont eu trop peur de demander des documents aux autorités soviétiques, les ont reçus trop tard, ou n'eurent pas les fonds nécessaires à l'achat du billet de train, et périrent aux mains des nazis. Dans un rapport de 6 octobre 1942, l'ambassadeur de Pologne à Tokyo, le comte Romer, fait état d'environ 2 300 Polonais identifiés ayant transité par le Japon. De 1 100 à 1 300 ont ensuite été envoyés vers Shanghai. 932 ont été homologués lors du déménagement dans le ghetto. Les autres ont réussi à émigrer depuis le Japon vers divers pays d'Amérique, d'Afrique, l'Australie et la Palestine.

Quel que soit le nombre réel, 2 300 au minimum, 3 500 ou 6 000, je crois qu'il ne diminue en rien le mérite des consuls, les risques qu'ils ont encourus et la bonté dont ils ont fait preuve.

Les Juifs lituaniens, quant à eux, n'eurent plus le droit de quitter le pays après l'incorporation de la Lituanie à l'URSS. En juin 41, le pays fut envahi par les nazis et ghettoïsation et massacres commencèrent. Sur les 150 000 Juifs que comptait le pays, 90 % furent exterminés. La Lituanie est avec la Pologne le pays où la population juive a été le plus sévèrement décimée.

Le mémorial de Tannenberg dura moins de vingt ans. En janvier 45, il fut dynamité par les troupes allemandes. Il servit à reconstruire la ville proche d'Olsztynck et son mémorial de guerre soviétique, un monument à la gloire des héros du ghetto de Varsovie, ainsi que le siège du Parti communiste de la capitale. C'est aujourd'hui un tas de ruines à peine visibles sous la végétation.

Merci à ma très chère Anne-France Brill sans qui ce voyage n'aurait pu se faire. Je tiens à remercier ceux qui m'ont accueillie en Israël, mon vieil ami Oz Goffman, qui m'a présenté Haïm et Chana, Ofir et Baruch.

Mes remerciements vont aux enfants de réfugiés : Hava Zimering-Appel pour son accueil au Musée de Netanya, et Jacob Gendelman pour son hospitalité et ce long entretien avec sa mère Myriam, rescapée d'Auschwitz. J'ai été projetée trente-trois ans en arrière lorsque j'avais arpenté, écrasée de stupeur, les salles des fours crématoires, les baraquements de ce camp d'extermination et contemplé les tas de cheveux, de prothèses et de chaussures d'enfants. Il y a des rencontres qui laissent une empreinte indélébile. Celle-ci en fait partie.

J'ai sollicité Mme la Rabbin Daniela Touati, de la synagogue Keren Or de Lyon, pour détecter dans mon récit de possibles incohérences religieuses. Qu'elle soit chaleureusement remerciée pour sa lecture attentive.

Le voyage en Transsibérien n'aurait pas été réaliste sans la contribution teintée de beaucoup d'humour de mes amis Isabelle et Charles-Edouard de Pontalba.

Qu'Amandine et Pascal de la librairie Saint-Pierre de Senlis soient assurés de ma gratitude pour leur soutien sans faille. Merci à tous les libraires qui m'ont accueillie chez eux ou dans les salons, ils sont les passeurs indispensables.

Merci à tous mes lecteurs pour leurs chaleureux retours et leur fidélité.

J'exprime aussi toute ma gratitude à Sébastien Spitzer, il sait bien pourquoi, ainsi qu'à mon éditrice Caroline M., qui m'a accueillie avec enthousiasme et conviction, et a su porter et améliorer ce texte.

J'adresse encore ma reconnaissance à Monique Petit d'Eaubonne, à Ambre et François de la SGDL, à mes amies fidèles, Francine Douaze, Catherine Lasfargues-Horn, Nadia Anemiche, Pascale Saccomani, Aurélia Gaston, et à ma presque fille Samantha.

Enfin, mon immense amour à mes trois fils, à ma sœur Isabelle et à mes parents, mes premiers lecteurs. Ils m'encouragent de leur indéfectible soutien.

Le tanka cité dans le texte est le 99e du Hyakunin isshu, figurant dans le *Shokugosen wakashû*. Sa traduction est proposée par Lili, du blog Sukinanihongo, https://sukinanihongo.blogspot.com/

J'ai mis dans la bouche d'Ewa à la fin du chapitre 1 une phrase empruntée à Waldo Emerson : « … parce que la seule chose nécessaire pour que le mal triomphe, c'est l'inaction des bien-pensants. »

Bien qu'inspirée de leurs témoignages, tout ce que je fais dire à des personnes ayant existé n'engage que moi et ne reflète pas nécessairement leurs opinions.

BIBLIOGRAPHIE

Akabori Anne, *The Gift of Life*, Edu-Comm Plus, 2005.

Ayirtman-Sugihara Esin, *Chiune Sugihara*, EPO vzw Antwerpen Berchem, 2020.

Bluman Barbara Ruth, *I Have my Mother's Eyes*, Ronsdale Press and Vancouver Holocaust Education Society, 2009.

Dunbar Géraldine, *Seule sur le Transsibérien. De Moscou à Vladivostok*, Tranboréal, 2016, France.

Eber Irene, *Voices from Shanghai, Jewish Exiles in Wartime China*, The University of Chicago Press, 2008.

Eber Irene, *Wartime Shanghai and the Jewish Refugees from Central Europe, Survival, Co-Existence, and Identity in a Multi-Ethnic City*, De Gruyter, Berlin, 2012.

Heppner Ernest G., *Shanghai Refuge, A Memoir of the World War II Jewish Ghetto*, University of Nebraska Press, 1993.

Kahan Rose Shoshana, *In Fayer un Flamen*, Dos Poylishe Yidntum, Buenos Aires, 1949.

Kaplan Vivian Jeanette, *Ten Green Bottles*, St Martin's Press, 2002.

Kitade Akira, *Visas of Life and the Epic Journey, How the Sugihara Survivors Reached Japan*, Chobunsha.

Kranzler David, *Japanese, Nazis and Jews. The Jewish Refugee Community of Shanghai*, Yeshiva University Press, 1978.

Krasno (Rabinovitch) Rena, *Strangers Always, A Jewish Family in Wartime Shanghai*, Pacific View Press, USA, 1992.

Levine Hillel, *In Search of Sugihara*, The Free Press, 1996.

Matoré George, *Mes prisons en Lituanie*, Gingko Éditeur, 2017.

Melamed Leo, *Escape to the Futures*, John Wiley & Sons, 1996.

Shlensky Jane, *Considering Other Choices, Chiune Sugihara's Rescue of Polish-Jews*, North Carolina School of Science and Mathematics, Durham, USA.

Sugihara diplomats for life foundation, *Casablanca of the North : Refugees and Rescuers in Kaunas 1939-1940*, Versus Aureus Publishers, Kaunas, Lituanie, 2017.

Sugihara Yukiko, *Visas pour 6 000 vies*, Éditions Picquier, 1995.

Tokayer Marvin, Swartz Mary, *Histoire inconnue des Juifs et des Japonais pendant la Seconde Guerre mondiale. Le plan Fugu*, Pygmalion, 1979.

Tokudome Kinue, *Courage to Remember*, Paragon House Publishers, États-Unis, 1999.

Ross James R., « The Hongkew ghetto in Shanghai », in *Life in the Ghettos During the Holocaust*, Simon & Schuster Australie, 1994.

Rubin Evelyn Pike, *Ghetto Shanghai*, Schreiber, Shengold Publishing, 1993.

Rudashevski Yitskhok, *Entre les murs du ghetto de Wilno 1941-1943*, L'Antilope, 2016.

United States Holocaust Memorial Museum, *Flight and Rescue.*

Warhaftig Zorach, *Refugee and Survivor. Rescue Efforts During the Holocaust*, Yad Vashem, Israël, 1988.

DU MÊME AUTEUR

LA MÉMOIRE SOUS LES VAGUES, Les Nouveaux Auteurs, prix Femme-Actuelle et prix du roman du salon de Cosne-sur-Loire, 2016.

LES CALANQUES, Magella et Cie, 2018.

ARTEMISIA, UNE PLANTE POUR ÉRADIQUER LE PALUDISME, en coll. avec Lucile Cornet-Vernet, Actes Sud, 2018.

L'ÉCHAPPÉE DOUCE, Mazarine, 2019.

Composition : IGS-CP
Impression : Normandie Roto s.a.s.en août 2021
Éditions Albin Michel
22, rue Huyghens, 75014 Paris
www.albin-michel.fr
ISBN : 978-2-226-45848-3
N° d'édition : 24313/01 – N° d'impression : 2104035
Dépôt légal : octobre 2021
Imprimé en France